后浪

揭秘福尔摩斯

名侦探背后的
虚构与
真实世界

[英]马丁·菲多 — 著

漆文欣 — 译

中国友谊出版公司

1903年《科利尔》杂志封面图，画中的福尔摩斯在莱辛巴赫瀑布劫后余生，而他的生命其实应该在《回忆录》的末尾结束了

1904年出版的《血字的研究》的插图，福尔摩斯走到房间的另一头来，这是他第一次与华生见面

目　录

序　言

　　在 1951 年的不列颠博览会[①]上有个展馆叫"狮子与独角兽"，里面的展品呈现了英国性格的两面：一方面如狮子般强势，是一个缺乏想象力、工业化的、扩张中的殖民主义帝国；另一方面却如独角兽般充满魔力，古怪、浪漫而艺术。正如鲁德亚德·吉卜林[②]和刘易斯·卡罗尔[③]、格莱斯顿[④]和迪斯雷利[⑤]、兰西尔[⑥]和理查德·达德[⑦]那样。英国既是"希望与荣耀之地"，也是"谜语变奏曲"。

　　正如以上这些例子所示，这些悖论在 19 世纪末十分盛行，而阿瑟·柯南·道尔（Arthur Conan Doyle）创作出了狮子与独角兽的最佳搭档：勇敢、沉稳、脚踏实地，

---

　　①　不列颠博览会（Festival of Britain），1951 年夏天在伦敦南岸中心区举办的大型博览会，旨在鼓舞二战后萎靡的民心，吸引了数百万游客。

　　②　约瑟夫·鲁德亚德·吉卜林（Joseph Rudyard Kipling，1865—1936），英国小说家、诗人，出生于印度，代表作有《丛林之书》等。1907 年凭《老虎! 老虎!》获诺贝尔文学奖。

　　③　刘易斯·卡罗尔（Lewis Carroll，1832—1898），原名查尔斯·路特维奇·道奇森（Charles Lutwidge Dodgson），英国数学家、小说家、牧师，1865 年以卡罗尔为笔名发表童话，代表作有《爱丽丝漫游奇境记》《爱丽丝镜中奇遇记》《希尔薇和布鲁诺》等。

　　④　威廉·尤尔特·格莱斯顿（William Ewart Gladstone，1809—1898），英国自由党领袖，四次出任英国首相，和保守党领袖本杰明·迪斯雷利针锋相对。

　　⑤　本杰明·迪斯雷利（Benjamin Disraeli，1804—1881），英国保守党领袖，两度出任英国首相，任首相期间，大力推行对外侵略和殖民扩张政策。

　　⑥　爱德温·兰西尔（Edwin Landseer，1802—1873），英国维多利亚时期的画家、雕塑家，擅长表现动物主题。

　　⑦　理查德·达德（Richard Dadd，1817—1887），英国维多利亚时期的画家，以细腻的东方和超自然的场景描绘著称。被认为患有偏执型精神分裂症。

左页：在 BBC 出品的连续剧《神探夏洛克》中，本尼迪克特·康伯巴奇扮演夏洛克·福尔摩斯，马丁·弗里曼扮演华生医生

宛若睡狮的约翰·H.华生医生（Dr. John H. Watson）；睿智、神经质、怪诞不经，如同独角神兽的夏洛克·福尔摩斯（Sherlock Holmes）。这种互补友谊在文学史上已有先例，比如：特立独行的远见家和平平无奇的凡人——堂吉诃德和桑丘·潘沙①；执拗焦躁的灵魂和提供安慰的同伴——哈姆雷特和霍雷肖②；不受欢迎的人和他那人见人爱的挚友——皮普先生和普凯特先生③。

　　狮子和独角兽这两种互相矛盾的特质，并存于维多利亚晚期和20世纪初的英格兰人身上。文学上主张质朴、反对唯美主义的吉卜林收藏了两块漂亮的新艺术派小镜子——现在还挂在贝特曼吉卜林故居④餐厅的墙上，他还创作过比亚兹莱风格的华丽插图。查尔斯·路特维奇·道奇森神父撰写晦涩的数学著作，还有更晦涩的作品——比如关于牛津大学内部政治的内容以及迂腐的教会道德信条。但他在休闲的时候，也会写写《爱丽丝梦游仙境》里的假甲鱼、炸脖龙和白骑士。他还有更花哨离奇的创作，比如布鲁诺、希尔薇和仙子⑤。

　　阿瑟·柯南·道尔爵士身上兼具夏洛克·福尔摩斯和华生医生的特点。他像福尔摩斯一样喜欢挑战传统观念，且常常出人意料。他是基督教唯灵论最著名的支持者：曾经有两个约克郡的女孩子，声称她们在树林里遇到了真正的精灵，并拍下了"如假包换"的照片⑥。柯南·道尔是唯一相信此事的知识分子⑦。与此同时，他还如华生一般，凭借直观的常识看穿医学骗术，抨击被过度追捧的肺结核治疗手段和使用动物腺体的康复疗法。他也像福尔摩斯一样不在意世俗偏见。他认为罗杰·凯斯门

---

①　西班牙作家塞万提斯的小说《堂吉诃德》中，侍从桑丘·潘沙（Sancho Panza）是作为反衬堂吉诃德的形象而创造出来的。

②　霍雷肖（Horatio）是莎士比亚悲剧《哈姆雷特》中的角色，哈姆雷特王子的朋友，告知其父鬼魂出没之事。

③　皮普（Pip）是狄更斯的小说《远大前程》中的主角，普凯特（Pocket）是其朋友。

④　贝特曼（Bateman）吉卜林故居建于1634年，位于英国东萨塞克斯的伯沃什。吉卜林从1902年到1936年去世前居住于此。内部保留了吉卜林在世期间的风格，并收藏了大量与吉卜林有关的藏品，总计近5000件。

⑤　指道奇森以刘易斯·卡罗尔为笔名创作的童话《希尔薇与布鲁诺》（Sylvie and Bruno）。

⑥　1917年，在英国约克郡的小镇柯亭立（Cottingley），有人公布了数张带翅膀的精灵围绕着两个小女孩的照片，被摄影专家鉴定为真。一直到1981年，照片中的两姐妹才承认，这些照片是她们的恶作剧，精灵是从画报上剪下来的道具。

⑦　柯南·道尔于1920年把这批"精灵"照片用在他为《海滨杂志》（The Strand Magazine）所写的一篇文章里。

特爵士①在一战时是受委任去和德国谈判同意爱尔兰中立的，他也并没有因为凯斯门特私底下是同性恋，就在这所谓的"叛国罪"上让他再"罪加一等"。但是，他和华生一样，绝不选择中立。在战争打响之后他就热诚地表示支持，就像他之前支持帝国扩张的布尔战争②一样。他因反击欧洲大陆那些反布尔战争分子所宣扬的英国的残暴行径，而被授予爵位。一开始他像福尔摩斯一样拒绝，但其后又像华生一样怕触犯国王而不敢拒绝爵位。柯南·道尔就这样成了阿瑟爵士（有趣的是，吉卜林面对相同的压力时选择反抗，坚决不肯受封为鲁德亚德爵士）。

柯南·道尔身上还具有另一个和他笔下人物相似的优秀品质。与狮子和独角兽无关，他是一个有正义感的普通人。他没有什么宏大或者高深的道德观念，更不是什么圣人。在大多数情况下，他都能够辨别是非，举止得当。福尔摩斯、华生和柯南·道尔都能在情势变幻莫测时为正义挺身而出。我看到的福尔摩斯故事，不会让任何读者把低劣卑鄙的行为视作机智或者"精明"。然而一些作品就未必能坚守这样的原则了，好比后来的硬汉派侦探作品（詹姆斯·邦德③或麦克·汉默④），或是之前的哥特惊悚小说。

在小说里，柯南·道尔在邪恶世界的中心创造了一个象征来反映福尔摩斯和华生的正义精神的精髓：贝克街221B号⑤。这个波西米亚单身汉的小窝凌乱却舒适，而屋子外面是危机四伏的街道。壁炉的熊熊火焰让房间温馨而明亮，将恶劣的天气挡在外面。在雾气的掩盖下，贝克街的另一边几不可见。雪化成泥浆，又结成冰。人

① 罗杰·凯斯门特（Roger Casement，1864—1916），20世纪初爱尔兰独立运动的主导者，第一次世界大战期间曾拜访德国，争取对爱尔兰独立的支持。1916年爱尔兰复活节起义失败后，被英国政府逮捕，其记载同性情事的私人笔记被公开。其后被以叛国罪处以绞刑。1965年其遗体被运回爱尔兰，在举行国葬后，改葬于都柏林。

② 指第二次布尔战争（Second Boer War，1899—1902），又称南非战争，是英国同荷兰移民后裔布尔人建立的德兰士瓦共和国和奥兰治自由邦为争夺南非领土和资源而进行的一场战争。英国因此遭到了全世界的谴责，道尔为此写了一本名为《南非战争：起源与行为》（The War in South Africa: Its Cause and Conduct）的小册子，为英国辩护。道尔因此在1902年被封为爵士。

③ 詹姆斯·邦德（James Bond），虚拟角色，"007"系列小说、电影的主角。小说原作者伊恩·弗莱明（Ian Fleming，1908—1964）是英国作家，曾当过特工。

④ 美国作家米凯·斯皮兰（Mickey Spillane）于1946年开始创作的麦克·汉默（Mike Hammer）系列暴力硬汉侦探小说，因作品中包含大量性与暴力元素而备受争议。

⑤ 贝克街（Baker Street）位于伦敦西区，在19世纪末并不存在221号，也就是说221B号是虚构的地方。"B"并不是英文字母"B"而是法文中的bis（2）的意思，表示有两户人家。如今的贝克街221B号是于1990年成立的福尔摩斯博物馆。

行道暗藏危险。在屋里，哈德森太太①端来茶点，茶杯碰撞出舒心的叮当声。如果要来点劲儿更足的饮料，汽水机和烈酒箱随时待命。在贝克街221B号，他们像孩子一样享受着安稳生活，有个母亲般的人总是会为他们准备美味的早餐。两个家底普通的年轻人合租一个条件优越的住所，因为事业顺利而从未担忧过生活花销，沉浸在维多利亚中产阶级稳固的富足里。如此的安逸把那自鸣得意的福赛特②式生活变得诱人，吸引着20世纪中叶苦不堪言的电视观众。在书里这种安逸被赋予了简约的传奇色彩。福尔摩斯和华生住在舒适的家里，是邪恶世界中正义的象征。他们把自己身上两种极为伟大的品质简化为平常人也可以做到的普通道德信条。他们身处的世界和我们今天世界的如此相同：小说里也有牛津街③、威格莫尔街邮局④、帕丁顿⑤和肯辛顿⑥。与之相对，河的南岸恶徒潜行：布里克斯顿⑦的空屋藏尸，伦敦大桥东边开着鸦片馆。宁静的乡村比城市更加凶险：达特穆尔⑧遍布黑色花岗岩和沼泽，美洲土地上分布着盐漠和荒废的矿谷，遥远的东方藏着宝藏和凶手。福尔摩斯离开贝克街，展开冒险故事，又带着胜利回归家的港湾。

我们熟知的现实世界构成了传奇故事：巴肯会效仿这样的交融。他笔下的理查德·汉内⑨远离伦敦熟悉的人行道和扶手栏杆，勇闯有39级阶梯的远方港口；詹姆斯·邦德会摆脱俗世中高效的秘书和西区的夜总会，前往被异域恶人统治的神秘地方。福尔摩斯这个天才身上充满了传奇色彩，是平凡的华生把他拉回到了现实。

他们这对组合注定成功，实至名归。

---

① 哈德森太太（Mrs Hudson），贝克街221B号的房东。

② 指英国作家约翰·高尔斯华绥（John Galsworty，1867—1933）的作品"福赛特世家（Forsytes）三部曲"，描写了十九世纪末二十世纪初一个英国资产阶级家族兴亡史。

③ 牛津街（Oxford Street）位于伦敦西区，距离贝克街约一公里。

④ 威格莫尔街（Wigmore Street）位于伦敦西区，与牛津街平行。在《四签名》中，福尔摩斯用"倒推法"推理出华生去过威格莫尔街邮局。

⑤ 帕丁顿（Paddington）是位于伦敦西敏市的一个地区，于1965年整合进大伦敦行政区当中。

⑥ 肯辛顿-切尔西区（Royal Borough of Kensington and Chelsea）是英国大伦敦行政区下辖的一个自治市。

⑦ 布里克斯顿（Brixton）是位于英国伦敦南部的一个地区。

⑧ 达特穆尔（Dartmoor）位于英格兰文德郡中部。《巴斯克维尔的猎犬》故事发生地。

⑨ 理查德·汉内（Richard Hannay），英国作家约翰·巴肯（John Buchan，1875—1940）的间谍小说《三十九级台阶》主角。

阿瑟·柯南·道尔，福尔摩斯的缔造者

事件与数据

- 夏洛克·福尔摩斯系列共有 56 部短篇小说，4 部长篇小说。

- 共有 27 桩谋杀或他杀案被有效侦破，其中 2 个案件没有凶手：1 个案件是因动物袭击致死，1 个案件中死者是死于意外。

- 由于福尔摩斯的疏忽，有 2 个委托人被谋杀——如果算上约翰·道格拉斯（John Douglas），又名波蒂·爱德华（Birdy Edwards）[①]，就有 3 个人。福尔摩斯本人在《最后一案》里逃过一劫，本来他也是谋杀对象。

- 在 4 个案件中，凶手（或潜在凶手）逃脱或者自然死亡。在 2 个案件中凶手被自己的作案工具或者目标受害者杀死。在 1 个案件中，凶手自杀。福尔摩斯追踪过 4 个凶手，但没有把他们交给司法处置。他和华生目击了 1 次他杀而没有报警。

- 10 个失踪或神秘人士被找到或是谜题被破解。在这其中的 2 个案件里，以及《斑点带子案》里，坏人作案动机都是阻止女儿或继女继承财产。

- 有 7 宗案件涉及盗窃贵重物品或者抢劫计划，5 宗案件涉及不同形式的敲诈。

- 挫败了 4 次偷盗国家机密的企图。

- 阻止了 2 桩不当婚姻：1 次是强迫诱拐，还有 1 次是女方与残暴、妄图牟利的恶棍订婚。

- 侦破了 1 次大学试卷泄密事件。

- 拦截了 1 次伪钞机及假币非法运入。

- 成功解释了 1 位学者的类人猿行为[②]。

- 在 32 桩案件里，福尔摩斯与警方或是合作或是竞争。这些人来自苏格兰场[③]：

  - 11 桩案件有雷斯垂德（Lestrade）参与，4 桩有格雷格森（Gregson）参与——在 3 个案件中与他的同事合作：1 次和雷斯垂德，1 次和萨里郡的

[①] 见《恐怖谷》。

[②] 见《爬行人》。

[③] 苏格兰场（Scotland Yard），英国伦敦警察厅的代称。

贝恩斯（Baynes），1次和平克顿社①的莱弗顿（Leverton）；4桩有霍普金斯（Hopkins）参与；2桩有布拉德斯特里特（Bradstreet）参与；2桩有琼斯（Jones）参与——如果把埃瑟尔尼和皮特·琼斯都算上②；1桩和福布斯（Forbes）、兰纳（Lanner）、莫顿（Morton）、麦克唐纳（MacDonald）与麦金农（McKinnon），以及一位无名探长合作（《三角墙山庄》）。

- 其他地方的警察有德文郡的**格里高利**（Gregory），萨里郡的**福雷斯特**（Forrester），诺维奇郡的**马丁**（Martin），苏塞克斯郡的**怀特·马森**（White Mason，他也与麦克唐纳合作），汉普郡的**考文垂**（Coventry）**长官**，苏塞克斯郡的**警员安德森**（Anderson）。

- **迈克罗夫特·福尔摩斯**③在3个案件中提供过帮助。

- **威金斯和贝克街小分队**④在2个案件中帮过忙。小分队成员辛普森（Simpson）在1个案件中单独出过力⑤。有犯罪前科的欣韦尔·约翰逊（Shinwell Johnaor）在1个案件中帮了忙⑥。八卦报纸记者兰代尔·派克（Langdale Pike）在1个案件里提供了帮助⑦。

- 福尔摩斯的"朋友兼对手"，萨里岸边的私人侦探巴克先生（Mr Barker）在1个案件中提供了帮助⑧。

---

① 平克顿社（Pinkertons）是由苏格兰人爱伦·平克顿（Allan Pinkerton，1819—1884）于1850年在美国成立的一家私人侦探社。

② 在《四签名》中登场的警探名字是埃瑟尔尼·琼斯（Athelney Jones），在《红发会》中登场的警探叫彼得·琼斯（Peter Jones）。

③ 迈克罗夫特·福尔摩斯（McCroft Holmes），夏洛克·福尔摩斯的哥哥，年长七岁，拥有更出色的推理能力，在英国政府担任秘密要职，专门整合各部门情报并找出其中的关联。登场作品为《希腊译员》《最后一案》《布鲁斯—帕廷顿计划》。

④ 贝克街小分队（Baker street Irregulars）是指经常为福尔摩斯所雇用的一群流浪儿，威金斯（Wiggins）是他们的头儿。在小说中，他们协助福尔摩斯收集资料。见《血字的研究》《四签名》。

⑤ 见《驼背人》。

⑥ 见《显贵的主顾》。

⑦ 见《三角墙山庄》。

⑧ 见《退休的颜料商》。

大事年表

福尔摩斯与华生生平

约 1852 年　华生出生。

1854 年　　福尔摩斯出生。

约 1870 年　华生开始在伦敦大学学习医学。

约 1873 年　福尔摩斯上大学，在大学学习两年后辍学。

约 1874 年　华生在圣巴塞洛缪（St. Bartholomew）医院做实习医生，斯坦福德
　　　　　　（Stamford）是他的助手。

约 1875 年　福尔摩斯在圣蒙塔古街（Montague St.）居住，在大英博物馆的图书馆
　　　　　　和圣巴塞洛缪继续研究（并未与华生相识）。他接手前牛津同学的案子。

1878 年　　华生从伦敦大学毕业，获得医学博士学位，前往耐特利（Netley）接受
　　　　　　军医培训。

约 1879 年　福尔摩斯接手马斯格雷夫（Musgrave）家仆人失踪案，并找到了查理一
　　　　　　世丢失的王冠①。同年还发表了《各种烟草的鉴别（附色板）》。

1879 年　　华生加入诺桑伯兰（Northumberland）第五燧发枪团，被派往印度参加
　　　　　　阿富汗前线的军团。

1880 年　　华生在迈旺德战役中负伤然后退伍。福尔摩斯开始做全职侦探。

---

　　① 见《马斯格雷夫礼典》。

左页：皮特·库欣在 1968 年的电视剧中扮演的福尔摩斯

1881 年　　福尔摩斯和华生相遇，并入住贝克街。福尔摩斯发表了《生命之书》。

1886 年　　福尔摩斯发表了《论人耳的多种形态》。

1887 年　　福尔摩斯因工作过量而患病——也许是因为察觉莫里亚蒂（Moriarty）是众多犯罪的幕后黑手[1]。

1888 年　　华生与玛丽·摩斯坦（Mary Morstan）结婚。

1889 年　　华生在帕丁顿行医。

1890 年　　华生在肯辛顿行医。

1891 年　　莫里亚蒂葬身莱辛巴赫瀑布[2]。

接下来的三年里，福尔摩斯用辛格森的化名环游世界。

迈克罗夫特续租 221B 号。

约 1893 年　华生夫人去世。

1894 年　　福尔摩斯返回伦敦[3]。

约 1895 年　弗纳医生（Dr. Verner）用福尔摩斯暗中提供的钱买下华生的诊所。

华生回到 221B 号[4]。

1895 年（11 月或 12 月）　维多利亚女王私下授予福尔摩斯一枚绿宝石领带别针，作为对他寻回潜艇计划资料的嘉奖[5]。

1896 年　　福尔摩斯发表《关于拉絮斯[6]复调赞美诗的研究》。

1897 年　　福尔摩斯患疾，前往康沃尔修养。

1903 年　　福尔摩斯归隐苏塞克斯，养殖并研究蜜蜂。

有传闻说华生再婚并在安妮女王街行医[7]。

1907 年　　福尔摩斯在苏塞克斯海岸的深潭里发现了致命的狮鬃水母[8]。

---

[1]　见《赖盖特之谜》。

[2]　莱辛巴赫瀑布（Reichenbach Fall）位于瑞士中部阿尔卑斯山，落差约有 250 米。见《最后一案》。

[3]　见《空屋》。

[4]　见《诺伍德的建筑师》。

[5]　见《布鲁斯—帕廷顿计划》。

[6]　拉絮斯（Orlande de Lassus 或 Orlando di Lasso，1532—1594），文艺复兴晚期的弗莱芒作曲家，弗莱芒乐派的主要代表人物。

[7]　见《皮肤变白的军人》。

[8]　狮鬃水母（Cyanea capillata），又名氰水母，世界上体型最大的水母之一，因触手像狮鬃毛般飘逸而得名，毒液能致人死亡。见《狮鬃毛》。

1912—1914 年　阿斯奎思（Asquith）和格雷（Grey）说服福尔摩斯潜伏到美国的芬尼亚运动里去①。福尔摩斯化名阿尔塔芒特（Altamont），辗转芝加哥、布法罗和斯基伯林，最终加入冯·博克（Von Bork）的间谍组织。

1914 年　　福尔摩斯发表了《养蜂实用手册：兼论隔离蜂后的研究》。

　　　　　8 月，福尔摩斯邀华生协助抓捕冯·博克，一个月后战争爆发。华生回归燧发枪团。

※ 未注明出版日期的福尔摩斯专著：《职业对手形造成的影响》《论文身》《密码信件和文件日期的研究》。

阿瑟·柯南·道尔生平

1859 年　　阿瑟·伊格纳修斯·柯南·道尔出生于苏格兰爱丁堡。父亲查尔斯·阿尔塔芒特·道尔（Charles Altamont Doyle）是一名艺术家和职员。

1866 年　　进入纽因顿学院（Newington Academy）学习，和一位苏格兰皇家历史学家②的姐妹玛丽·伯顿（Mary Burton）住过一段时间。

1868 年　　进入霍德（Hodder）学校学习，这所学校是斯托尼赫斯特学院③的预备学校。

1870 年　　进入斯托尼赫斯特学院。

1875 年　　道尔一家搬到奥地利费尔德基希（Feldkirch）的耶稣会社区，与泰罗·E. C. 沃勒（Tyrol. B. C. Waller）同住。

1876 年　　在爱丁堡大学学习医学。

1877 年　　父亲查尔斯·阿尔塔芒特·道尔失业。道尔一家迁至沃勒名下的房子。

---

① 19 世纪 50 年代末，侨居美国的爱尔兰人成立了芬尼亚社，发起争取爱尔兰独立的芬尼亚运动。1867 年武装起义失败之后，该组织的活动逐渐消失。"芬尼亚"一词出自凯尔特史诗《芬尼亚传奇》。见《最后的致意》。

② 皇家历史学家是由官方任命的历史记录学者。时任者为约翰·希尔·伯顿（John Hill Burton）。

③ 斯托尼赫斯特学院（Stonyhurst College），位于英国西北部兰开夏郡，创建于 1593 年。

1879 年　第一部短篇小说《赛沙沙山谷之谜》在《钱伯斯杂志》(*Chambers' Journal*) 上发表。

1880 年　随捕鲸船"希望号"周游北极地区。

1881 年　获得医学学士学位，搭乘蒸汽船"马永巴号"(Mayumba) 游历西非海岸。查尔斯·阿尔塔芒特·道尔开始治疗酗酒。母亲玛丽·福里·道尔 (Mary Foley Doyle) 和年幼的孩子们搬到了 B. C. 沃勒在马森吉尔 (Masongill) 的房子里居住。

1882 年　乔治·特纳维恩·巴德 (George Turnavine Budd) 在普利茅斯雇用了阿瑟·柯南·道尔。他在朴茨茅斯开业行医。

1885 年　与昵称"图伊"(Touie) 的露易丝·霍金斯 (Louise Hawkins) 结婚。

1887 年　发表《血字的研究》。

1889 年　发表《四签名》。

女儿玛丽·露易丝·柯南·道尔 (Mary Louise Conan Doyle) 出生。

1890 年　声讨科赫 (Koch) 的结核菌素。

1891 年　到伦敦做眼科医生。在《海滩杂志》上发表《波西米亚丑闻》，开启了福尔摩斯系列的《冒险史》。放弃行医，开始全职写作。

1892 年　儿子阿瑟·金斯利·道尔 (Arthur Kingsley Doyle) 出生。

1893 年　道尔一家去瑞士旅行，游览了莱辛巴赫瀑布。

露易丝患上肺病。父亲查尔斯·阿尔塔芒特·道尔去世。

阿瑟·柯南·道尔加入灵学研究会。

1894 年　在美洲巡回演讲。

1895 年　造访埃及。

1896 年　与珍·莱基 (Jean Leckie) 相恋。

1897 年　移居欣德黑德 (Hindhead)。

1900 年　在南非战争中，柯南·道尔在朗格曼医院工作。

威廉·吉列特 [①] 在伦敦的舞台剧中出演福尔摩斯。

---

① 威廉·吉列特 (William Gillette，1853—1937)，美国演员兼经纪人、剧作家，是第一位获得柯南·道尔本人肯定的福尔摩斯扮演者，他与柯南·道尔共同创作了《夏洛克·福尔摩斯：四幕剧》的剧本，并于 1899 年至 1932 年在 1300 多场舞台剧中扮演福尔摩斯。1916 年，63 岁的吉列特出演了根据这一剧本改编的电影。

1901 年　　写作《南非战争：起源与行为》小册子。

1902 年　　发表《巴斯克维尔的猎犬》。因为撰写《南非战争》小册子被封爵士。

1902 年　　福尔摩斯在《海滩杂志》上登载的《空屋》一文里复活。

1906 年　　露易丝·道尔去世。阿瑟·柯南·道尔接手艾达吉（Edalji）的案件。

1907 年　　与珍·莱基结婚。

1912 年　　在刚果活动，研究潜艇威胁，写作关于史莱特（Slater）的文章。写作《失落的世界》。

1914 年　　组织当地的志愿者队伍，着手撰写《英国在法国和弗兰德斯的作战史》。

1915 年　　出版《恐怖谷》。

1918 年　　金斯利和因内斯（Innes，阿瑟·柯南·道尔的兄弟）去世。《新启示》出版，阿瑟·柯南·道尔开始沉迷于唯灵论。

1920 年　　与胡迪尼①成为朋友。在澳大利亚巡回演讲。柯亭立精灵事件轰动一时。

1922 年　　在美洲宣传唯灵论。

1927 年　　出版《夏洛克·福尔摩斯探案集》。

1930 年　　柯南·道尔去世。

---

① 哈里·胡迪尼（Harry Houdini，1874—1926），匈牙利犹太人，著名魔术师，以逃脱魔术著称，并致力于以魔术技巧戳穿"通灵术"。

第一章

夏洛克·福尔摩斯生平

传记作者会面临一个麻烦：一手资料主要来源于华生出版的探案实录，但他对于日期的记录太过粗心了。他记录的案件发生年份基本上不足为信。有一次他犯了个大错：一个委托人来报一桩八周前发生的谜案，但他却把案件起始日期误写成七个月前！

华生甚至记不清自己结婚的日子。他和玛丽·摩斯坦小姐确实是在她来向福尔摩斯咨询案件的时候相识的，当时正值 1888 年的夏末或秋初。这个时间比玛丽记得的 1878 年 12 月 3 日晚了"将近 10 年"，而且华生还给出了两个不同的月份。华生把另一个案件放在了 1888 年春天，华生说这个案件发生之前他已经向玛丽求婚并且完婚，离开贝克街了。在另一个案件的记录中，他描述自己在妻子离开期间回到了贝克街，但他的委托人说案件发生时间应该是华生遇到玛丽之前一年。

福尔摩斯在退休后写了两个自己的案件，他记时间的能力居然还要差些。他抱怨华生娶妻后就离开了他，但把日子不小心误写成了 1903 年，这个时候华生已经丧偶十年了！这些误差使得一些专家猜测华生其实结了三次婚。

很显然，这二人记时间都是跟着感觉走。因为华生喜欢通过回忆充满俚语的对话、插画师画的场景和人物衣服来记录自己写作和发表作品的时间，而不是案件发生的日期。福尔摩斯在 1903 年隐退，所以他不可能以侦探身份发出以下威胁："如果你被我盯

左页：西德尼·佩吉特画的福尔摩斯抽烟斗的经典形象

上可就不好玩了，史蒂夫。"回忆1927年的"三角墙山庄"案子，华生记起，1902年时，福尔摩斯的用语应该是简短有力且更具学究气质的。

可惜并没有客观的资料让我们去查证。记录档案里面关于福尔摩斯的资料全部被销毁了，官方篡改了贝克街福尔摩斯博物馆的出生证明。除了姓名外的所有信息都有误。迈克罗夫特·福尔摩斯和情报处显然出手干预了。抓获冯·博克的非官方特工和证人保护计划的保护对象、皇家军队的秘密情报人员一样需要隐蔽保护。于是，政府扫清了一切我们可以得知福尔摩斯翔实情况的资料。

卓越的研究人员查阅了年鉴和天气记录，得出了福尔摩斯案子的详细年表。我不能与这些博学的专家比肩，而且他们各自的结论也不完全吻合。我确定这些专家和后来者们会纠正我说的很多细节。非常抱歉，但我还是要凭借印象来把仅有的几个确定的日期拼凑在一起，为大家描绘出福尔摩斯的一生。

教育及早年生活

1854年夏洛克·福尔摩斯出生在一个小乡村的乡绅之家。他从未提及具体地方，但由于他把皮克区称为英格兰北部，而且也没有像阿诺德·本涅特[①]一样夸张的乡土观念，我们可以推测福尔摩斯是个南方人。他不熟悉达特穆尔，有一次还把赫里福郡含糊地描述成"西部的乡村"。因此，推测他并非来自西部是比较稳妥的。这一点在"五个橘核"案里尤其明显，他说苏塞克斯在西南边，而从汉普郡以西来的人是绝不会这么说的。

事实上，福尔摩斯来自苏塞克斯这一点基本没有疑问。他能很快认出约翰·奥彭肖（John Openshaw）鞋头的苏塞克斯泥土和白垩。在所有其他案件里，给他提供线索的都是人们鞋子上来自附近新翻土地的泥。比如他推断出华生刚去发了电报，是因为他的鞋上沾了威格莫尔街邮局外修路工地上的泥土。另外，他隐退后去了苏塞克斯，也就是说他回归故里了。

福尔摩斯家族并不乏味守旧：他们不给儿子起名詹姆斯、约翰、乔治或查尔斯，而是叫迈克罗夫特和夏洛克。这些名字大概都是姓氏，而且有可能来自福尔摩斯家族这一

---

① 阿诺德·本涅特（Arnold Bennett，1867—1931），英国作家，发表了一系列以家乡斯塔福德郡五个镇子上的中产阶级日常生活为题材的小说。

支。夏洛克的祖母是画家韦尔内（Vernet，法国有三个姓韦尔内的画家，活跃于1689—1863年）的姐妹，她的亲属定居英格兰后把姓氏改成了韦尔纳（Verner）。除此之外，我们对于他的祖辈一无所知。

福尔摩斯兄弟俩个子都很高，记忆力过人，观察和推理能力强大。但从其他方面看，他们就截然不同了。迈克罗夫特身躯臃肿，病歪歪、懒洋洋的；夏洛克身形瘦削，躁动不安，活力充沛。迈克罗夫特在数字上颇有天赋，从不出门娱乐；夏洛克学习演奏小提琴，最喜欢音乐会

选自柯南·道尔的《福尔摩斯冒险史》：迈克罗夫特·福尔摩斯坐在弟弟的家中，这时福尔摩斯和华生医生进门了

和歌剧。然而，这兄弟俩关系却很亲密。成年后的迈克罗夫特的活动范围有限，基本上只是从住处散步到附近的白厅①去上班，又从那里去到同样在近处的第欧根尼俱乐部。在俱乐部里，他可以享受比特拉普派②苦修士更清心寡欲的社交生活。但只要他的弟弟需要帮助，他就会心甘情愿地打破自己的常规。有一次，在夏洛克走到贝克街之前，迈克罗夫特就已经乘坐一辆双轮马车到那里了。更让人称奇的是，有一次迈克罗夫特应夏洛克的要求乔装成一个出租马车的车夫，把华生从劳瑟拱廊送到维多利亚车站。他是唯一一个知道夏洛克在1891年在莱辛巴赫与人搏跤搏斗后还活着的人，之后他还将弟弟在贝克街221B号的房子保留了三年。

比起去公立学校，如比特立独行的两个年轻人更适合请家庭教师。我们并不知道他们到底是接受了哪种教育。我们知道福尔摩斯没有学地理学，因为他要查地图来确定巴拉腊特位于澳大利亚。地方志上关于安达曼群岛岛民的错误信息他也照单

---

① 白厅（Whitehall），伦敦一街名，许多政府机关所在地，也用来泛指英国政府。
② 特拉普派（Trappist），天主教西多会的一个教派，强调缄口苦修。

圣巴塞洛缪医院的入口，福尔摩斯和华生在此相识

全收，他以为那些人都是丑恶、原始、吃人的侏儒。大家都知道，他还洋洋自得地说自己不了解太阳系。

夏洛克的拉丁语通过了大学文学士学位初试（牛津大学和剑桥大学入学的要求），因为他上了大学。华生没有写明福尔摩斯是进了哪所大学，而福尔摩斯既用过牛津的术语"四方院"（quadrangle），也用过剑桥的术语"法庭"（court），十分随意。这一点引发了人们的争论。说明福尔摩斯是牛津学生的最有力证据是他说剑桥"不友好"。多萝西·L. 塞耶斯[1] 举出了一个复杂的论据，说明他是剑桥的学生：一天早上，福尔摩斯在去教堂的路上，被特雷弗（Trevor）的牛头狗咬了。塞耶斯认为学校是禁止养狗的，所以福尔摩斯和特雷弗一定是住在校外的寓所里，而只有剑桥的学生会这样，牛津的学生不会如此。可惜塞耶斯小姐被20世纪的情况误导了。1870年的时候，大多数的学院都能给所有学生提供住宿。那么特雷弗是违规养狗吗？原文里说福尔摩斯是"下楼去教堂"，这也说明了宿舍房间是在学院楼里的，而不是在镇子的另一边。因此，我们断定福尔摩斯是牛津学生。

那么他是哪个学院的呢？像他这样智力超群的人应该会喜欢林肯（Lincoln）学院，那时马克·帕提森（Mark Pattison）院长正努力令牛津的学术水平向德国的大学看齐。但是福尔摩斯和贵族雷金纳德·马斯格雷夫（Reginald Musgrave）相识，而

---

① 多萝西·L. 塞耶斯（Dorothy L. Sayers，1893—1957），英国侦探小说家、戏剧家，被誉为"犯罪小说四女王"之一，写过《塞耶斯论福尔摩斯》一书。

伦敦的大英博物馆，邻近福尔摩斯的住所，所以他可以在这里进行研究

林肯学院并不是权贵云集的地方。事实上，福尔摩斯能够"轻而易举地出类拔萃"，他就可能是贝列尔（Balliol）学院的学生。不论福尔摩斯是哪个学院的，他都算是个怪人，而且在大学二年级时，他神奇的推理方法让全校瞩目。

福尔摩斯在假期造访特雷弗家时，展现了他过人的才能：他调查了一桩敲诈案，破解了一封密码信。后来，在度过了两年大学生涯后他辍学了。牛津大学当时还是"古典传统联盟"，而在福尔摩斯爱好的科学方面进步微乎其微。于是他便到伦敦去研究自己喜欢的无机化学了。在圣巴塞洛缪（St Bartholomew）医院的化学实验室里，他为了找出检验血迹的方法进行有机实验。1829 年的伯克（Burke）和海尔（Hare）案之后，他在圣巴塞洛缪的太平间改进了之前在爱丁堡用兔子做的实验：用棍棒击打尸体，看看是否会出现瘀青。他可能是用继承的遗产来支付学费的，因为小说里没有写到他父母仍在世。他从事多项对侦探咨询有利的研究，比如解剖学和毒药的特性。他从没想过要毕业，然后做医生。他也没遇到实习医生华生，虽然他俩在圣巴塞洛缪的时间有重合。

雷金纳德·马斯格雷夫，福尔摩斯的大学校友

　　福尔摩斯住在蒙塔古街，那么他必然在对面的大英博物馆的图书馆度过了不少时间。他研习犯罪史，但对研究对象的私生活不甚关心：他以为帕尔默（Palmer）和普理查德（Pritchard）两名犯人是他们那个职业里面的佼佼者，而事实上他们不过是平庸的全科医生；他认为凶残的飞贼查理·皮斯（Charlie Peace）是小提琴演奏大师，可真相恰恰相反；业余作家兼画家托马斯·格里菲斯·温怀特（Thomas Griffith Wainewright）精于造假、工于下毒，福尔摩斯误认为他"绝不可能是艺术家"，然而他就是。

约翰·H. 华生医生

1880 年底，夏洛克已经准备好离开蒙塔古街，去开启他为期 23 年的职业生涯了。他写的关于烬灰的研究专著也让他声名渐起。他接手了三个昔日同窗的案子。在他离开牛津大学四年后，林肯学院或是贝列尔学院校友雷金纳德·马斯格雷夫请他追查他那风流的管家和被抛弃的女佣。在查案时，福尔摩斯还找到了查理一世丢失的王冠，这让他迅速地确立了职业声望。他 28 岁的时候，来找他的委托人就包括了苏格兰场刑事调查局的精锐格雷格森和雷斯垂德。比起大英博物馆的便利，眼下一间宽敞的咨询室变得更为重要了。福尔摩斯在贝克街找到了合适的寓所，房子里有一间大客厅和至少两间卧室。

福尔摩斯和华生前往德文郡

美国画家小理查德·卡顿·吴德维尔的画作，画中展现了在阿富汗战争的迈旺德战役中，英国皇家骑炮兵队对抗阿富汗士兵的场景。华生就是在这个战役中受伤的

但是还存在一个问题。福尔摩斯的个人资产和他的侦探咨询收入，都不足以负担高昂的租金。他在财务上很节俭，就像他面对危险时非常勇敢一样。所以他四处寻觅一个室友来入住另一间卧室，以分摊房租。

就在那个值得纪念的早晨，福尔摩斯在医院的化学实验室里完成了测试可靠血液沉淀方法的实验，并找到了一种可用的溶液，这时一个叫斯坦福德（Stamford）的年轻医生或者说医学学生走了进来。

约翰·H. 华生医生曾经是诺桑伯兰第五燧发枪团的助理军医，领着一份不包括住房费用的伤病抚恤金，所以他需要找一处价格适合的住处来节省开支。斯坦福德曾在圣巴塞洛缪担任华生的助手，当时华生是那里的住院外科医生。

虽然华生算不上聪明，但 1878 年他也在伦敦大学拿到了医学博士学位。与苏格兰和美国不同，在英格兰，这个学历可以让他有资格追求比普通全科医生更高的职位。对于亨利·巴斯克维尔（Henry Baskerville）爵士的朋友摩尔迪莫（Mortimer）医生而言，皇家外科学院会员的平凡身份就已经足够了。华生很明智，他最终也没有穷尽自己的脑力去做会诊医生或学者。他去了耐特利的培训学校，学习了军队外科医生的课程。华生早先游访过三个大洲，也熟知那里女士的情况（他对漂亮姑娘和优雅淑女青眼有加）。他目睹过巴拉腊特的金矿开采。在福尔摩斯出生的同年，那里发生过澳大利亚矿工暴动，为了反抗殖民地总督的高额税收，矿工们筑起尤里卡栅栏并发起保卫战[1]。但1854年的时候华生才两岁，没有见证澳大利亚民主诞生的这场阵痛。不过他确有可能在上学时的假期里去探险，应聘随船医生并周游世界。

1879 年，他从耐特利被派到了印度，到达孟买的时候得知第二次阿富汗战争[2]已经打响。华生加入了他所属的军团，不幸在迈旺德战役中负伤，幸而他忠诚的勤务兵把他扛到了马背上，否则他就牺牲了。射中他肩膀的杰撒伊步枪[3]子弹打伤了动脉，导致手臂僵硬。福尔摩斯见到他的时候就立马注意到了这点。伤痛还使他的腿莫名其妙地出了问题，他会出现腿部受伤的幻觉，这让他备受暂时性跛足的折磨。好在华生及时复原了，又恢复了往常的健康和活力。

然而，华生于1881年因伤退伍，他觉得自己永远地残疾了。他回到了伦敦，靠领抚恤金度日。在华生回忆福尔摩斯最后一个案件时，他的生命已经接近尾声，直到那时他才坦白了个中缘由，政府发给的抚恤金高达每日 11 先令 6 便士（57 新便士），他却依旧无法过活，那是因为这些钱当中有 5 先令 9 便士（28 新便士）直接流到了赛马投注经纪人手中。[4]华生真是沉迷于供养这些吸血鬼！

这是他唯一的道德弱点。华生结实高大，伦敦警察厅的雷斯垂德探长身高 5 英尺 10 英寸（约1.78 米），在他眼里也是个"矮子"，还长着一张"老鼠脸"，又像是只"精瘦结实的斗牛犬"。由此可见，雷斯垂德的脸颊和鼻子随着年龄的增长横向发展了。福尔摩斯身高 6 英尺（约 1.83 米）有余，因为身形瘦长，在华生看来会比实际身高更高一些。华生有着橄榄球员的强壮躯体，出国前曾经为布莱克希思队效力过。

---

[1]　指尤里卡栅栏事件（The Eureka Stockade），1854 年 12 月澳大利亚维多利亚殖民地采金工人反抗殖民当局的斗争。

[2]　由英国发动的第二次阿富汗战争（1878—1880），以 1880 年 7 月迈旺德战役告终。英军遭受了毁灭性打击，超过千名士兵死亡或失踪。1881 年英军撤出阿富汗。

[3]　杰撒伊（Jezail）步枪：一种枪口填装式长筒滑膛枪，因低成本并可以手工制作，在十八九世纪的印度和中东等地广泛使用。

[4]　见《肖斯科姆别墅》。

华生是个军官，也是个绅士。因为军队规章，参军的时候他蓄了胡子，所有服役的军人都必须这样。他上过公立中学，道德品行深受其影响，福尔摩斯曾经说过华生不会伪装。华生从没提过母校，但可以肯定的是，他去的不是阿诺德改革后的拉格比公学 ①，因为华生的学校纪律散漫。他还加入了一个小团体，欺负比他年长两岁的"蝌蚪"菲尔普斯（Phelps）：他们用一根板球门柱对菲尔普斯穷追猛打。这霸凌的一幕是痛苦的，但华生成为这个团队的中心是个预兆，当年小团体里面的幼稚男孩如今成长为一个成熟的男子汉。菲尔普斯性格和顺宽容，当他后来去寻求华生或是福尔摩斯帮助的时候，表现出了典型的公立学校礼节。然而，华生的心智能力也不足以达到温彻斯特公学的要求，这所出类拔萃的学校崇尚"礼仪成就人"。

虽然伊顿公学的校园霸凌现象也很常见，但也不太可能是华生的母校。那里培养出了犯罪大师约翰·克莱和塞巴斯蒂安·莫兰上校。如果华生毕业于伊顿公学，福尔摩斯会拿他们来取笑华生的。

福尔摩斯因为发现了检验血液的方法异常兴奋，就忽视了他的新伙伴。虽然华生说自己养了条斗牛犬，但福尔摩斯后来没有询问那条狗为何突然神秘地不见踪影了。他一点儿也没料到这位略带拘谨的医生会成为自己的记录者，而且还是个畅销书作者。当然，两人都想不到他们会成为彼此的挚友并且因此被人们永远铭记，他俩正如劳莱与哈代搭档 ②或是梅子配蛋奶沙司。

贝克街 221B 号

贝克街 221B 号是当之无愧的世界最知名的单身汉寓所吗？但是在福尔摩斯和华生入住贝克街之时，写着这个地址的信件是永远寄不到收件人手上的。资深地志学者表示，相较 1881 年来说，贝克街的长度增加了一倍。当时的贝克街只从波特曼广场延伸到帕丁顿街，门牌号没有大于八十几号的。地志学者还断定，反复出现的

①　拉格比（Rugby）公学，位于英格兰中部沃里克郡拉格比镇，是英国最古老的公学之一，也是橄榄球运动发源地。阿诺德（Thomas Arnold，1795—1842）曾任该校校长，提出了"品德重于学业""培养基督教绅士"等改革方针。

②　美国喜剧电影史上最出名的二人组合，曾师从卓别林。从 1927 年起，劳莱与哈代联合演出，1932 年他们的影片《音乐盒》获第 5 届奥斯卡金像奖最佳喜剧短片。

夏洛克·福尔摩斯在贝克街221B号的客厅

221B号不是由于华生记性不好，也不是因为他经常字迹潦草，记录的日期时常有误。他们认为华生是有意隐去真实地址，让房东哈德森太太免于应付像今天这样涌向贝克街的日本游客和聒噪的导游。可方便到达的威格莫尔街和牛津街，后院的悬铃树，可通过小巷到达的近旁的空屋，路对面的短街，这些证据都让大家认定"221B号"实际是面向较低的街南端，而且是在街的西边。很多学者都提出了关于不同门牌号的猜想，然而有一点大家达成了共识：贝克街的房子前面都是平的，唯有这所房子一楼有拱形窗——如果有人再见到这座房子就会立马认出它来。

临街的门后有17级楼梯通向楼上的客厅，正是这个舒适的房间吸引了福尔摩斯。客厅显眼的大窗子朝向大街，其中有一个特别的隔间，有一个入口通向在同层楼的

福尔摩斯和华生穿着讲究，走在牛津街上

福尔摩斯的卧室。华生的卧室和至少两间杂物室在楼上。

　　客厅门对着壁炉，福尔摩斯把自己的信件用一把折信刀钉在炉架上。壁炉前面相对摆放着福尔摩斯和华生的扶手椅。客厅里还有一张早餐桌和一把直背柳条椅，他们的肖像画师西德尼·佩吉特[①]注意到，这把椅子后来被华生搬到了他婚后的新家。房间的角落里有一张大桌子，上面摆满了福尔摩斯做化学实验的瓶瓶罐罐。一些架子放参考书，还有一些架子放福尔摩斯自己剪贴而成且不断扩充的百科全书。

────────────

　　① 西德尼·佩吉特（Sidney Paget，1860—1908），英国画家，最著名的福尔摩斯插图作者。

艾琳·艾德勒（Irene Adler）的资料夹在拉比·艾德勒（Rabbi Adler）和一个无名的指挥官的资料中间。拉比长官活跃于19世纪80年代，不能确定他是不是福尔摩斯的朋友，但他一定是罗伯特·安德森（Robert Anderson）博士的朋友。安德森是苏格兰场刑事调查局的头儿，福尔摩斯对他们局非常无礼。由于福尔摩斯珍贵的资料丢失了，因此对那个指挥官的确切身份和他写的鱼类专著没有详细研究。

这些散乱的剪切资料让华生觉得不快。通常累积几个月以后福尔摩斯才做整理，把一些贴到册子里，其他的塞到杂物室的一个箱子里。更恼人的是，"福尔摩斯癖好发作的时候就爱坐在椅子上，手握装有100发博克塞式①子弹的手枪，在对面的墙上打出 V. R. 字样②，以表现他的爱国之情"。

"就爱坐在椅子上"几个字说明这种行为时常发生，可知华生对朋友的乖张个性多么包容。

但是华生当时还炫耀他和福尔摩斯是"波西米亚式"的人，这指的是那时候对抗社会陈规的艺术风潮。象"垮掉的一代""嬉皮士"和"新社会"一样，"波西米亚式"被用来为反叛乏味、懒散的资产阶级做派辩解。华生喜欢阅读的书籍应该不是乘火车时消磨时光的廉价小说，他在贝克街会读亨利·穆杰③的小说《波西米亚人》。这部作品40年前很流行，而10年以后普契尼把它改编成歌剧。但也许年轻知识分子的自由性爱才是吸引华生阅读的主要原因。但是他却嫌弃福尔摩斯把雪茄放到煤斗里，或把烟草塞进一只旧波斯拖鞋里。作为一个医生，他反对福尔摩斯通过注射7%的可卡因溶液来缓解倦怠，尽管在当时这是合法行为，但这样用药不太符合传统。华生本质上还是保守的。他的娱乐活动是打桌球，而福尔摩斯的消遣方式是欣赏古典乐和涉猎各种学科。福尔摩斯的不修边幅与他的严谨个性形成了对比。他像猫一样爱干净，而在贝克街的家里闲晃的时候，华生就看到他身穿鼠灰色或者华丽的紫色晨衣。去乡下的时候，福尔摩斯穿了件像女士晚礼服一样的曳地长风衣。西德尼·佩吉特把这个形象画了几次，在他眼中，福尔摩斯是如此精致体面，就像优雅而玩世不恭的律师政客 F. E. 史密斯一样。福尔摩斯和华生是"Chumming"，这

① 博克塞式：由英国人爱德华·博克塞（Edward Boxer）发明，易于复装弹药。
② V. R. 是当时英国女王维多利亚的王室徽号上的缩写。
③ 亨利·穆杰（Henri Murger，1822—1861），法国波西米亚主义作家、诗人。代表作《波西米亚人》（Vie de Bohème）。

个词来自印度古语，意为分享寓所。这段室友关系让福尔摩斯成熟起来。他起先只是礼貌地将华生称呼为"医生"，而且迟迟不肯透露自己非同寻常的职业。然后他变成了一个优越感十足但不失亲切的朋友，在华生婚后称其为"我的伙计"。再到后来，他常常打趣善良的华生医生，故意把华生质朴的常识说成是异常的迟钝。贝特丽丝和培尼狄克①这对情侣比罗密欧与朱丽叶更真实，他们的创作者是福尔摩斯的同胞。于是大家也许会联想到福尔摩斯对华生的日渐深厚的感情：在《三个同姓人》中，若是恶棍伊万斯（Evans）的子弹不止是擦伤了华生的大腿，这份爱会让福尔摩斯对这个"凶犯"痛下杀手。以华生回忆录一贯的风格来看，比起按日期排序案件，这种感情的升华在按发表先后排序的案件里展现得更清楚。

华生结婚前这段舒适的单身汉生活就这样展开了，在丧妻后又恢复了这样的状态。

定　居

1881 年，福尔摩斯的文章《生命之书》问世，但是没有署名，华生在贝克街读到了刊登在杂志上的这篇文章。华生评价这篇文章是一派胡言，福尔摩斯便承认是他写的。虽然福尔摩斯从没解释过，如何从一滴水推断出尼亚加拉大瀑布和大西洋的存在。但他首次向室友坦白了自己的职业，并展示了"演绎法"。他和迈克罗夫特都掌握了这个技能。兄弟俩都能从男人或女人的外表中观察到细微之处，然后通常能得出很多与实情相符的结论，比如一个人的职业、近期的出行和生活境况。华生当场就受到了震撼，但福尔摩斯这个技能基本没有在探案中发挥重要作用。其实，如果我们可以选择观察对象，大多数人都能认出那些带有暗示的特征，比如英国退伍军人协会的领章、几条守旧派的或是军团的领带、怪异的袜子、带增高垫或是过时的休闲鞋面的鞋子，又比如纪念日的白色罂粟花、戒指在手指上留下的苍白、没晒黑的痕迹。福尔摩斯就是依据这些线索来施展技能的。

侦探顾问的工作使得福尔摩斯的知识面出奇地不均衡。华生认为福尔摩斯的解剖学知识"精确但不系统"。这么说太宽容了。后来，福尔摩斯注意到华生跛足，同

---

① 贝特丽丝和培尼狄克是莎士比亚喜剧《无事生非》中的角色，是互相挖苦讽刺、打情骂俏，最后终成眷属的欢喜冤家。

情他的阿喀琉斯之踵，但那其实是肩膀中弹而导致的身心失调引起的。然而对于托勒密或哥白尼有没有正确描述地球和星星的运行，福尔摩斯理直气壮地觉得无须了解和关心。他假装不在乎哲学、不认识卡莱尔①的时候，很有可能是在和华生开玩笑。福尔摩斯错误引用了卡莱尔对天才的定义②，还改了一下原话，变成了"天才具有不辞艰辛的超凡能力"。7年后，他还告诉华生，瑞士哲学家里希特（Richter）是卡莱尔的思想来源，并推荐华生去读温伍德·瑞德的为科学的无神不可知论辩护的权威作品③。

《福尔摩斯归来记：诺伍德的建筑师》的插图：福尔摩斯、华生与雷斯垂德探长一同勘查现场

华生知道福尔摩斯是侦探后，他就马上可以看他查案了。第一个案件的主人公是伊诺克·德雷贝尔（Enoch Drebber）或者杰弗森·霍普（Jefferson Hope）。华生很佩服自己的朋友福尔摩斯发表的关于烟灰的专著，让人能一眼辨别出所有香烟品牌的烟灰。这时他还不知道这本稀有的配图册子会那么出名，被那么多收藏家追捧。华生发现福尔摩斯对于伦敦了如指掌，即使乘车穿行在阴暗的街上他也能辨认出路线。他发觉尽早勘查犯罪现场对福尔摩斯的探案至关重要，也学习到了可以从脚印步幅推断人的身高。华生见到了"贝克街小分队"——这些街头顽童受雇于福尔摩斯，在伦敦为他追踪他想找的车辆或船只。后来福尔摩斯在办案需要的时候，让一群排练好的群众演员

---

① 托马斯·卡莱尔（Thomas Carlyle，1795—1881），苏格兰哲学家、作家、历史学家。

② 卡莱尔的名言为："天才就是无止境刻苦勤奋的能力。"

③ 威廉·温伍德·瑞德（William Winwood Reade，1838—1875），英国历史学家、探险家和哲学家，代表作《成仁记》（The Martyrdom of Man）。

《灰与黑的协奏曲》的二号作品：托马斯·卡莱尔肖像。作者是詹姆斯·麦克尼尔·惠斯勒。这幅画是因为卡莱尔看到《灰与黑的协奏曲：母亲肖像》后留下深刻印象，于是要求惠斯勒也给他画一张

布满街头，就像导演布置舞台一样。

华生还得知福尔摩斯相当蔑视警察。他批评苏格兰场的雷斯垂德探长和格雷格森探长随意下结论，而且在没查清证据的情况下就采取行动——虽然福尔摩斯认为，

科林·杰文斯在 20 世纪 80 年代的电视剧里扮演雷斯垂德探长

在伦敦刑事调查局那群庸才当中，他们算是鹤立鸡群了。当然用现在的标准看，福尔摩斯也犯过错误，他看到劳里斯顿花园（Lauriston Gardens）的尸体就匆匆下结论，说被害人是被载他到那里的马车夫毒死的，杀人的动机与放在尸体上的女人婚戒有关①。格雷格森追查德雷贝尔的制帽匠是正确的，从他那里能够得知死者在伦敦的地址。雷斯垂德在寻找德雷贝尔的秘书斯坦格森（Stargerson）上也发挥了关键作用。这二人找到的都是让杰弗森·霍普之后认罪的重要线索，而福尔摩斯的探案法查出了凶手的职业和名字，并且辨识出他使用的手法。但苏格兰场的人往往抢走了所有功劳，这对一个单枪匹马作战的人而言太过分了。几年后，华生发表文章讲述了自己目睹的这第一桩案件。华生模仿了詹姆斯·麦克尼尔·惠斯勒②命名肖像画的直白方法，比如"（这种或那种颜色）的协奏曲"，他依样给案件取了一个波西米亚风格的名字"血字的研究"。

　　1883 年，福尔摩斯阻止了格里姆斯比·罗伊洛特（Grimesby Roylott）医生谋杀他的继女，此前他已经杀害了她的姐姐③。华生的日期记录得不清晰，福尔摩斯在

---

　　① 见《血字的研究》。

　　② 詹姆斯·麦克尼尔·惠斯勒（James McNeill Whistler，1834—1903），美国画家，命名画作时喜欢加上音乐标题，如《灰与黑的协奏曲：母亲肖像》《玫瑰与银色的交响乐：瓷器国公主》等。

　　③ 见《斑点带子案》。

"犯罪界的拿破仑"詹姆斯·莫里亚蒂教授

同一时期内遇到了另一桩动机类似的案件。维奥莱特·亨特（Violet Hunter）小姐被雇为家庭教师，但实际上是假扮成被雇主囚禁的女儿爱丽丝·卢卡索（Alice Rucastle）。她父亲的所作所为是为了控制她继承的财产 [1]。这就难怪福尔摩斯说玛丽·萨瑟兰（Mary Sutherland）小姐的案子"老套"了。1888 年，这位继女请福尔摩斯寻找失踪的未婚夫霍斯默·安吉尔（Hosmer Angel）[2]！

华生于 1888 年结婚并搬离贝克街，此前发生过两起和杰弗森·霍普一案类似的重要案件，都牵扯到了美国的秘密组织。两起案子都发生在华生将离开贝克街的时候，福尔摩斯都不幸地失去了委托人。

1887 年的"五个橘核"案中，福尔摩斯要面对三 K 党 [3] 的余孽。这个组织已经在 1871 年解散，后来他们被人们遗忘了，直到 1915 年死灰复燃，成立了一个排外、反天主教的白人至上组织。他们不为人知，福尔摩斯的百科全书和地名志里面的相关信息错漏百出，把组织名字的来源误认为是扣动枪扳机的声音，其实它是希腊语词汇"kuklos"的误读，原词意为"圆圈"。奥彭肖上校如何以及为何背叛三 K 党的原委我们并不清楚。他激进的种族主义罪行招致的惩罚殃及了两代人——即使福尔摩斯准确推断出了复仇者搭乘的船。

---

① 见《铜山毛榉案》。
② 见《身份案》。
③ 三 K 党（Ku Klux Klan），美国的一个奉行白人至上和歧视有色族裔主义运动的种族主义组织。Ku-Klux 来源于希腊文 Ku-Kloo，意为集会，Klan 是种族。因三个词头都是 K，故称三 K 党。

被福尔摩斯证明"遇害"的约翰·道格拉斯（John Douglas）其实还活着。没过多久，他杀掉了宾夕法尼亚恐怖分子派来的杀手。福尔摩斯恳切建议道格拉斯立即离开英格兰，但是他依旧难逃厄运。因为背后藏着更加邪恶的黑手：莫里亚蒂教授。

莫里亚蒂和玛丽·摩斯坦

华生后来把听说莫里亚蒂的时间错记在他结婚之后了。事实上，福尔摩斯在召唤华生到伯尔斯通庄园（Eirlstone Manor）调查约翰·道格拉斯谋杀案时，提及过这个"犯罪界的拿破仑"。一个化名波洛克（Porlcck）的流氓混混曾警告道格拉斯他面临着危险，福尔摩斯解释说波洛克是他收买的眼线，负责随时通报自己主人的一举一动。

詹姆斯·莫里亚蒂少年老成。早在他21岁的时候，就发表了关于二项式定理的论文，因此他很快在某个规模较小的大学获得了数学教授职位。他可能任教于伯明翰、布里斯托、达拉谟或者南安普顿。他的著作《小行星力学》太过艰深，以至于学术期刊都无法找到能力相当的人来评审。他的职业前景一片光明，但他谦逊地并未试图把他在欧洲享有的名声带到牛津和剑桥，或是欧洲大陆和苏格兰的大学。福尔摩斯让苏格兰场的得力干将警惕莫里亚蒂，说他们手上的一些棘手案子就是莫里亚蒂主使的，但他们都觉得这是无稽之谈。只有年轻的麦克唐纳探长把福尔摩斯的话放在心上了。福尔摩斯告诉麦克唐纳，他在莫里亚蒂的书房里见到的一幅格勒兹的画，可能价值四万英镑。莫里亚蒂家族受人尊敬，但并不富有。莫里亚蒂有个兄弟是英格兰西部铁路的火车站站长，而莫里亚蒂自己一年工资也只有700英镑。从这里就可以看出莫里亚蒂的聪明之处：他避人耳目，过着普通大学教授的清贫日子，然而他把钱分散到了六个不同的国内银行账户上，还在瑞士存有巨款。他让王牌猎手和作弊高手莫兰上校做自己的犯罪总参谋，为此支付的报酬比英国首相的薪水还高。

莫里亚蒂这个恶棍的智慧与福尔摩斯旗鼓相当，人们猜测可能正是他们之间的角力导致了福尔摩斯在1887年病倒。当时正值荷兰-苏门答腊公司案发生和矛珀丁（Maupertuis）男爵的阴谋上演（毫无疑问是为莫里亚蒂打掩护的），之后福尔摩斯就在欧洲生病了。后来，他前生华生的朋友海特（Hayter）上校位于瑞盖特（Reigate）的住处休养身体。然而在此之后，福尔摩斯便给了莫里亚蒂第一记重击。因为流言太盛，莫里亚蒂辞去教授职位，转战伦敦去做低微的预备军人教练。除了福尔摩斯、华生和麦克唐纳，没人对莫里亚蒂的真面目有任何怀疑。

但在福尔摩斯与莫里亚蒂公开对峙前，贝克街 221B 号的单身汉联盟就瓦解了。1888 年夏天，玛丽·摩斯坦小姐来请福尔摩斯帮忙调查 10 年前父亲失踪一事。近 6 年来，她每年都会收到匿名人送来的一颗珍珠，有天早上她接到一封匿名信，请她当晚到兰心剧院①的第三根柱子等候。玛丽身材娇小，穿着素淡而优雅，金色的头发包在一条朴素的灰色头巾里。华生对她一见倾心。他俩初识的那晚，华生不停地向玛丽讲述他在阿富汗的惊险故事，说一支步枪钻进他的帐篷，然后他用双管小老虎对它射击。就像《马丁·瞿述伟》②里的约翰·韦斯特洛克（John Westlocl）看见鲁丝·平奇（Ruth Pinch）做饭被迷得神魂颠倒，和她的兄弟说一个布丁走进他的办公室，然后拿了把椅子。

在案件结束的时候，华生和摩斯坦小姐都很庆幸罪恶的阿格拉珍宝沉入了泰晤士河，因为一个高尚的男人绝不会和一个富有到能养得起他的女人结婚。福尔摩斯毫不掩饰对华生向情感屈服的反感之情，虽然他很赞赏摩斯坦小姐所具有的侦探的直觉：她保留了父亲的资料，帮助侦破了阿格拉珍宝案件。她的聪慧在 1889 年 6 月 10 日表现得更加突出。她当着她的朋友凯特·惠特尼（Kate Whitney）的面叫华生詹姆斯（James）。多萝西·塞耶斯小姐猜测这是因为华生的中间名是哈米什（Hamish），他比较喜欢这个名字的英语变形，而不是他的洗礼名约翰（John）。但是我们可以肯定老朋友惠特尼夫人是被邀请来听这个私人笑话的（可能不太合时宜）。华生是个连结婚日期都记不清的丈夫，也忘了在阿富汗时四肢到底是哪里受伤，华生夫人愉快地对朋友说："他会连自己名字都忘掉！我证明给你看！"然后，心不在焉的华生真的在被叫错名字时完全无所谓。

但玛丽还是个完美的妻子。她不仅宽容了"马大哈"华生，而且从不反对福尔摩斯把他紧急召唤去探案。

华生也真是个极好的丈夫啊！他在被要求于午夜前往伦敦东区那个令人讨厌的鸦

---

① 兰心剧院（Lyceum Theatre），位于伦敦威斯敏斯特的惠灵顿街，此处是伦敦著名的剧院区——西区（West End）。

② 《马丁·瞿述伟》（*Martin Chuzzlewit*），查尔斯·狄更斯于 1843 年发表的长篇小说。

凯莉·莱利在 2009 年的电影《大侦探福尔摩斯》中扮演玛丽·摩斯坦，该片由盖·里奇执导

片馆接回伊萨·惠特尼（Isa Whitney）的时候表现沉着冷静，鸦片馆还有一个通向泰晤士河的地牢。华生在鸦片馆再次领教了福尔摩斯高超的乔装技能。福尔摩斯第一次展示这个技能，还是在查摩斯坦小姐的案件时——华生和阿萨尔尼·琼斯（Athelney Jones）都没认出扮成海员的福尔摩斯。在鸦片馆里，福尔摩斯施展了他惊人的乔装技能：只是调动一下肌肉就能上皱纹在脸上出现和消失。在他卸下伪装的时候，他告诉华生乔装是必须的，因为他一直都在查案，有的犯罪分子已经开始认识他了。

实际上，福尔摩斯结交了一些对他有帮助的底层朋友。他不仅买通了莫里亚蒂的手下波洛克，他本人还是一名底层拳击手，1884 年他在艾利森（Alison）的场子和拳击手麦克莫多（McMurdo）对抗过三个回合［后来麦克莫多成了巴塞洛缪·肖尔托（Bartholomew Sholto）的保镖］。在苏格兰场用一流的警犬追踪"开膛手杰克"失败而受到嘲笑的年代，福尔摩斯知道去哪里借一只杂种狗，替他们追踪城市街道上的踪迹。当要追踪的人踩到了杂酚，小狗托比（Toby）对此更有优势。

莱辛巴赫之旅与回归

兰心剧院，福尔摩斯、华生和玛丽小姐在第三根柱子与塞笛厄斯·肖尔托的密使会面

在波西米亚主义过渡到了颓废主义的时代背景下，福尔摩斯显得保守而体面，名望颇高，是国之栋梁。他第一个与国家相关的案件是寻找"绿玉王冠"上的宝石，那可是国家的，不对，是帝国的珍宝。威尔士亲王把王冠抵押在伦敦第二大私人银行，贷款 5 万英镑。银行被窃后，王冠上的宝石就失踪了。银行家霍尔德（Holder）先生很谨慎，没有询问为何客户需要这笔钱。但我们可以猜测，亲王可能在百家乐赌博中输了钱，或者是他的儿子艾尔伯特·维克多（Albert Victor）王子因为光顾妓院被勒索。对于福尔摩斯没有让他们的丑闻见诸报端，王室没有任何肯定的表示；威尔士亲王也不知晓他差点就遗失了他抵押的国家宝物。

王室还应该感谢福尔摩斯没有吐露曾经的伊顿和牛津学生约翰·克莱（John Clay）的堕落事迹，他是乔治三世一个卑劣后代的私生孙子。克莱苍白的小手里流着皇家血液，他错位的王室身份让人想起爱德华八世放弃王位的旧事。

当福尔摩斯告诉波西米亚国王，他与前情妇有损名誉的照片不会泄露时，国王表示感激。福尔摩斯谢绝了国王送他的绿宝石蛇形戒指，但收下了金子和紫水晶制成的鼻烟壶。

在 1888 年，"有损名誉"的照片不是色情的。这就像后来政客偷了华生记录其对灯塔和受训的鸬鹚所做的错事的笔记。用今天的标准来评判，这些举动则是"下作的"。

另一位皇家委托人是斯堪的纳维亚国王。统治荷兰的家族赠送给福尔摩斯一个

右页：福尔摩斯和莫里亚蒂在莱辛巴赫瀑布的小径上扭打

戒指，酬谢他为他们解决了一个棘手的难题。福尔摩斯在夸耀这些有头有脸的委托人时很谨慎，但他并不喜欢这些贵族和外国王室。

华生的旧时同窗"蝌蚪"菲尔普斯给福尔摩斯带来了第一个供职于内阁的委托人：菲尔普斯的舅舅霍尔德赫斯特（Holdhurst）勋爵，他是外交大臣。与天马行空的猜想和小说家言相反，1888年底，内政部并没请福尔摩斯去追捕"开膛手杰克"，他也并没有加入追捕这个卑鄙色情狂的行列。其实这时候，福尔摩斯去了达特穆尔的巴斯克维尔庄园，这桩案件因为华生的妙笔而成为福尔摩斯最出名的案例之一。

然而1891年，福尔摩斯失踪了。詹姆斯·莫里亚蒂上校试图挽回他的兄弟的名声——此人正好也叫詹姆斯，公众通过华生知道了夏洛克·福尔摩斯说服苏格兰场在四月份逮捕了莫里亚蒂的犯罪团伙。他们知道福尔摩斯和华生前往欧洲大陆去躲避莫里亚蒂教授的追杀。在坎特伯雷东站，他俩为了躲开莫里亚蒂跟踪他们的专列火车而藏身于行李后面。

五月份，莫里亚蒂追踪到了身处瑞士的福尔摩斯，又用一个虚假的病人求助把华生支走。后来的几年，人们都相信福尔摩斯和莫里亚蒂在莱辛巴赫瀑布的小径上相遇了，他们扭打在一起，并在搏斗中双双殒命。人们都哀悼这位世界上最伟大的侦探的牺牲，许多人还佩戴黑纱来追念他。只有迈克罗夫特知道福尔摩斯的"临终遗言"、丢弃的手杖和香烟匣子都是迷惑莫里亚蒂手下的障眼法。

福尔摩斯精通日本的巴流术①摔跤，借此他摆脱了莫里亚蒂的纠缠，让这个犯罪大师独自走向死亡。但是他马上意识到莫里亚蒂并不是唯一躲过苏格兰场抓捕的人。团伙的二号人物莫兰上校陪同他的老大一起前往莱辛巴赫，伺机向福尔摩斯投掷石头。福尔摩斯必须花比原来预想中更长的时间去更深入地调查。

迈克罗夫特给他送去钱，同时还为他支付贝克街住所的租金。福尔摩斯化名"西格森"（Sigerson），去了中国西藏，从1791年起那里就是一片几乎与外界隔绝的土地。他对此描述模糊，并把喇嘛（Lama）误拼为"Llama"。他还期望海因里希·哈勒尔（Heinrich Harrer）关于西藏的描述会比布拉瓦茨基夫人②神智学色彩浓

---

① 巴流术（Baritsu）是柯南·道尔虚构的格斗技术，来源于十九世纪末英国流行的巴顿术（Bartitsu），是一种攻击与防卫的混合格斗术。

② 布拉瓦茨基夫人（Mme Blavatsky，1831—1891），俄国"预言家"，神智学会的创办人。

《绿玉王冠案》里的插图，首次发表于 1892 年

郁的幻想更准确。

"西格森"从西藏出发，横跨美索不达米亚。他像理查德·伯顿爵士[1]一样敢于冒险，在去了拉萨之后又踏上了前往圣城麦加的更危险的旅程。在伊斯兰国度里，福尔摩斯这个疑神论的朝圣者去了苏丹，并造访了喀土穆[2]的遗迹。1885 年戈登总督[3]被杀害后，那里就被荒废和毁坏了。

在华生心目中，戈登这个酗酒成性的帝国主义新教徒是个英雄，他还收藏了戈

---

① 理查德·伯顿爵士（Sir Richard Burton，1821—1890），英国探险家、地理学家、翻译家、作家、军人、间谍、东方学家、语言学家。他在亚洲、非洲和美洲旅行和探险，会说 29 种语言。。

② 1825 年，土耳其统治者将喀土穆定为苏丹的首府。1884—1885 年，喀土穆毁于反抗英国的战争，1898 年开始重建。现为苏丹共和国的首都。

③ 查理·乔治·戈登（Charles George Gordon，1833—1885），英国少将。第二次鸦片战争爆发后被派到中国，因参与镇压太平天国运动被清王朝授官提督。1884 年，被英国政府任命为苏丹总督。1885 年在苏丹首都喀土穆的总督府内被马赫迪起义军杀死。

登和同样声名败坏的美国反奴隶制传教士亨利·沃尔德·比彻的画像。因此，福尔摩斯也许是出于友谊才去往这个地方朝圣，戈登被困于此，没有等到救援就身亡了。福尔摩斯在这里遇见了马赫迪[①]的继承人哈里发阿卜杜拉·塔什，他显然是从新首都恩图曼[②]逃出来，到了旧都的遗址秘密会面。这次会面并没有给他带来好处。福尔摩斯发了一份详细的报告给英国白厅，为基奇纳[③]准备 1898 年推翻阿卜杜拉的战争提供了宝贵的信息。

接下来，福尔摩斯光顾了蒙彼利埃，他在那里将化学知识用于研究煤焦油衍生物，并可能发明了消毒肥皂。在法国的时候，福尔摩斯得知莫兰上校是唯一幸存并在逃的莫里亚蒂团伙高层人物。他秘密回到伦敦，哈德森太太欣喜若狂，华生则经历了人生中唯一一次晕倒。福尔摩斯主导了抓捕莫兰的行动。他还安慰了三年前痛失贤妻的华生，趁机资助他的表兄韦尔内医生，让他买下华生的诊所。华生无牵无挂，除了帮助福尔摩斯无事可做，贝克街 221B 号的单身汉联盟就这样重建了。

故事尾声

1894 年后贝克街的生活又恢复到了福尔摩斯失踪之前的模样。家里又添了一个门童，房东就无须为那些没上楼的访客通报姓名了。哈德森太太再也没有像 1888 年或 1889 年那样去休过短假，而让她的朋友特纳（Turner）太太照管 221 号。

19 世纪 90 年代的人随性而为，绯闻颇多，让福尔摩斯很是忙碌。他和华生目睹了一位贵族因不堪敲诈犯米尔沃顿（Milverton）的坑害而杀掉了他，之后他们销毁了米尔沃顿用来牟利的文件[④]。女冒险家伊萨朵拉·克莱因（Isadora Klein）烧掉了描写她和梅白利（Maberley）之间不幸恋情的书稿[⑤]，对此福尔摩斯并不感到遗憾。

---

① 穆罕默德·艾哈迈德（Muhammad Ahmad，1848—1885），自称马赫迪（Mahdi，"救世主"之意），19 世纪末苏丹反英民族大起义（即马赫迪起义）的领导者。

② 恩图曼（Omdurman，或拼作 Umm Durman），又译作"乌姆杜尔曼"，苏丹名城，1885 年成为马赫迪国都城。1898 年 9 月 2 日，马赫迪军队与英国、埃及联军在恩图曼近郊爆发血战，史称恩图曼战役。

③ 基奇纳（Herbert Kitchener，1850—1916），英国远征军司令，率领英埃联军在恩图曼战役中大败马赫迪军。阿卜杜拉在一年后死于英军的围剿，马赫迪国随之覆灭。

④ 见《米尔沃顿》。

⑤ 见《三角墙山庄》。

他总是对那些不守规矩的女性抱有同情，甚至是那些地位低微的女子，比如被罗伯特·圣西蒙（Robert St Simon）勋爵抛弃的情妇、舞女弗洛拉·米勒（Flora Millar），而堕落的凯蒂·温特尔（Kitty Winter）对毁掉她的男人的残酷复仇，也只会被视作他罪有应得。

有个案件里"显贵的主顾"是爱德华七世，他登基前是威尔士亲王艾尔伯特·爱德华（Albert Edward）。他再次来寻求福尔摩斯的帮助，这一次是为了他本人的问题。福尔摩斯对君主的忠心很奇怪地蒙蔽了他，让他看不到一些显而易见的事实。"一个

理查德·伯顿爵士，去过圣城麦加的探险家

忠实的朋友和慷慨的绅士"，没几个人会像他这样形容国王！华生也觉得这是他朋友事业的巅峰。

所以他们都没有询问，为何国王要从一个好色而残暴的外国人手中救出维奥莱特·德·梅维尔（Violet de Merville）。这位女士出身贵族却离经叛道，爱德华七世费尽心力也无法将她从荒唐闹剧中拉回正轨。我们会问背后的真相究竟是什么？在维奥莱特还是穿着短裙子的小女孩时，国王就对她有着父亲般的关爱。詹姆斯·戴默雷（James Damery）爵士所说的话，比他所知道的真相还能反映真相。在德·梅维尔将军去开伯尔（Khyber）或其他遥远而危险的地方时，他的妻子可能趁机和王室成员发展了亲密的关系。那么维奥莱特就是那段不伦之恋的结晶吗？她的身世正好能解释，为何她在听到福尔摩斯和凯蒂·温特尔揭穿她未婚夫的真面目时，表现得这么蛮不讲理。

福尔摩斯追回"布鲁斯-帕丁顿"（Bruce-Partington）潜水艇计划或许才是他职业生涯的巅峰时刻。他得到了一次和维多利亚女王私密会面的机会，还获赠一枚绿宝石领针，但这都不如迈克罗夫特亲自去贝克街请福尔摩斯调查此案能够说明此案

《米尔沃顿》插图，柯南·道尔写作的 56 个短篇故事中的一个，1904 年
首次发表

的重要性。华生一直以为迈克罗夫特只是个审计员，在白厅的一个部门施展着他数学方面的天赋。现在，华生知道了迈克罗夫特其实是特殊的重要政府官员，他了不起的大脑里装载了所有部门的国家大事，当遇到错综复杂的问题时，就需要他做出决策。不管是自由党还是保守党当政，迈克罗夫特的指令多次决定了英国政府的政策。帝国的顶梁柱相信只有夏洛克·福尔摩斯才能截获潜艇计划，这比《第二块血迹》里首相和负责欧洲事务的国务大臣亲自去找他还要光荣。

爱国情怀没那么浓的人，会觉得福尔摩斯为教皇利奥十三世（Pope Leo XIII）解决的两桩案子①才是他职业生涯的顶峰。但是信奉不可知论的英国人也许会反感教皇不承认英国国教，并嘲笑教皇的沿袭毫无道理，这其实是五十步笑百步。福尔摩斯兄弟都低调地拒绝接受国家授予的荣誉称号，夏洛克1902年谢绝了骑士爵位。他得到的那枚绿宝石领针让他觉得更加荣耀，那是一份来自"一位优雅的女士"的赠礼，她很敏锐地发觉他喜爱珠宝。

当然，他从霍德尼斯（Holdernesse）公爵那里赚了更多的钱，因为帮公爵找回了儿子而获得了5000英镑奖金。而且，他也没有泄露这个男孩还有一个非婚生兄弟这一丑闻。贵族丑闻频发，福尔摩斯对他们很灰心，而只有英国王室永远不会让他失望。

虽然福尔摩斯对公爵说自己很穷，但事实上他已经富足到能在49岁退休，归隐到苏塞克斯海岸附近的农场养蜂，并撰写相关的实用指南。他还写下了他经手的两个案件。不得不承认，华生虽然描述得有失准确，但他讲故事的段位高多了。华生写的故事让他成名了，这让他颇为尴尬。此外，美国演员威廉·吉列特在1898年把福尔摩斯夸张地演绎出来，而且阿瑟·柯南·道尔可能有意安排福尔摩斯提前退休。再加上1897年福尔摩斯的病情加重了，其原因用华生的话来说就

《名利场》的插图，描绘了美国演员威廉·吉列特扮演的夏洛克·福尔摩斯

---

① 指"梵蒂冈宝石案"（见《巴斯克维尔的猎犬》）以及"红衣主教托斯卡暴毙案"（见《黑彼得》）。

是"轻率行为"，大概是福尔摩斯又悄悄地使用可卡因。在退休后，福尔摩斯与外界隔绝。他的职业角色被位于南岸的能力不足的竞争对手巴克尔取代了。当福尔摩斯被认为葬身莱辛巴赫的时候，华生看到巴克尔戴着特别的染色眼镜出现在了犯罪现场。

1912年，养蜂场的平静被首相阿斯奎思（Asquith）和外交大臣格雷（Grey）打破。他们决意挫败德国的间谍活动，而且必须由福尔摩斯出手。福尔摩斯响应了国家的召唤，他留了难看的山羊胡子，化名阿尔塔芒特（Altamont），操着一口粗鄙的美国口音，假扮成一个仇视英国的爱尔兰裔美国人。

在接下来的三年里，"阿尔塔芒特"很忙碌，他去布法罗加入了芬尼亚会。然后，他成为一个颠覆分子并回到了斯基柏林（Skibbereen），在那里不出所料地被冯·博克（Von Bork）的组织吸纳为成员。可喜的是，在战争打响前，冯·博克的爪牙就已经被包围了，福尔摩斯和华生销毁了他的资料，并设计让他被驱逐。

最后，福尔摩斯退休归隐，没人知道他何年何月何地因何去世，也不知道他安葬何处。

帽子、大衣和烟草

贝克街地铁站墙上福尔摩斯的剪影欢迎着往来的乘客。那个侧影头戴猎鹿帽，嘴里叼着一支曲底烟斗。不论你是杰里米·布雷特[1]，露西尔·鲍尔[2]，还是神犬菲菲[3]：你都是在扮演福尔摩斯。

"猎鹿帽"一词从没在书里出现过。《银色马》里提到过他"带帽耳的旅行帽"。《博斯科姆比溪谷秘案》里写到了福尔摩斯穿着"灰色长风衣"，与头上的"紧紧贴着头的便帽"相称，而西德尼·佩吉特把帽子画成了猎鹿帽。在《巴斯克维尔的猎犬》里，当福尔摩斯出现在环形石堆的时候，他身着粗呢外衣，头戴便帽，就像沼

---

[1] 杰里米·布雷特（Jeremy Brett，1933—1995），英国演员，被誉为最权威的福尔摩斯扮演者。其作品为：《福尔摩斯探案集：冒险史》（1984—1985）、《福尔摩斯探案集：归来记》（1986—1988）、《福尔摩斯探案集：新探案》（1991—1993）、《福尔摩斯探案集：回忆录》（1994）。

[2] 露西尔·鲍尔（Lucille Ball，1911—1989），美国著名喜剧女演员。

[3] 菲菲（Fifi）可能是指动画片《淘气小兵兵》（The Rugrats）里的角色。

泽上其他旅行者一样。佩吉特在此处犯了个错误：从他画里的福尔摩斯的影子可以看出他戴着小礼帽，这明显是福尔摩斯在城里或者近郊才比较喜欢的穿着。很可惜佩吉特的画里有误，因为我们需要图像去了解福尔摩斯的衣着：他穿着粗呢风衣、戴着帽子站在"修道院公学"后的荒地上，行走在"孤独的骑车人"出没的路上，出现在"黑彼得"的家中；他穿着宽松的长风衣、戴着帽子去诺福克调查"跳舞的小人"；他似乎只有一次在城里戴过猎鹿帽——从莱辛巴赫瀑布的惨剧中复活归来。在他"归来"并卸下坏脾气的老藏书家的伪装后，他必须确保即使是华生也不会认出他。不仅是他自己在城里穿粗呢外套、戴着猎鹿帽，和他坐在贝克街221B号的假人也穿着鼠灰色的晨衣。福尔摩斯在《海滩杂志》消失那段时间，演员威廉·吉列特塑造了福尔摩斯，把他带回大众视线。但华生和佩吉特相信福尔摩斯的遗骨还沉睡在莱辛巴赫的水底。

福尔摩斯的粗呢外套总是搭配着相应的长裤，不会配灯笼裤。他宽大飘逸的长风衣（华生从来没这么写过）并没有大家熟知的披肩，而是有连帽大衣那样的兜帽。"斑点带子"一案中，福尔摩斯穿着那件优雅的带披肩长风衣，戴着圆顶礼帽，这个形象被吉列特和后来者们改成了头戴猎鹿帽的迷人造型。

在他隐退后调查"狮鬃毛"一案时，他戴的领结则很朴素，带着些许波西米亚气息。老年福尔摩斯穿着样式年轻的西装，戴着卷边帽，虽然领结的款式在当时已算过时。这身打扮使年近花甲的他焕发青春，看起来比他的同伴年轻了几十岁，身材也更好。在福尔摩斯淋漓尽致施展才智的时刻，他还是打着波西米亚风格的折叠式领结，比如在牛津街和摄政街跟踪亨利·巴斯克维尔爵士和摩尔迪莫医生的时候。那时他穿着一件礼服大衣，华生穿着一件燕尾服，两人都戴着锃亮的大礼帽，显得一身贵气。即使他俩都戴了圆顶礼帽，华生还是会像其他受人尊敬的绅士一样戴挺括的立领。

福尔摩斯的单身汉癖好在《马斯格雷夫礼典案》中得到完全呈现："他的雪茄烟放在煤斗里，烟草塞在波斯拖鞋里，未回复的信件则用一把折刀钉在木质的壁炉架正中间。"和墙壁上用弹孔组成的V. R.爱国标记一样，用刀钉住的信件也没有再提起过。然而客厅里的化学实验还在进行，19世纪的时候，"墙上的科学图表"（《王冠宝石案》）是这些实验的依据。文件和剪报被保存下来并贴到剪贴簿里，经过多年积累，它们成为福尔摩斯获取信息的索引，内容涵盖了过往案件到吸血鬼故事。在没有案件的间隙里，福尔摩斯昏昏沉沉，他会整理剪报，也会注射可卡因或者吗啡。

福尔摩斯的主要元素——帽子、烟斗和放大镜

直到 1898 年，华生觉得自己帮他戒掉了这个习惯。1903 年，有迹象表明，福尔摩斯又重操旧习，华生提到"小提琴、粗烟丝、黑色旧烟斗、索引挂钩，还有其他让人不大能容忍的行为"都是福尔摩斯的"日常惯例"（《爬行人》）。

  按照今天的道德规范来说，福尔摩斯和华生的烟瘾应该是不可饶恕的恶习。华生不反对福尔摩斯的"烈性烟草"是他们之间达成的几点初始共识的其中一条。福尔摩斯经常抽的是粗烟草，在《驼背人》里他抽的是华生的阿卡迪亚混合烟叶。在《银色马》里，他抽"味道最浓烈的黑烟草"：也许是含焦油的，像绳子一样打结？在 1889 年时他吸烟的不良习惯让人反胃。他早起抽烟时会使用放在壁炉架上的隔夜烟渣和烟草块！华生在"肖斯科姆别墅"案件中提到他所有烟斗中"最老旧、最脏"的那个，福尔摩斯则在"戴面纱的房客"案件中描述了自己"肮脏的习惯"。这个"烟草中毒的过程"常被华生"有理有据地指责"（《恶魔之足》）。

  当福尔摩斯要思考的时候，他就会用吸烟代替吃饭。在《铜山毛榉案》里，他沉思的时候吸一个陶烟斗，在争论的时候则吸一个樱桃木烟斗。石楠烟斗有时会成为他思考时的伴侣；为了讨好查尔斯·奥古斯塔斯·米尔沃顿的女仆，陶烟斗是伪装成水管工"艾斯科特"的道具①。曲底烟斗是吉列特为了便于表演的演绎而增加的，在小说和插图里面都没有出现这样的烟斗。

除了不可或缺的烟斗，福尔摩斯还总是带着他的雪茄匣子，尤其在旅游时会经常带香烟盒。去达特穆尔探查"巴斯克维尔的猎犬"一案时，福尔摩斯就在火车上吐着烟圈。在《金边夹鼻眼镜》中他喜欢教授的手工埃及香烟，他还欣赏在格洛斯特路上的科尔多尼意大利餐馆出乎意料的无毒香烟。福尔摩斯假装"将死的侦探"时，烟草是最不能缺少的东西。他假扮的约翰·道格拉斯在恐怖谷里潜藏了两天后疯狂地渴望雪茄。

尼古丁是福尔摩斯思维的必需品，但迈克罗夫特不吸烟草，他吸鼻烟。

爱好和品位

福尔摩斯是个科学家。他与华生在圣巴塞洛缪医院相识的时候，正在优化测试血液的实验，他发现了一种只有遇到血红蛋白才能沉淀的试剂。在贝克街，他重拾在牛津上学时候的兴趣——无机化学。华生逐渐习惯了公寓里的盐酸气味，对福尔摩斯证明一种物质是氧化钡的硫酸氢盐毫不吃惊。如果华生是法拉第协会的成员，他就会很惊奇，因为化学家都熟悉氧化钡的硫酸盐——一种用于制作永久性白色颜料的重结晶，然而只有福尔摩斯制出了硫酸氢盐。

福尔摩斯的阅读范围又一次印证了他知识渊博。除了温伍德·瑞德的《成仁记》外，他不会阅读英文书籍，除非是成书于几百年前的。《成仁记》根据自然进化提出了理性的不可知论，拒绝教条的宗教。传统观点认为上帝的力量存在于事物内部和外部，这本书则认为其实这一切是由某种统一的"力量"主宰。这本书在 1872 年造成了轰动，但是直到三年之后瑞德去世了，更多人才接受它，到 1910 年的时候它已经再版了 18 次。里面的观点在今天看来是老生常谈了，但福尔摩斯说这本书是"有史以来最伟大的书"，而且充满"大胆的猜想"，从中可窥见福尔摩斯独特的见解。

除了瑞德的书和报纸外，福尔摩斯阅读的现代英语材料仅限于百科全书或者地名索引。而且他对此出乎意料地谦虚，他如果不知道某个事实，不会认为书上的内

---

① 在短篇《米尔沃顿》中，福尔摩斯为了调查米尔沃顿的情况，装扮成水管工和他家的女仆订婚。

容可能是错的。他还了解圣经的排版、《惠特克年鉴》[①]的文体风格以及英国的火车时刻表。华生见到他买的第一本书是 1642 年在列日（Liège）出版的菲利普·德·克罗伊（Philippe de Croy）的《论各民族的法律》，这本书之前的主人是威廉·怀特（William Whyte），他的名字和这本书都是用拉丁文写的[②]。后来，华生见到福尔摩斯读一本黑体字印刷的书卷，这本书应该比克罗伊的书还早一个世纪，除非它是用德语写的。

福尔摩斯喜欢对中世纪的材料进行学术研究。当他在一个大学的图书馆研究英国早期宪章的时候，"三个学生"引起了他的注意。当霍普金斯探长请福尔摩斯去解决约克斯雷的案子时，他正在细看一份重叠抄本——一种写在羊皮纸或羊皮上的古旧手稿，

劳瑟拱廊，福尔摩斯在这里买到了廉价的小提琴，实际上这是一把斯特拉迪瓦里小提琴

把旧的字迹除去，可以写上新的内容。让福尔摩斯颇感失望的是，他复原的文稿其实只是十五世纪修道院的记事簿而已。

然而业余学术研究让他愉悦。他在康沃尔提出古康沃尔语与迦勒底语有关联，是由腓尼基的锡商传入的（同时，他们肯定还把迦勒底语带到了布列塔尼、爱尔兰、威尔士和苏格兰，那些地方使用凯尔特语方言）。在康沃尔休假的时候，他思考了颇多古时候的事情。他与华生谈论"Celts、arrowheads（箭头）、shards（碎片）"，但是从语境不能判断 Celts 是指铁器时代的石斧还是使用石斧的凯尔特先民。

福尔摩斯会读外语经典来消遣。他曾经引用过歌德的话，有一次对歌德的精辟话

---

① 《惠特克年鉴》（*Whitaker's Almanack*），英国综合性年鉴，创刊于 1868 年，被誉为英国最好的年鉴和微型百科全书。

② 见《血字的研究》。

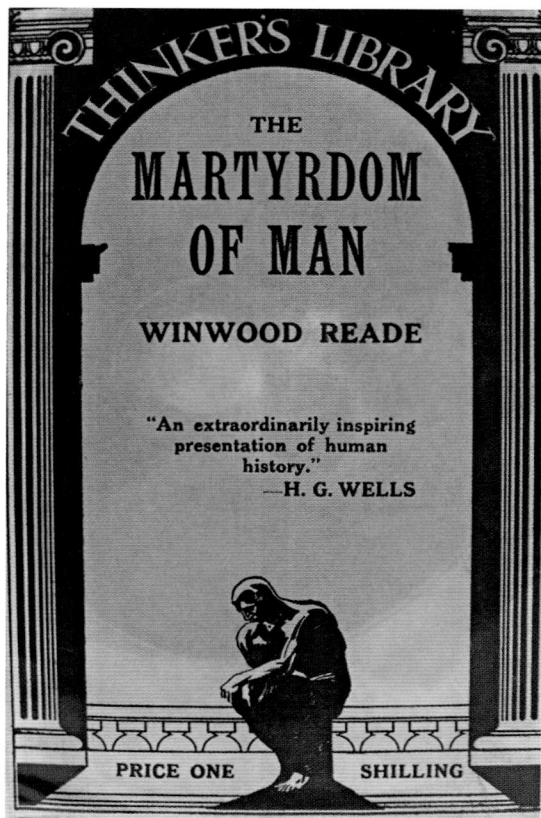

《成仁记》——福尔摩斯阅读并喜爱的英文书籍之一

语大加赞赏。他看出霍斯默·安吉尔的信件中引用了巴尔扎克的话。在去往博斯科姆比（Boscombe）溪谷的火车上，华生读着一本廉价通俗小说，厌女症的福尔摩斯却沉浸在彼特拉克[①]的情诗里！

他对于古典音乐的热爱证明他浪漫主义的品位，兴许还有点阳春白雪。当他不把小提琴放在膝盖上即兴拉奏出和弦时，他经常演奏门德尔松抒情曲（可能是改编自门德尔松的《无词歌》的曲子，因为他没有写过人声或者小提琴的抒情曲）。他喜爱西班牙演奏大师帕布罗·德·萨拉萨蒂[②]的演奏会，诺尔曼–聂鲁达[③]女士的起奏和运弓，她随着后来成为她丈夫的查尔斯·哈雷的指挥棒演奏。福尔摩斯依然钟爱改编曲，对她演奏的肖邦（没写过小提琴独奏曲）的曲子很赞赏，那首曲子的旋律是"Tra la la lira lira lay"。如果第二个"la"被强调和拉长的话，这有可能是升C小调圆舞曲。可以看出来，他喜欢在自己的座位上懒洋洋地指挥，令其他的听众不堪其扰。福尔摩斯还拉着华生去歌剧院听瓦格纳的歌剧，或是德·瑞兹克兄弟[④]出演的歌剧《胡格诺派教徒》，至少华生还能看看舞台上的演出。

---

① 弗兰齐斯科·彼特拉克（Francesco Petrarca，1304—1374），意大利学者、诗人，以十四行诗著称于世，被誉为"文艺复兴之父"。

② 帕布罗·德·萨拉萨蒂（Pablo de Sarasate，1844—1908），西班牙小提琴家和作曲家。

③ 威尔玛·诺尔曼–聂鲁达（Wilma Norman-Neruda，1838—1911），又称哈雷夫人（Lady Hallé），摩拉维亚（今属捷克）小提琴家。她的第二任丈夫是查尔斯·哈雷爵士（Sir Charles Hallé，1819—1895），英籍德裔钢琴家、指挥家，1858年创办哈雷管弦乐团。

④ 尚·德·瑞兹克（Jean de Reszke，1850—1925）和艾都瓦德·德·瑞兹克（Édouard de Reszke，1853—1917），波兰歌唱家。

福尔摩斯对早期音乐的热衷主要是出于学术兴趣，他著有权威论文《关于拉絮斯的复调赞美诗的研究》，但不幸的是拉絮斯其他不出名的非复调曲子都不符合论文里面的说法。

音乐诱使他做出了仅有的两次低劣行为，其中之一是：他在劳瑟拱廊（Lowther Arcade）用 55 先令（2.25 新便士）抢得一把斯特拉迪瓦里[①]小提琴，没有让那个犹太商人知道这把琴其实价值远不止于此。另一桩不光彩的事就是他假意和查尔斯·奥古斯塔斯·米尔沃顿的女仆相好。

最后还要说说视觉艺术。在《临终的侦探》里，福尔摩斯床头挂的戴眼镜、留小胡子的人物肖像应该不是油画，它可能是韦尔内医生的照片，而不是迈克罗夫特。

在继续调查巴斯克维尔一案前，

诺尔曼-聂鲁达女士，后来被称作哈雷夫人，是福尔摩斯最钟爱的小提琴家

福尔摩斯和华生去参观邦德街的现代比利时大师画展，华生发现他的艺术观念很质朴。然而，这些 19 世纪 80 年代末期的神秘大师是谁呢？华生说的当然是梵高，他是荷兰的布拉班特省人，有时候也在布鲁塞尔居住。凭福尔摩斯的地理知识，他也不知道梵高的出生地在布拉班特省——属于今天的荷兰而不是比利时。我们可以相信华生觉得《吃土豆的人》[②]"质朴原始"，他以这种字眼评价展示了绘画艺术未来道路的伟大远见家。

---

① 安东尼奥·斯特拉迪瓦里（Antonio Stradivari，1644—1737），意大利弦乐器制作大师。
② 文森特·梵高在 1885 年创作的油画。

第二章

阿瑟·柯南·道尔生平

查尔斯·阿尔塔芒特·道尔（Charles Altamont Doyle，1832—1893）是苏格兰的公务员，他是约翰·道尔（John Doyle，1797—1868）几个儿子中最小也最没成就的一个。约翰·道尔是一名漫画家，他把英国的政治讽刺漫画从原来吉尔雷①扭曲和粗野的风格，变成了约翰·坦尼尔②和伯纳德·帕特里奇③贯用的斯文有礼的幽默人物肖像画。

查尔斯的三个哥哥分别是成功的肖像画家、书本插画家和爱尔兰国家美术馆的馆长，而其中一个天才哥哥迪基设计的《笨拙》杂志的著名封面，被沿用了107年。查尔斯的画工逊色于父亲和哥哥。他喜欢的题材是奇特怪异的，不像他哥哥画的封面那样——精致清晰的装饰图案环绕着笨拙先生和托比④。查尔斯的工作一直停滞在公务员的位置上。

道尔一家都是虔诚的爱尔兰天主教徒。查尔斯在爱丁堡工作，使得他与时尚的伦敦生活隔绝，他娶了房东太太的女儿、爱尔兰天主教徒玛丽·福里（Mary Foley，

---

① 吉尔雷（James Gillray，1756—1815），英国漫画家和版画家，因政治和社会讽刺作品而闻名。

② 约翰·坦尼尔（John Tenniel，1889—1820），英国插画家、儿童文学家、政治漫画家，1893年因艺术成就被封为爵士。曾为刘易斯·卡罗尔的《爱丽丝梦游仙境》（1865和1871年版）绘制插画。

③ 伯纳德·帕特里奇（Bernard Partridge，1861—1945），英国插画家、漫画家，于1891年加入《笨拙》（Punch）杂志社，并于1910年成为杂志的首席漫画家。

④ 笨拙先生（Mr. Punch）是英国传统的滑稽木偶剧角色，托比（Toby）是他的宠物小狗。

左页：阿瑟·柯南·道尔爵士扮成他笔下最有名的人物夏洛克·福尔摩斯，图出自1907年的《王冠》杂志

1837—1920）。她极其势利，追溯新教徒母亲家的家谱和家徽，认为自己是珀西家①幼子的后代，身上有金雀花王朝的血统。她丈夫的家庭比她家背景还好，她声称他们不是普通的爱尔兰家庭，而有盎格鲁-诺曼的多尔世家（D'Oils）血脉，是诗人弗兰西斯·哈斯廷斯·道尔男爵②的后裔——他的代表作是《第三路兵团的醉酒士兵》，他本人名列牛津诸位著名诗歌教授之中。玛丽没有说福里家的宗谱，所以他们家可能并不比其他的升斗小民高贵多少。

他们的儿子挣得了实实在在的荣耀，他们很依恋真心疼爱和支持自己的母亲。根据家庭传统，孩子们都叫她"the Ma'am"（女士），仿佛她是维多利亚女王。欧文·达德利·爱德华斯③认为，他们是叫她"Mam"（妈），就像福里家的孩子也叫他们的爱尔兰人父母"我的爸妈"一样。虽然阿瑟·柯南·道尔在作品中对母亲夸大的说辞总是毕恭毕敬，但福尔摩斯的委托人——有着金雀花王朝和都铎王朝血统的"贵族单身汉"罗伯特·圣西蒙爵士高傲得让人厌恶，可见道尔并不像母亲一样看重这种血统。他笔下源出自家祖辈的角色不叫多德家（Dodds），而叫"多德世家"（D'Odds），足见道尔深知"多尔世家"的分量。

阿瑟·柯南·道尔生于1859年5月22日，是家中第三个孩子，也是最大的儿子。他的名字是为了纪念叔祖兼教父迈克尔·柯南（Michael Conan），他是驻巴黎的记者。柯南·道尔的施洗名是伊格纳修斯（Ignatius），但他从没用过此名。他觉得自己的中间名应该是查尔斯，但从未见于记载。和萧伯纳④不一样的是，他从没抱怨过，但他确实也有童年阴影。

童年和教育

与萧伯纳相同，笼罩柯南·道尔的童年阴影是父亲酗酒。他们家里对这桩丑事

---

① 珀西家（House of Percy），中世纪英格兰北部最强大的贵族家庭之一。

② 弗兰西斯·哈斯廷斯·道尔男爵（Sir Francis Hastings Doyle，1810—1888），英国诗人，牛津大学诗歌教授。

③ 欧文·达德利·爱德华斯（Owen Dudley Edwards，1938—　），爱尔兰历史学家，曾编写《寻找夏洛克·福尔摩斯：阿瑟·柯南·道尔爵士传记研究》(*The Quest for Sherlock Holmes, A Biographical Study of Arthur Conan Doyle*)。

④ 萧伯纳，全名乔治·伯纳德·萧（George Bernard Shaw，1856—1950），爱尔兰剧作家。

讳莫如深，后来更是如此。因为柯南·道尔的父亲被禁闭在精神病院里，最终死去。我们不知道这个温和的大胖子男人究竟因何与爱丁堡的底层人士一同狂饮无度。我们无从得知，柯南·道尔的小说里有关于暴力醉汉的描写，有多少是受到了童年伤痛的影响。柯南·道尔一家生活拮据，但仍算体面，和房东太太的女儿玛丽·福里的家境相近，却远不及约翰·道尔靠借钱维系的、在摄政公园附近的纳什别墅区的豪华生活。住在伦敦的道尔家族成员和他们文化界的朋友，曾极偶然地来苏格兰探望柯南·道尔一家——幼年的阿瑟还记得他曾经坐在萨克雷[1]的膝上。查尔斯·阿尔塔芒特·道尔没钱带着一家子去拜访住在南方的亲戚。

当阿瑟 7 岁时，他被送去和母亲的富人朋友同住：苏格兰皇家历史学家的姐妹伯顿小姐。她住在里博尔顿布雷（Libberton Brae），距"老烟城"[2]两英里（约合 3000 米）。阿瑟要去那附近的纽因顿学院上学，那所学校的独眼校长满脸麻子，手拿鞭子，仿佛瓦克福德·斯奎尔斯[3]的化身。有人猜测，玛丽·福里大概是希望让阿瑟摆脱家中父亲醉酒的噩梦之让他离开家，但这种说法可能性不大，因为随后道尔一家就搬到了纽因顿，阿瑟与家人团聚了。

在这段时期，他与一个名叫艾迪·塔洛克（Eddie Tulloch）的男孩打过架。艾迪住在欣斯山广场（Sciennes Hill Place），坐落在同一条街上繁华的一边。阿瑟说自己是街上家境贫困的男生中的老大，就像是与清教徒斗争的教皇一样，因为塔洛克的父亲是浸信会牧师。然而，男子汉间的拳击成了他的一大爱好。昔日在街头与小伙伴打斗、相互奉送黑眼圈的孩子，长成了有拳击手套装备的年轻人，时刻准备着干上一回合。

在 9 岁的时候，阿瑟匿下去了寄宿学校。霍德学校是斯托尼赫斯特的附属预备学校。斯托尼赫斯特学院是建在圣奥梅尔著名的耶稣教会学校——1794 年学校初建时，英国的天主教徒惨遭迫害并被发配到兰开夏郡。在霍德上学时，阿瑟的老师是年轻的神父卡西迪（Cassidy），他非常能启迪人心，对孩子们付出纯粹的爱，激励着

---

[1] 威廉·梅克比斯·萨克霍（William Makepeace Thackeray，1811—1863），英国小说家，代表作《名利场》，与狄更斯齐名，为维多利亚时代的代表小说家。

[2] 爱丁堡的绰号，原文为 Auld Reekie，苏格兰方言中"老烟囱"之意，因工业革命时期的爱丁堡城区空气污染严重、气味呛人而得名。

[3] 瓦克福德·斯奎尔斯（Wackford Squeers），狄更斯小说《尼古拉斯·尼克贝》里的残忍校长。

查尔斯·阿尔塔芒特·道尔和儿子阿瑟

他们热爱所学的课程。阿瑟在霍德交到了一个他成年后依旧保持着友谊的朋友：比他小一岁的詹姆斯·莱恩（James Ryan）。他祖上也是爱尔兰人，出生在苏格兰。阿瑟·柯南·道尔一生中始终保持着一口悦耳的苏格兰口音。

斯托尼赫斯特学院的生活就没那么惬意了。没有老师像卡西迪那么温暖和善解人意，学校的秩序靠一根形似运动鞋底的橡胶教鞭来维持，男生们管他叫"弹子"。这根教鞭打在手上，手立刻就肿起来，柯南·道尔觉得自己挨打的次数尤其多。他习惯于家里充满关爱的管教，在霍德时卡西迪也采取类似的方法。但斯托尼赫斯特像其他大型学校一样，不会给予个人太多关注。面对着蛮横的权威、不容置疑的指令，柯南·道尔像其他男生一样，自始至终拒绝服从，以致常常被体罚。柯南·道尔认为家里的教育是开明的，而且他的父亲断然且明智地拒绝了基督教会的福利——只要柯南·道尔愿意加入他们，就可以免费给他提供教育。这一切都让人怀疑，柯南·道尔寄宿在学校，就连圣诞假期也不回家，是因为父亲酗酒的行为已经让家里的境况难以忍受。不管原因是什么，柯南·道尔直到 17 岁才返家。16 岁的时候，他是在伦敦的迪基（Dicky）伯伯家过的圣诞节，这也是他自从去霍德上学后，第一个在校外过的圣诞。他和伯伯一同游览了伦敦塔、杜莎夫人蜡像馆的恐怖屋，看了欧文[①]演的哈姆雷特。

---

① 亨利·欧文（Henry Irving，1838—1905），英国维多利亚时代的舞台剧演员、剧院经理，1895 年成为第一个被授予爵士头衔的演员。

兰开夏的斯托尼赫斯特学院，柯南·道尔小时候在此处上学，日后成为巴斯克维尔庄园的原型

他体格强壮，擅长体育运动。与其他 19 世纪的公立学校一样，斯托尼赫斯特的学生按自己改编的规则去玩板球和足球，比如可以用握紧的拳头击打足球。但是柯南·道尔是名天生的运动员，他能够训练自己的肌肉和眼睛，使之不因过度劳损而影响未来从事运动。他还是个了得的纺纱高手。他的母亲很支持他读书的嗜好。他喜欢浪漫的冒险故事，比如梅恩·里德[①]、马里亚特船长[②]和沃尔特·司各特爵士[③]的作品，他的母亲声称自己和斯科特有亲属关系。在学校，其他男孩让他讲故事，送给他吃的作为报酬。他学会了连载作者在关键时刻中断故事的诀窍，要求别人再给他一罐馅饼，才肯揭晓正被短弯刀砍来、头部颤抖着的女主角怎么样了。

――――――――――

[①] 托马斯·梅恩·里德（Thomas Mayne Reid，1818—1883），苏格兰—爱尔兰裔美国通俗小说家，创作题材以西部冒险小说为主。

[②] 马里亚特船长（Captain Marryat，1792—1848），英国皇家海军军官、小说家，狄更斯的朋友。他是航海小说的先驱之一，代表作半自传体小说《海军军官候补容易先生》（*Mr Midshipman Easy*）、儿童文学《新森林之子》（*The Children of the New Forest*）。

[③] 沃尔特·司各特爵士（Si- Walter Scot，1771—1832），苏格兰历史小说家、诗人、剧作家和历史学家，代表作《艾凡赫》（*Ivanhoe*）、《红酋罗柏》（*Rob Roy*）等。

他很认真，但不虔诚。上学的时候他就发现自己不再相信圣餐的面饼和红酒会变成肉和血。他没有违心地参加圣餐仪式，而是参加弥撒，这样他内心的禁忌就不会被发现。他学术能力不错，但也并没有达到出类拔萃的程度。没人觉得他会去研究经典或者纯数学——大学的基础学科。他也没钱去上牛津和剑桥，但却可以在家乡接受医生的职业培训，于是阿瑟就在爱丁堡学习医学。

起初耶稣教会送他去奥地利的费尔德基希待了一年，他本来可能感到焦虑，因为浪费了在斯托尼赫斯特的时间。但他在提洛尔期间收获很大，提高了德语水平，发掘了对德语诗歌的热爱。同时，他也有了欧洲大陆人开阔的眼界，即使在他为祖国的帝国主义行为狂喜的时候，也能避免英国人愚蠢的自负。

布莱恩·查尔斯·沃勒

在费尔德基希的时候，阿瑟收到了一个只比他大六岁的年轻男子的来信，那人之前曾经在爱丁堡与道尔一家同住过。布莱恩·查尔斯·沃勒（Bryan Charles Waller），这个即将获得医学学士学位的学生，将在道尔一家的生活中扮演重要角色。

直到 20 世纪 80 年代，欧文·达德利·爱德华斯研究青年柯南·道尔的时候，沃勒的地位才显现出来。阿瑟最小的妹妹"多多"（Dodo），出生于 1877 年，在洗礼时取名布莱恩·玛丽（Bryan Marie）。同年，道尔一家搬去了客房更多的大房子，正式房客是沃勒而不是道尔一家。玛丽·福里·道尔在沃勒名下的约克郡房产住了 40 年，直到离世。所有这一切都让人不禁觉得阿瑟生生地多了一个哥哥。

这个哥哥很了不得。25 岁之前，沃勒就发表了一部诗集——这对一个大学生来说是项殊荣。他也像玛丽·福里一样爱慕血统的虚荣，声称自己的祖辈是在阿金库尔战役[①]中俘获了法国国王表亲的骑士。在地动山摇之时，沃勒家族的勇士率军把法国皇家军队围困起来！同时沃勒家的人还宣称自己与以下一些人有亲缘关系：英国内战将军威廉·沃勒爵士[②]、写作《冲啊，可爱的玫瑰》的诗人埃德蒙·

---

① 阿金库尔战役发生于 1415 年，是英法百年战争中著名的以少胜多的战役。在亨利五世的率领下，英军以步兵弓箭手为主力的军队击溃了法国贵族组成的精锐部队，为随后在 1419 年收服整个诺曼底奠定了基础。

② 威廉·沃勒爵士（Sir William Waller，1597—1668），在英国内战（1642—1651）期间是英国议会（"圆颅党"）的将军。

爱丁堡大学，1876 年到 1881 年柯南·道尔在此学习医学

沃勒[①]、在查理一世死刑执行令上签过名的蹩脚诗人哈德里斯·沃勒[②]，还有一些只有愚人才会感兴趣的姓沃勒的人：

布莱恩·查尔斯还是布莱恩·沃勒·普克特[③]的外甥。普克特是文化人，认识李希·亨特[④]、查尔斯·兰姆[⑤]和狄更斯、萨克雷等人。

今天的人记得他更多是因为他的人脉，而不是他用"巴里·康沃尔"的笔名写的诗歌：

---

① 埃德蒙·沃勒（Edmund Waller，1606—1687），英国诗人、政治家。

② 哈德里斯·沃勒爵士（Sir Hardress Waller，1604—1666），威廉·沃勒爵士的堂弟，英国国会议员，因参与处死查理一世而被判死刑，后改判终身监禁。

③ 布莱恩·沃勒·普克特（Bryan Waller Procter，1787—1874），笔名巴里·康沃尔（Barry Cornwall），英国诗人、律师。

④ 李希·亨特（Leigh Hunt，1784—1859），英国评论家、散文家、诗人和作家。

⑤ 查尔斯·兰姆（Charles Lamb，1775—1834），英国散文家，代表作《莎士比亚戏剧故事集》《伊利亚随笔》。

眼泪——在你的笑声中流淌，

悲伤——在你的欢乐里徜徉。

我们对你别无他求，

赫迈厄妮，赫迈厄妮！

他的另一个文学界朋友是他的女儿阿德莱德·安妮·普克特①，代表作《丢失的和弦》，比他的诗作要好些许。布莱恩·查尔斯·沃勒认为自己超过了自己的舅舅和表姐，而不是沾了他们的荣光，这么想也是情有可原的。

他心心念念的就是荣光。他写信给在费尔德基希的柯南·道尔，催促他放弃陈腐的神学，转而相信自己。这种尼采式的劝教让柯南·道尔热衷于温伍德·瑞德的作品，而他的作品也被福尔摩斯推荐给华生。在这个时期，可能也由于沃勒的鼓励，柯南·道尔终于放弃信仰正统天主教。在一场布道中，牧师说所有非天主教徒都要下地狱，柯南·道尔对此很厌恶。对于有着柯南·道尔这样深谙常识的人来说，这是极大的挑衅，尤其是教皇皮乌斯九世②权威宣布，所有天主教徒都必须虔诚地承认圣母是完全的处女这一理念。在将近 20 岁的时候，柯南·道尔就摒弃了所有的宗教教条，一度成为唯物主义者。

当阿瑟在大学念书时，沃勒也在大学里。他获得医学学士后就在爱丁堡挂牌行医了，同时也继续攻读医学博士学位，争取在大学当个讲师。1877 年，他继承了家族在约克郡马森吉尔的房子。他的租客都觉得他傲慢自大，但在阿瑟眼里，他就是个乡绅的儿子，像福尔摩斯一样，而不像道尔或是福里家的人。

也在那年，查尔斯·道尔的职位被办公室里的人抢走了，他被迫重拾自己并不在行的图书插画工作。他的酗酒无疑让事情雪上加霜。为此他开始了收效甚微的治疗。他开始出现癫痫症状，害怕被拘禁，但是把他禁闭在法夫的精神病院里是应对问题的唯一出路。阿瑟和沃勒在接下来的几年中一起处理这个悲惨的情况。查尔斯和伦敦的伯伯们都被阿瑟放弃信奉天主教的行为震惊了。然而有远见的无神论者沃

---

① 阿德莱德·安妮·普克特（Adelaide Anne Procter，1825—1864），英国诗人、慈善家，关注失业妇女和无家可归者的利益。她是维多利亚时代最受欢迎的诗人之一。终生未婚，38 岁时死于肺结核。

② 教皇皮乌斯九世（Pope Pius IX，1792—1878），意大利人，1846 年成为天主教会领袖，并确立了教皇绝对正确的教义。

勒支持阿瑟，他本人支持活体解剖，只是名义上的英国国教徒。这位兄长对阿瑟的影响应该很大，这种情感也反映在了华生早期对于福尔摩斯体现出的杰出才华的崇拜中。沃勒的恃才傲物则在福尔摩斯身上表现出来，在早期故事里面，福尔摩斯喜欢在说话的时候说"哈！"和"唔！"。

即使家庭变得支离破碎，阿瑟还是坚持完成了医学学习。1879 年，姐姐安妮（Annie）去葡萄牙做了家庭教师。1882 年，妹妹罗蒂（Lottie）和科尼（Connie）走了和安妮一样的路。同年，玛丽·道尔受邀去马森吉尔的别墅居住，她带上了阿瑟年幼的兄弟姐妹——英尼斯（Innes）和多多。据说她再也没和查尔斯·阿尔塔芒特·道尔住在一起。

爱丁堡大学在当时讲究实用主义，这也许是幸运的。校园里没有象牙塔的白日梦，也没有牛津和剑桥的无聊社交活动。学生像璞玉一样，被雕琢成律师或医生。教授们根据教学质量得到赞誉或是受到嘲讽。阶级和口音几乎可以被忽视。阿瑟的校友詹姆斯·莱恩也去了爱丁堡大学，沃勒让他做自己的助教。

与此同时，阿瑟的外科课程把他和另一个帮助他塑造世界上最著名侦探的人联系了起来，他就是约瑟夫·贝尔（Joseph Bell）博士，他是一名讲师，对崇拜他的阿瑟很青睐，让他做自己的助理。他和年轻的柯南·道尔都没料到，二人的这段关系会催生出世界上最负盛名的文学魔法来。

大学原型

阿瑟是约瑟夫·贝尔的门诊助理。他就像今天的前台接待员，负责登记来者的姓名，把他们带到医生面前去。在贝尔见到病人之前，他可以先观察他们的外表。贝尔的职业习惯给了阿瑟极大震撼，他能够通过快速的观察说出陌生人的性格、习惯和遇到的麻烦。这种观察非常直接，比如看到一个人口袋里揣着酒瓶，就能判断他有酒瘾。当然，这些观察都可以解释得更加复杂。比如，柯南·道尔描述的高地战士一案，贝尔认为此人刚从巴巴多斯回来，因为他身上有晒伤。他还患有象皮病^①，比起英格兰，

---

① 象皮病又名淋巴丝虫病，是受血丝虫感染造成的一种寄生虫感染病症，传染途径为蚊虫叮咬，临床表现为组织的增厚与肿大，类似于象的皮肤和腿。

李希·亨特，沃勒的舅舅"巴里·康沃尔"的朋友

这种病在西印度群岛更加多发。贝尔随后机敏地指出了苏格兰高地军团当时正驻扎在西印度群岛的具体位置。但是要得出结论有更快捷的方式——象皮病又叫作"巴巴多斯腿"。

贝尔会坦白地承认他也会犯严重的错误，这是福尔摩斯做不到的。他起初的意图是为了让学生必须在检查病人之前先观察。他也认为当推理表演成功后，患者会对医生产生些许崇拜，这是有益于治疗的。对自己的内科医生或是外科医生的信任会给患者以安慰，柯南·道尔起初也产生了崇拜之情，在他掌握推理技法后，能够推理出餐馆里陌生食客的情况，他的孩子都会为之惊叹，他知道读者也会有这样的反应。于是他笔下的华生天真地发出惊叹，却在自己试图进行观察和推理的时候犯错。为了呈现推理技法中的重大错误，他在小说《史塔克·芒罗的信》中以自己为原型塑造了另一个医生。他自信满满地断定病人一定是个酒鬼，是来治疗支气管炎的。但其实他是因为吸烟过度咳嗽的煤气公司职员，来收未付清的账单。这样的情形也可能出现在柯南·道尔身上。

柯南·道尔多次说明贝尔和他的推理魔法是夏洛克·福尔摩斯的"灵感来源"。他显然无意中得知贝尔对于真正的犯罪案件有兴趣，柯南·道尔将犯罪史上的"轰动"案件与贝尔观察外貌的推理组合起来，创造出了足以让所有侦探失色的侦探之神。在《血字的研究》里，福尔摩斯道出了贝尔的观点，记忆不应该和无用的信息混杂在一起：无关的素材要堆放在图书馆的杂物间里，以备需要的时候查阅。《四签名》一案中，他默默地放弃了这个观点，意识到一个全才应该具备广博的知识面。福尔摩斯略微无情地超然于温情与情感之外，但有时对华生表现出真心实意的爱，更显得这些真情流露的瞬间打动人心。这一特点来源于爱丁堡大学的教授们，他们是出了名的孤高和不善社交，但对学生却很亲切。在阿蓝岛度假的时候，原本身手矫健的柯南·道尔在遇到贝尔教授的时候，惊讶得手足无措，发现原来这个超脱物外的智者居然也会做度假这样平凡的事情。

起初，柯南·道尔将贝尔的外貌赋予了福尔摩斯。福尔摩斯的"鹰喙一样的鼻子"显然来自于贝尔大大的鹰钩鼻。小而清澈的灰眼睛间距很近，像印第安人一般仪态沉静而深邃。佩吉特插图里的福尔摩斯更加英俊，他的发鬓被优雅地梳到了太阳穴，而不是贝尔那样长着一头像刷子一样的硬直灰发。所幸这个赏心悦目的改进和柯南·道尔原著的描述并不冲突。

如果说贝尔和沃勒贡献了福尔摩斯高高在上的特质，贝尔的同事、生理学教授威

1881 年，阿瑟·柯南·道尔毕业照

廉·卢瑟福（William Rutherford）虽然也一样杰出，却有着异于福尔摩斯的狂热和躁动。他胸脯宽阔，长着浓茂的黑色铲形胡须，声音洪亮，有时候会高声侃侃而谈。他会在走廊里开始讲课，常常是讲台上空无一人，等候他上课的学生就听到了课程开头的内容。之后卢瑟福教授就大步流星地走进来，一边口中念念有词，一边走上讲台。据柯南·道尔说，他以卢瑟福教授为原型创造了《失落的世界》里的查林杰教授，这是柯南·道尔笔下除福尔摩斯外最有名的人物。

爱丁堡大学在学术上提倡冷酷无情。柯南·道尔发现沃勒和卢瑟福对活体解剖

约瑟夫·贝尔教授的鹰钩鼻和锐利眼神，成为柯南·道尔笔下福尔摩斯外貌的原型

查林杰教授，柯南·道尔根据威廉·卢瑟福创造出来的人物

表现出了这样的态度。就柯南·道尔自己看来，活体解剖是必要的，但实在是太让人难受了，应该尽量少使用。但是，卢瑟福用力地将来自欧洲大陆那可怜的两栖动物的肚子剖开，还夸张地大叫道："啊呀！这些德国青蛙啊！"柯南·道尔被这情景震撼了。柯南·道尔总是很容易被果决的骗术给蒙蔽——而这也是华生人格魅力的一部分。正是卢瑟福身上这种外在表现和与职业素养最无关的方面吸引着柯南·道尔，而贝尔多少也有这样的吸引力。从这方面来说，他笔下"聪明绝顶"的人物福尔摩斯和挑战者在对内行人班门弄斧的时候常受到嘲笑。

然而，柯南·道尔遇到了一个学长，他是个真正的骗子，曾经短暂地迷惑了他，试图毁了他。他让柯南·道尔明白了查林杰教授这样咋咋呼呼的狂躁偏执狂只在书里显得有趣，在现实中则令人避之唯恐不及。乔治·图那维恩·巴德（George Turnavine Budd）的父亲是一位杰出的医生，对于霍乱、伤寒、猩红热的研究与治疗都做出了重要的贡献。乔治的叔叔是伦敦国王学院的医学教授。而在乔治自己看来，他比父亲和叔叔都厉害。柯南·道尔则认为乔治·图那维恩·巴德有着过人之处，他也因此在毕业时陷入了麻烦。

工作和娱乐

柯南·道尔积累了丰富的经验，日后将用于文学创作之中。之后，他枉顾良言，与乔治·图那维恩·巴德搭档，令自己整个职业和名声岌岌可危。柯南·道尔必须挣钱贴补家用。父亲被酒精渐渐侵蚀，内心的骄傲让他们一家人不能完全依靠沃勒的接济度日。柯南·道尔可以把所学的医学知识和实践结合在一起。在空闲的时候，他就去做医生的助手。

第一次尝试就遭遇了失败的耻辱。为了了解城市里穷人的境况，他去谢菲尔德与理查德森（Richardson）医生一同工作。他们三周以后就分开了。柯南·道尔辗转伦敦，住在梅达谷①的道尔家族成功人士都觉得他"太波西米亚"了，至少他是这么说的。他想去参军吃皇粮，但在什罗普郡的十一城镇卢顿村（Ruyton）给艾略

---

① 梅达谷（Maida Vale），伦敦西部威斯敏斯特市的一个富人住宅区。

特（Elliott）医生打工四个月，则更令他满意。有一次，一名男子被庆典上的礼炮炸伤，当时只有柯南·道尔一人能救治他，这让柯南·道尔积累了信心。柯南·道尔把边缘不齐的铁片从伤者头上取出，又将伤口缝合起来，他觉得自己终于能做医生了。

在伯明翰当霍尔（Hoare）医生的助理时，柯南·道尔表现的最好。这一次，他考察了城市里穷人的生活，而且学会了助产术。他在1878年到1879年这段时间里做霍尔的助手，可能1880年到1881年也在为霍尔工作。如果他愿意，在1882年拿到医学学士学位后，可以当霍尔的长期助手。霍尔夫人把他当作儿子一般疼爱。

但有一个尝试冒险的机会摆在了他面前。他拿到了二岗资格后就立刻应征了游轮上的医生。这是他的第二次长途航行。

第一次长途航行意义更加重大，发生在他毕业前的一年。他的同学本来计划要跟随希望号捕鲸船去北极7个月，但出发前因故无法成行，便问柯南·道尔愿不愿

在格陵兰的冰山，柯南·道尔享受到有生以来最新鲜的空气

意代替他去。报酬是一个月十先令，每收获一吨鲸脂能得到三先令的分成。确认自己能够使用同学的北极装备后，柯南·道尔就马上抓住了机会，并且从没为自己这个决定后悔。

午夜的阳光冷冽明亮，照耀着澄澈的水面，令每个北极冒险者心动神驰。柯南·道尔感到格陵兰的空气是最健康的。清爽的寒意净化了爱丁堡潮湿发臭的污浊、兰开夏的绵绵阴雨和伦敦的浓浓雾气。柯南·道尔在船上度过了 21 岁的生日，粗犷的海员是他的好伙伴。一个船员发现他有拳击手套，在出海的第一天就邀他较量一回合。事后他告诉大伙，柯南·道尔是最好的外科医生，因为道尔把他的眼睛打得乌青。

与此同时，柯南·道尔亲眼目睹了用棒子击打海豹的残忍，捕鲸的神奇，从尾鳍的大疣子来判断总是逃脱的鲸鱼；被鱼叉绳子拖下船的人当场殒命；北极熊和北极狐出没在浮冰上。所有这一切加上身边见不到一个女性，让柯南·道尔内心生出难以忘怀的浪漫情愫来。他把船上的见闻写进冒险故事，也会写诡谲奇幻的浪漫故事：让男人爱上鬼魂或是狼人，为了与阴阳殊途的恋人相守而毅然赴死。

希望号船长非常青睐柯南·道尔，付给他额外的报酬，请他下次出海担任鱼叉手兼医生（我们可以推测柯南·道尔比福尔摩斯强壮多了，后者用鱼叉都刺不穿一头猪）。他赚到了所需的钱：他寄了 50 英镑给住在马森吉尔的母亲，余下的一点钱则用来买大学最后一年要用的书。

在得到第一份正式工作前，他去了布里斯托。他的朋友巴德在那里做全科医生，希望能够比肩自己的父亲。在英国的西南部，从萨默赛特到普利茅斯，遍布着巴德家的诊所。其他医生抱怨说，在他们的地盘根本就找不到生存缝隙。年轻的乔治·图那维恩·巴德决定在高点起步。他也许不像父亲一样会赚钱，但他更会花钱。他坚信只有一项事业发展兴旺，人们才会不吝惜钱财，他举债修建了豪华的房子，即使有人告诫他若是入不敷出，奢靡过后必然是衰败，他也全然不顾。柯南·道尔觉得这太可笑，而他本人很谨慎，没有与朋友一起挥霍。巴德想召集他的债权人会面，请求他们让自己重启事业之后再还债。

柯南·道尔已被允许在名字后面加"医学学士"的头衔，并可以和巴德医生及霍尔医生一起挂牌行医，但他却选择了去另一艘船上做医生——马永巴号（S. S. Mayumba）装载着许多乘客和货物，正要前往西非。要是航行成功，柯南·道尔就

用棒子击打海豹，这是希望号旅程中很不光彩的一面

会成为一名商业的航海医生，甚至定居殖民地。这趟旅程可不比北极捕鲸有意思。他在比斯开湾晕船，在几内亚海岸差点死于发烧。他也不喜欢马永巴号的人员把货物扔在不好下锚的卸货点附近，让海流将货物带给收货人。他和船员们看到一个孤立无援的白人在海滨上向他们求助，他原本可以伸出援手。那个人因为自己的"非洲高粱"们造反，被迫离开农场，来到了海滨上。有柯南·道尔的崇拜者认为他是超前的种族平等主义者，他们从没考虑过白人说的那个无礼的词是非洲其他地区的方言，言语间也表露出挑衅。虽然他很佩服在蒙罗维亚遇见的利比里亚的美国公使，但他本身并不关心西非地区，认为那里只有群蛇游走的浑浊河流和"野蛮人"。

回到英格兰以后，他没有继续找船上或者出海的工作。他屈从了乔治·图那维恩·巴德的诱惑，巴德给他提供了一个普利茅斯诊所的职位。

乔治·图那维恩·巴德

巴德的性格飘忽不定。他胸怀快速致富的野心，无法安定下来好好工作。他在布里斯托的亲戚可能把那些最纠缠不休的债务人的钱还清了，而巴德自己根本无意还债。

在普利茅斯，他采用一种特立独行的方式行医。他不必像在布里斯托那样反反复复地乘着豪华马车上门为富人看病，他的诊所对所有人开放，提供免费的咨询。于是，等待室内挤满了人，这是第一个赚钱的契机。要见巴德医生一般都要等上三四个小时，如果愿意交一笔费用，就可以插队。巴德心里打的算盘是，那些身无分文的咨询者就是广告，可以吸引付得起钱看病的人。他只收插队费，还保全了自己免费给人咨询的虚名。

若是需要开药，就掉进骗局里了，所有的药都必须在诊所里买。药都是巴德的妻子准备的，她是个安静而瘦小的女人，气势上远远不及她粗暴和吵闹的丈夫，由于她没学过药理，让她担此重任是很有风险的。然而风险并不能阻碍乔治·图那维恩·巴德。对于这个将金钱看得胜于道德的医生来说，广告显然很重要。但是根据行业规定，直接广告是被禁止的。巴德医生很会给自己制造话题。他对着等待的病人大叫大嚷；走路发出很大的声响，把别人推搡到一边；他拒绝为一些人治疗，举止傲慢，以至于病人以为自己要遭遇一个凶神恶煞的医生，到头来也将享受这个医生对待蠢蛋的恶劣态度。而那些不知巴德为何如此疯狂的人则安慰他们自己（像柯南·道尔一样）："伟大的智者和疯子差不多。"

任何合格的医生都能判断出巴德的医学理念就是毫无智慧可言的疯言疯语。"眼泪是纯毒药"这一谬论很难站住脚，让老年女性发誓永远不要喝眼泪，对她们也没什么影响。然而在当时，除了泻药和催吐剂外，药典里少有其他内容。在病人的床边安慰他们，就是很多杰出的医生唯一能施予的"治疗"。若是有病人觉得温柔而周到的关爱没效果，那么巴德医生的粗暴而冷漠的欺凌是能让他们振作的安慰剂。

柯南·道尔在这所疯人院的职能就是做手术和助产。而巴德忙于做疯狂的科学家，无暇做正经事。他向柯南·道尔保证，他会变得比想象中还要富有。此外，他的白日梦继续膨胀，妄图发明一种强大的武器，能够力保武器持有者克敌制胜。他致力于开发坚不可摧的步兵盔甲，还幻想盔甲有电磁力，可以让弹片和子弹发生偏转。他写信给战争指挥部，受到了情理之中的蔑视，这让他勃然大怒。

他的脾气也喜怒无常。当巴德像希望号的乘务员兰博先生一样提出拳击挑战时，柯南·道尔感到很害怕。但柯南·道尔在体重和臂展上还是有优势的。他起初以轻拳出击，等到巴德因久久无法占上风而气急败坏时，他再全力出击。柯南·道尔提醒巴德，比试点到即止，出拳要有保留，但巴德继续连出杀招。于是柯南·道尔将他打败了。巴德很气愤，并装作自己的出击只是玩笑而已。

柯南·道尔结交了这样明目张胆的骗子，他的朋友们自然很担心。霍尔一家表示欢迎他回伯明翰。玛丽·道尔也许是听了布莱恩·沃勒的描述，她写信给柯南·道尔，敦促他离开这个声名狼藉、负债累累的人。柯南·道尔在回信里为朋友辩护，信件里流露出一丝丝火药味。

而这个冲突由巴德自己解决了。巴德和妻子对柯南·道尔日益疏远和冷淡，最后巴德提出诊所不能同时容下他们两人，柯南·道尔立刻提出要离开。但是巴德决议要用钱让他走人，毕竟他在普利茅斯行医也是冒着风险的，而且他也花了不少时间。巴德每周付给柯南·道尔一英镑，直到他在新地方找到工作。他可以用这笔钱来贷款购买家具和设备。

柯南·道尔接受了这笔钱，虽然他只当这钱是借来的。后来他选择了在朴茨茅斯开始新生活。

他在当地租了间房子，准备开始挂牌行医。这时巴德来信，表示反悔并要收回

乔治·巴德，柯南·道尔的"朋友"，性格反复无常

一切财政资助。巴德说他发现了玛丽·道尔来信的碎片，看到她叫自己"不知廉耻的巴德""身无分文的骗子"。他当然不会帮助一个在和他合作的时候，却保持这样通信的人。柯南·道尔很吃惊，因为他并没有撕碎并丢弃信件的习惯。他翻找了自己的口袋，找到了巴德跟他提到的信件。这只能证明巴德一直在偷偷读他的信，并且蓄意解除他们的合作关系。巴德一心想把柯南·道尔置于孤立无援之境，让他先赊账消费，而没有一周一英镑的资助他将无力还债。然后，柯南·道尔也会变成"身无分文的骗子"。

柯南·道尔性情平和。他感谢巴德去除了他和母亲之间唯一的嫌隙，也证明他母亲的判断是对的。他决心克服困难，在没有私人资助的情况下成立自己的诊所。

南海和婚姻

幸运的是，柯南·道尔有另一笔小额收入，一年最多可以挣 50 英镑，跟巴德可以给他的钱也差不多。他信的房子里有一间家具简单的咨询室，一个箱子可以充当橱柜和次客厅的桌子，卧室里放着一张带轮矮床。在这个房子里，他比以往都更认真地写作。

他拿到第一笔稿费的时候还是个学生。1879 年，他在《钱伯斯杂志》（*Chamber's Journal*）发表了《赛沙沙口谷之谜》。作品并没有署上柯南·道尔的名字：在周刊和月刊上的故事一般都不署作者名。他非常需要这笔微薄的收入，但他意识到知名度更为重要。在 1884 年，他的作品被误认为是 R. L. 史蒂文森所写，这事挺让人受用的。然而，让编辑们向柯南·道尔约稿更加有用。

从小说名可以看出，这位年轻的作者希望获得广大读者的喜爱，并不追求曲高和寡。文中的"谜"其实是一只闪耀着红光的眼睛，恐惧的当地人认为那是一只怪物。结果那其实是一颗宝石，其背后揭示了一处藏宝地。故事的灵感来源是爱伦·坡①的《金甲虫》，这位《神秘幻想故事集》的作者一直是柯南·道尔的标杆。柯

---

① 埃德加·爱伦·坡（Edgar Allan Poe，1809—1849），美国浪漫主义作家、诗人、侦探推理小说鼻祖、科幻小说和心理小说先驱、哥特式恐怖小说大师。他的作品对欧洲，特别是法国象征主义和现代派文学影响很大。

美国著名小说家埃德加·爱伦·坡

南·道尔的爱丁堡大学前辈罗伯特·路易斯·史蒂文森^①也认为冒险故事和恐怖故事不仅仅是给儿童看的。

---

① 罗伯特·路易斯·史蒂文森（Robert Louis Stevenson，1850—1894），出生于苏格兰爱丁堡，英国浪漫主义作家，代表作品有冒险小说《沃尔特·司各特爵士》《金银岛》等。

柯南·道尔从 20 岁开始就已经是职业作家了，可以靠写作养活自己。他供稿给《皮尔森杂志》(*Pearson's*)、《圣殿酒吧》(*Temple Bar*) 和《康希尔》(*The Cornhill*)，那年他放弃写作艰深的题材，试图赢回读者的喜爱。他还投稿给《男孩报》(*Boy's Own Paper*)，他们刊登的都是狂热的种族歧视的文章，迎合了小伙儿们的口味，但是格调却低俗得无可救药，近乎下流。这些文章被印成一本本低价的、图案模糊的"廉价小说"。他在这段经历中学到了门道。他第一篇真正原创的小说发表在 1881 年的《伦敦社会》(*London Society*) 上。《小方盒》(*The Little Squre Box*) 的讲述人是一艘客船上胆小的傻子，他认为芬尼亚成员将一枚诡雷带上了船（这个爱尔兰民族主义组织正在进行破坏生产力的运动）。事实上，那个盒子只是一个鸽子爱好者的笼子。

1883 年，《圣殿酒吧》出版了《"北极星"船长》(*The Captain of the 'Pole-Star'*)，柯南·道尔以简洁的语言、生动的表达描画出了北极浮冰。一名着魔的神经质海员，在冰面上奔跑着，被他恋人的鬼魂引向死亡。描写捕鲸的出色作家赫尔曼·梅尔维尔[①]给了年轻的柯南·道尔颇深的影响。

梅尔维尔的影响还明显体现在次年刊载在《康希尔》上的作品《J. 哈勃库克·杰弗逊的宣言》(*J. Habakuk Jephson's Statement*)。他的故事写了玛丽·塞利斯特号（Marie Celeste）的秘密：这艘船被完好无损地丢弃在大西洋，航海日志不知所踪，也不知道船长为何要牺牲自己的船员和妻女并让他们葬身海底。柯南·道尔判断船上的人是被曾经是奴隶的黑人屠杀的，他们对白人怀恨在心。这显然是受到麦尔维尔的《贝尼托·希里诺》(*Benito Cerino*) 的启发，那个故事讲述的就是奴隶打败并控制了一艘欧洲船只上的长官的故事。直布罗陀的英国领事发布严正声明，称此事子虚乌有，这反而更坐实了这件事确实发生过。柯南·道尔的这部作品曾被误认为是史蒂文森的，而他一贯地随意马虎，他把船名改成了具有法语风格的玛丽·塞利斯特号，后来的作者们也不经意地使用了这个名字。

柯南·道尔凭借写作一年收入高达 50 英镑，他的纳税申报单引起了检查员的怀疑。内陆税务局的人员指责道："这太令人不满意了。"柯南·道尔说："我很赞同你的说法。"然后在申报单上潦草签字，还了回去。

他在行医方面做得也不差。住在伦敦的道尔家人看到朴茨茅斯没有信天主教的

[①] 赫尔曼·麦尔维尔（Herman Melville，1819—1891），美国浪漫主义作家，代表作品《白鲸》。

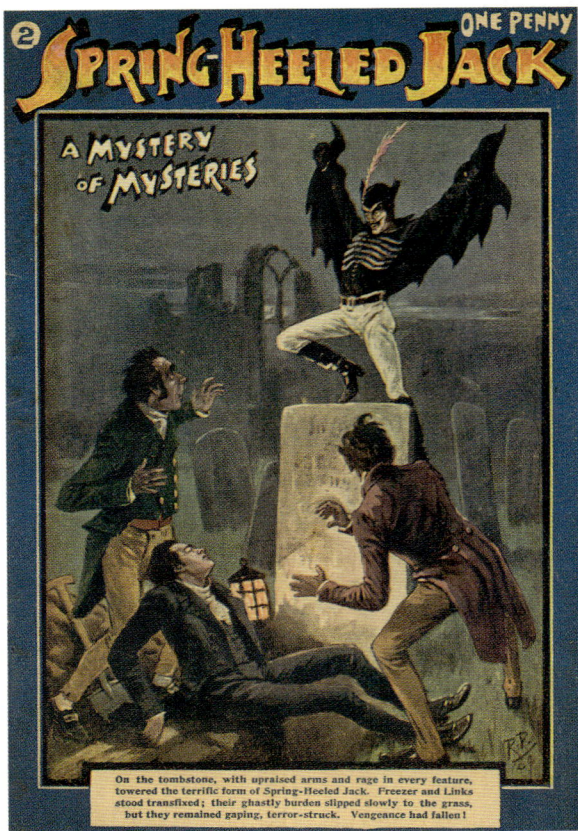

廉价惊悚小说《弹簧腿杰克》，柯南·道尔早期作品格调与此类似

医生，就介绍柯南·道尔去当地的天主教社区。然而柯南·道尔特别正直，他直截了当地拒绝利用这个他不再信仰的宗教赚钱，而把大门向所有人敞开。他是个运动员，和当地的俱乐部一起踢足球、打板球。他的板球技术已经达到一流水平，曾经进过 W. G. 格雷斯医生把守的球门——格雷斯是当时很出色的运动员。他擅长写作冒险故事和鬼故事，剑桥大学的学究们要正儿八经地考据鬼魂出没背后真实的科学道理，柯南·道尔对此颇有兴趣。所以他去参加当地的降神会和桌灵转[①]活动：这些活动一开始就让他心生疑问。

他的收入终于够贴补家用了。他的姐姐安妮去世，罗蒂和科妮成了家庭教师。年轻的英尼斯被送来和哥哥同住。兄弟俩成了好友，柯南·道尔把弟弟打扮成门童模样，让他给病人们报上姓名，给他们身份感。

1895 年，一个患了脑膜炎的男孩到柯南·道尔处住院治疗。这病无药可医，痛苦的"治疗"就是照顾小杰克·霍金斯（Jack Hawkins），直到他去世。杰克的姐姐露易丝（Louise，小名"图伊"Touie）和年轻的医生柯南·道尔经常见面，于是他们相爱了。露易丝个人年收入 100 英镑，这些钱加上柯南·道尔的诊所，他们已经有足够的经济实力结婚了。露易丝拜访了道尔夫人，她欣然（而且絮絮叨叨地）同

---

① 一种类似"扶乩"的迷信活动，流行于 19 世纪中后期的欧洲和美国。参与者围坐在桌子旁，手放在桌子上，据说一段时间后桌子会自行转动，以此形式来与鬼魂沟通。科学家和怀疑论者认为这是意识运动效应或有意识的骗局。

意这门婚事。婚礼在马森吉尔的教堂举行，柯南·道尔医生娶了一个贤内助，一个完美、温顺而支持丈夫的维多利亚式妻子：不过问丈夫的工作、运动和学术生活，但在他需要休息的时候会准备好他的烟斗、拖鞋、威士忌和苏打。

探究鬼魂

柯南·道尔结婚后，诊所生意蒸蒸日上。他很快就拿到了医学博士学位，年收入 300 英镑：这足够让这对年轻的夫妻过上舒适的生活了。短篇小说小获成功后，柯南·道尔开始涉足长篇小说。《约翰·史密斯的告白》（ The Narrative of John Smith ）的书稿在他和出版商的来往信件中丢失，再也没有寻回。在柯南·道尔结婚的头几年里，他完成了《吉德尔斯通的公司》（ The Firm of Girdlestone ），故事讲述了见不得人的商业勾当，主角与女继承人结婚，还加入了医疗界的背景。在出版商愿意出版这个故事的时候，柯南·道尔已经开始写作让他名满天下的侦探小说，还有他认为更能让他在文学界占有一席之地的历史小说。

年轻的柯南·道尔很容易弄丢手稿。也许他试着去出版的第一部小说是《格索普的灵异山庄》①，由于寄出的时候没写回信地址，直到柯南·道尔去世时，手稿还塞在布莱克伍德杂志社的档案库中。小说讲述了一个酗酒的凶手和被害者的故事，从中可见灵异事件对柯南·道尔的吸引力。起初，这可能是他和露易丝的共同喜好，因为他们会一起去朴茨茅斯的朋友举办的降灵会。在朴茨茅斯文学和科学协会，柯南·道尔遇到了一个人，劝他不要对桌灵转这么着迷。

阿尔弗雷德·德雷森（ Alfred Drayson ）少将是业余的数学家，也是小有名气的天文学家。他提出地球是在轨道上摇摆着运行的，这个理论起初被认为是谬论，后来又被接纳。同样，他观察到天王星的卫星并不是由东向西运行的。他是玩惠斯特纸牌的高手，著有关于纸牌游戏的书籍。他和柯南·道尔一样，也为《男孩报》供稿。柯南·道尔是个讲求科学的医生，比起一个朴茨茅斯的唯灵论者，德雷森更适

---

① 《格索普的灵异山庄》（ The Haunted Grange of Goresthorpe ），1942 年，布莱克伍德杂志社（ Blackwood's Magazine ）将手稿转交苏格兰国家图书馆收藏。2000 年，阿瑟·柯南·道尔协会出版了这篇未曾公开发表过的小说。

很多人认为唯灵论降神会是愚蠢的，从《潘趣》的讽刺漫画上就能看出来

合做他的朋友。那个唯灵论者是个传话人，名叫霍尔斯特德（Horstead），他为"幕后"的约翰·卫斯理[1]和一些政治家传话。实际上，柯南·道尔身上像华生那样的天才崇拜情结再次显现。他认为德雷森可以和哥白尼比肩，因为德雷森用平实但神秘的言语解释着降神会的无趣和荒诞。

19世纪中期，纽约州海德斯韦尔的福克斯姐妹开展了大规模的唯灵论活动。就像18世纪伦敦公鸡巷的闹鬼事件[2]一样，"显灵"主要是神秘兮兮地用敲击声来回答问题——敲一声代表"是"，敲两声代表"否"，冗长的字母颂念用来获取长一些的信息。西方世界的小团体聚集在一起，与幽灵对话。成立于剑桥的心理研究协会收集和核实数据，发明了一些伪科学术语：心灵感应指思维传递；隔空传物指物体的神秘移动。相信幽灵可以与他们沟通，或是通过他们说话书写的人称自己为交流的

---

① 约翰·卫斯理（John Wesley，1703—1791），英国神职人员和神学家，18世纪卫理公派教会创始人。

② 1762年，伦敦城史密斯菲尔德区公鸡巷里时常传出奇怪的敲击声。小巷的主人帕森斯声称这是一位被丈夫害死的女人亡灵在敲门。这起"灵异事件"成为伦敦热点新闻。一批学者调查后发现真相，原来是帕森斯唆使11岁的女儿用木板敲打床板发出声响。帕森斯被判欺诈行骗罪。狄更斯《双城记》里也提到了这个案件。"公鸡巷的幽灵"（Cock-lane ghost）成为英语文学中一个典故，指虚构的恐怖故事或骇人听闻的谣传。

"灵媒"：这比"萨满法师"和"亡灵巫师"听起来更科学一些。

　　但是柯南·道尔很快就发现很多来自幽灵的言语都是些老生常谈，不值一晒甚至是非常愚蠢的。传说中的鬼魂显灵听起来就像是三流魔术师的把戏：桌椅瞬间自己离开地面，铃鼓和吉他在房间里边飞舞边奏出鬼魅般的音符。露易丝可能会喜欢这些东西，但柯南·道尔已经准备放弃了。德雷森头脑清醒，让柯南·道尔冷静下来。起初他并不接受德雷森说唯灵论不值一提：和人一样，幽灵中也有幼稚和可笑的，出于低级趣味而举办的降神会只会招引来那些蠢笨的幽灵。然而，柯南·道尔后来完全接受了这个说法。眼下他对唯灵论兴趣正浓，开始订阅一些唯灵论的主流刊物。

　　1887 年，他相信来自另一个世界的真知灼见会在降神会上出现。一个专业灵媒在降神会上当众"自动书写"，他给了柯南·道尔一张纸条，上面写着："这位先生是个治疗师。告诉他，我让他去读亨特的书。"柯南·道尔肯定在场的人不知道他当时正犹豫要不要读李希·亨特[①]的《复辟时期的喜剧作家们》(*Comic Dramatists of the Restoration*)来为自己写作历史小说《米卡·克拉克》(*Micah Clarke*)做准备。后来，柯南·道尔对唯灵论刊物《光芒》(*Light*)说："我不会再怀疑幽灵的存在，正如我不会怀疑狮子生活在非洲，我虽然到过那片大陆，但从未有幸见过狮子。"这个信念还未成为他生活的核心，更没有成为他公众形象的一部分。但唯灵论划定了他人生最后 10 年的轨迹，他因此而拒绝接受爵位。他对李希·亨特作品的质疑，给他笔下的人物注入了有趣的元素。他刚完成了医学博士论文，客观而科学地分析了梅毒。他在捕鲸船上度过了 7 个月，没有女性的陪伴，他

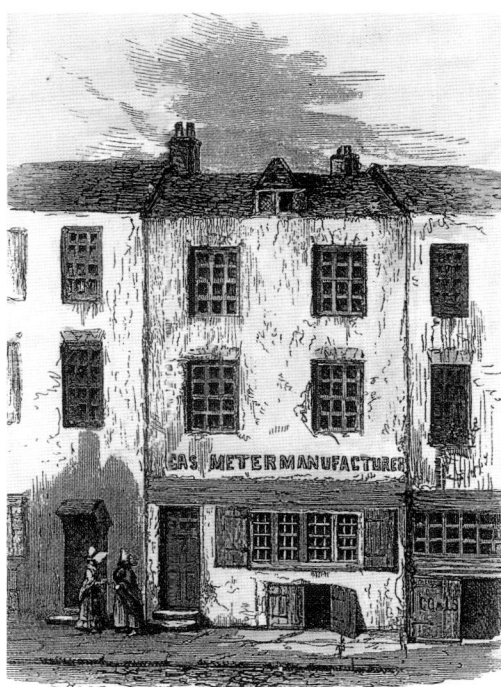

公鸡巷鬼屋，1762 年伊丽莎白·帕森斯在此处装神弄鬼地敲击，诈骗她父亲的租客

_____

　　① 李希·亨特（Leigh Hunt, 1784—1859），英国评论家、散文家和诗人，被认为是狄更斯小说《荒凉山庄》中哈罗德·斯金波的原型。

纽约海德斯韦尔的福克斯家的房子，相传一个被谋杀的男人的鬼魂常出没于此

用坦诚而平静的态度面对自己的性饥渴感。他小说里的华生了解三大洲的女人。斯托尼赫斯特学院的耶稣会信徒禁令森严，也让男生们不像其他学校的男生一样，有那么多机会去偷尝禁果。但他还是惊异于阅读复辟时期戏剧可能给他造成的"污染"。实际上，在所有作品里，他都表现出自己充分享受了正常健康的性爱。他希望男女间性生活美满。他并不谴责那些打破传统的人，但觉得没必要纯粹为了挑战传统而打破成规。他厌恶来自学校的过度监视，却赞同耶稣会严禁同性的性关系。虽然柯南·道尔的父亲是个酒鬼，但他从不酗酒，也不拒绝饮酒。他总是对那个时代的社会风气保持一种绝妙的折中态度，和谐地融入其中。

从医生到侦探小说作家

柯南·道尔的第三部作品《血字的研究》是他发表的第一部长篇小说。他重拾常用于自己短篇小说中的"冒险故事"套路，将"侦探"塑造成在乏味城市生活里追寻刺激之人。他的小说人物（比如福尔摩斯）原型是爱伦·坡笔下的法国人杜宾和加博里欧[①]笔下的勒科克（Lecoq），而法国是推行治安监管的先锋，但法国已因为将这种手段用于政治间谍活动而声名狼藉。柯南·道尔借鉴了杜宾的逻辑演绎法和勒科克的分析脚印的能力。他还加入了贝尔身上会受欢迎性格特点、沃勒的恃才傲物、德雷森的博学多识。随后，夏洛克·福尔摩斯这部书稿就走上了艰辛的投稿之路。

《康希尔》的推广编辑詹姆斯·佩恩（James Payn）很喜欢这篇小说，但并未采用，因为"一先令惊悚小说"已经泛滥了。柯南·道尔的作品和被廉价《男孩报》高傲地撤换掉的惊悚小说到底有多么相差无几啊！柯南·道尔总是把书稿封在硬纸圆筒里，而阿罗史密斯（Arrowsmith）甚至没把书稿取出来就寄了回去。沃德（Ward）和洛克（Lock）勉强接收了稿子，他们像佩恩一样，觉得惊悚小说早已过剩：他们自己都出版了好几部。然而买下柯南·道尔的这部作品只需要一次性支付 24 英镑，他们也就接受了。作品可以刊登在《圣诞年刊》上，足够用上一年。

柯南·道尔收下了钱，把精力投向了更心仪的创作。他一直很喜欢沃尔特·司各特爵士（*Sir Walter Scott*）的历史小说，没人说这些作品是廉价惊悚小说。人们喜欢麦考利笔下人物丰富的历史故事。他拒绝接受天主教的固执教条，但也没看到加尔文主义[②]的狭隘之处。在他那个年代，像他这样接受过科学教育的人会受加尔文主义冷酷的因果关系的影响，认为加尔文教派的宿命论与科学的决定论类似。当然，他极力地摒弃关于永世惩罚的相关教条。因为柯南·道尔认可麦考利和他所属的辉格党[③]，因此认为麦考利喜欢的清教徒就是善良的。于是，他便计划去创作 1683 年蒙茅斯[④]在新教徒反抗中崛起的故事。

---

① 加博里欧（Émile Gaboriau，1832—1873），法国作家、记者，侦探小说的先驱。

② 加尔文主义（Calvinsim）是新教的一个分支，由 16 世纪法国宗教改革家、神学家约翰·加尔文（Jean Chauvin，1509—1564）及其他改革派神学家建立。

③ 英国辉格党（Whigs）出现于 17 世纪末，19 世纪中叶演变为英国自由党。1714 年以后的半个世纪中，辉格党一直在政治上占优势，连续执政达 46 年。

④ 蒙茅斯公爵（Duke of Monmouth），名字是詹姆斯·斯科特（James Scott，1649—1685），英王查尔斯二世的私生子，为信新教的辉格党所支持。1685 年，他领导了蒙茅斯起义，试图推翻叔叔詹姆斯二世，失败后以叛国罪被斩首。

布莱克伍德（Blackwood）拒绝刊登《米卡·克拉克》，因为柯南·道尔这部作品把 17 世纪的语言写得矫揉造作（他对古文和方言不太通）。本特利（Bentley）寄回了稿件，还嘲讽道："小说的主要缺陷是毫无趣味可言。"卡塞尔（Cassel）认为历史小说没有商业价值。柯南·道尔刚把《血字的研究》卖了 24 英镑，他开始考虑要不要把《米卡·克拉克》以两英镑出售。后来，博学的安德鲁·朗格（Andrew Lang）为朗文（Langman）拿下了这部作品，他本人热情饱满，愿意花八年时间完成一部出色的历史小说。他所著的小说《法夫的修士》（A Monk of Fife）述说圣女贞德的故事。

柯南·道尔很激动。这比《血字的研究》在《圣诞年刊》上发表可重大多了。福尔摩斯的故事只需要一星半点的想象力，以及借鉴一些抨击摩门教徒恐吓其他开拓者的文章。《米卡·克拉克》才是真正的文学作品，他要倾力投入去研究史料，准备创作更好的历史小说。这次他的目光瞄准了爱德华三世统治时期。

1888 年诸事顺利。《血字的研究》再版成册，虽然柯南·道尔未得分文，但他终于能够有钱支付给他那住院的消沉父亲，让他给这部作品画插图了。《米卡·克拉克》也广受好评。约瑟夫·马歇尔·斯托达特（Joseph Marshall Stoddart）遇到了《利平科特杂志》（Lippincott's Magazine）的猎头，他邀请柯南·道尔去兰厄姆（Langham）酒店赴宴。出席的还有奥斯卡·王尔德[1]和下院议员托马斯·帕特里克·吉尔（Thomas Patrick Gill）。听闻奥斯卡·王尔德读过并喜欢《米卡·克拉克》，柯南·道尔惊讶得不敢相信。若是他熟悉王尔德对别人的评价，那么他就会知道，王尔德读新作品可谓如饥似渴，对其他作者往往过分褒扬。柯南·道尔身上那华生般的朴实让他认为王尔德地位远高于在场其他人，但依旧愿意与大家交流。

这次聚会后，作者们赢得了佣金，柯南·道尔开始写福尔摩斯的新故事，王尔德则开始创作《道林·格雷的画像》。他的长女玛丽·露易丝出生，他的中世纪小说《白弓箭手军团》在 1891 年初被佩恩抢到出版权。但他还是颇为不安，又将重心转回到行医上去了。1883 年，他发表了一篇文章，提到德国细菌学家罗伯特·科赫。1890 年媒体报道科赫发现了结核菌素，终结了维多利亚时期的致命杀手肺结核病，科赫一时名扬海外。

柯南·道尔设法得到了《每日电讯报》的委托，前去柏林报道冯·博格曼教授

---

[1] 奥斯卡·王尔德（Oscar Wilde，1854—1900），爱尔兰诗人和剧作家，以剧作、诗歌、童话和小说闻名，是英国唯美主义运动的倡导者。

左页：奥斯卡·王尔德的才华横溢与慷慨
大方给柯南·道尔留下了深刻印象

兰厄姆酒店，柯南·道尔在此同意创作第二部福尔摩斯小说。这部作品确立了其后系列小说的特色

在大学的演讲。然而柯南·道尔从美国学生的笔记中敏锐地觉察到，正如科赫一直提醒的——治疗的效果尚未得到证实。《每日电讯报》发表了柯南·道尔敏锐的警告，几周后结核菌素被证实并无疗效，《每日电讯报》也无需澄清之前的报道。而一些不负责的小报先前借科赫之名炒作，现在都反过来抨击他。

在从德国返回的火车上，柯南·道尔与另一个医生交谈，他建议柯南·道尔从全科医生向专科发展。于是，柯南·道尔便匆匆做了决定。他风风火火地带着一家去往维也纳，想做眼科医生。但他的德语不过关，他大多数时间都在和路易斯滑冰。最终他还是回归了英格兰，搬进了大英博物馆对面的蒙塔古，并在德文夏开了一家诊所。

但据柯南·道尔描述，诊所无人造访。在伦敦做专科医生有别于在汉普郡做全科医生，他不能去体育俱乐部和文学协会招揽顾客。他写书所得的钱足够让他过得不错，但这是他人生中的一段低谷。后来，乔治·纽恩斯[①]创办了一本新杂志，令柯南·道尔一时间名声大噪。

---

① 乔治·纽恩斯（George Newnes，1851—1910），英国出版家和编辑，通俗新闻的奠基人。

胜利与失败

这本杂志是编辑格林豪·史密斯（Greenough Smith）的智慧结晶。为什么不做一本更通俗（针对庸常人）的杂志呢？里面只需刊载些冒险故事、名人访谈、特写报道和自然科学的文章。几乎每页都配上插图就可以了。但这本小说的插图用凹版印刷，这种半色调的明暗画面和特写的写实照片很相称。每一期杂志是一本精美的印刷品。文字清晰明了，避免文人圈盛行的矫揉造作的辞藻堆砌。保持杂志的美术设计朴实而富有男子气概，或是浪漫朦胧的中世纪风格，但绝不颓废。拒绝像乔治·梅瑞狄斯①这样无趣、过于清醒且做作晦涩的连篇废话；也拒绝奥博利·比亚兹莱②这样优美灵动的情色插画。做一本全家皆宜的杂志，一个打高尔夫球的普通律师或是会计能看懂并且喜欢，看后可以随手放置，不用担心妻子和女儿看见。

纽恩斯欣然接受了这个想法。《海滨杂志》（*The Strand Magazine*）初创即获得成功。大家都听说了杂志编辑非常欢迎系列冒险故事的投稿，每个连载的独立故事里都有同样的角色出现。这样的故事给人的熟悉感很有吸引力，就像是系列小说一样。但就算故事在高潮中断也不会让人产生不耐烦的情绪，若是错过一期杂志也不会对故事失去兴趣。

柯南·道尔先前在一期杂志上发表过一个滑稽故事，但不知道该如何把笔下的侦探放进故事里。他在之前两个故事里已经将福尔摩斯和华生的形象塑造饱满了。读者对角色有所了解，在故事发展的进程中，可以毫不费力地记起他们突出的性格特点，因此就不需要打断情节来大段描写他们的性格。在 1891 年，绯闻似乎是冒险故事的来源。那年，非英国国教教徒因为"威尔士王子为了金钱玩百家乐纸牌赌博"而沮丧，上层社会对"威廉·戈登-卡明爵士③在玩牌的时候出老千"感到震惊。柯南·道尔笔下的福尔摩斯帮助"一个虚构的王室"摆脱了一桩丑闻，丑闻的另一位主角是一位规规矩矩的女士：没有"南方的性感苗条"，也没有"闺阁的风骚颓靡"。她聪颖机智，身着男装，火急火燎地与一位"深爱的绅士"结婚。此外，柯

---

① 乔治·梅瑞狄斯（George Meredith，1828—1909），英国维多利亚时代的小说家、诗人。

② 奥博利·比亚兹莱（Aubrey Beardsley，1872—1898），英国插画艺术家，颓废主义与唯美主义代表人物，其作品风格影响了其后的新艺术和装饰艺术运动。

③ 威廉·戈登-卡明爵士（Sir William Gordon-Cumming，1787—1854），苏格兰国会议员。

SIR NIGEL

is the hero of Sir A. Conan Doyle's stirring new serial which commences in the December Xmas Double Number of the "Strand Magazine." The above picture illustrates a thrilling incident in the first instalment.

STRAND MAGAZINE

《海滨杂志》的早期封面

南·道尔写了一个最为人津津乐道的福尔摩斯展示推理能力的故事——《红发会》。故事中，头发最红的人将得到一笔丰厚的钱财，真相却是情理之中但意料之外的。伟大的侦探一开始就亮出了贝尔教授的观察和推理技巧，结尾时让亲爱的华生带上手枪，一起前往近旁熟悉的阿尔德门街，抓捕有王室血统且毕业于伊顿公学的犯罪头目。

史密斯和纽恩斯立马采纳了这些故事，说这些故事是爱伦·坡之后最好的。他们让柯南·道尔再写四个故事，凑成六篇系列故事。他们雇西德尼·佩吉特为故事配插图，他之前为《海滨杂志》的创刊号免费画过兰斯洛特和伊莱恩[①]的插图。柯南·道尔赚得 30 基尼（31.50 便士），而佩吉特得了 20 基尼（21 便士）。

故事马上大受欢迎，《海滨杂志》的销量跃升至 50 万册。读者来信说明这都归功于夏洛克·福尔摩斯。佩吉特的插图（柯南·道尔并不在意）让福尔摩斯有血有肉，故事里的天才侦探与插图中人物英俊的面庞和高雅的衣着相得益彰。人们都不相信这个侦探只是个虚构人物，好像他比作者显得更真实。

---

① 兰斯洛特（Lancelot），阿瑟王（King Arthur）传奇中圆桌骑士之一，相传他是由湖中仙女抚养长大，因此被称为"湖上骑士"。他的生母和妻子都叫伊莱恩（Elaine）。另有一名爱慕他的少女被称为"阿斯特拉托的伊莱恩"（Eliane of Astolat），因单相思得不到回应郁郁而终。依其嘱托，她的遗体被置于小舟中，手持百合花与遗书，顺泰晤士河漂流至阿瑟王的城堡卡美洛（Camelot）。这个故事成为很多作家与画家的灵感来源。

然而，柯南·道尔的名字是个不错的广告。这个富有英雄气概的爱尔兰名字已经不俗（就像夏洛克这个名字）。所以，柯南·道尔的其他书也受到了关注，令他高兴的是，《白弓箭手团》和《米卡·克拉克》销量直逼福尔摩斯的故事。

福尔摩斯的六个冒险故事还没在《海滨杂志》连载完，柯南·道尔就已经过度劳累了。格林豪·史密斯的截稿期限定得很严苛，于是他积劳成疾，患上了流感。高烧退去后，他意识到自己用自己的写作来养着一所赔本儿的诊所。他从来都不算是个科学家。知道自己可以放弃行医，专职写作，他如释重负。

后来杂志付给他高达 1000 英镑的报酬，让他再创作一系列福尔摩斯故事。这证明他的决定是明智的。柯南·道尔离开了蒙塔古，在上诺伍德买了一座大房子。邓禄普[①]先生发明的充气轮胎使自行车风靡一时。道尔家购买了三轮车，到萨里乡间去骑行。柯南·道尔很高兴，他以有力的双腿蹬车前行，美丽娇小的妻子呼吸着新鲜的空气，操纵着行车方向。他们的儿子阿莱恩·金斯利呱呱坠地，让节奏慢了下来，但柯南·道尔却不担心。

乔治·纽恩斯爵士创办的《海滨杂志》，令柯南·道尔一举成名

---

① 邓禄普（John Boyd Dunlop，1840—1921），苏格兰兽医、发明家，长期居住在爱尔兰。1883 年创办了第一家充气轮胎公司，并以自己的姓氏命名。其后将技术应用在运动用品、床垫等领域。

川拜农场的巴卡拉牌局，有损威尔士王子声誉的丑闻

　　他进入了文学圈。杰罗姆·K. 杰罗姆[1]写的《三怪客泛舟记》与《三怪客骑行记》与柯南·道尔本人一样狂热，杰罗姆和柯南·道尔成了朋友。与柯南·道尔一样，杰罗姆是个率真之人，处世态度温和，单纯而乐观。另一个朋友是 J. M. 巴里[2]。他和杰罗姆都是来自苏格兰的骄傲的盎格鲁-凯尔特人。他们都对灵异事物感兴趣，都是板球好手。柯南·道尔为巴里的文学队"阿拉克巴里"（Allakhbarries）上场比赛。他曾为伦敦当地俱乐部 MCC 队效力，还曾代表英格兰队征战荷兰。

　　福尔摩斯越发受欢迎了，柯南·道尔被截稿日折腾得焦头烂额，还为编情节头疼不已，《桐山毛榉案》是他母亲想出来的。但柯南·道尔还是想将更多的时间投入到历史小说中，他还想给露易丝更多的照顾，因为她生下金斯利后身体还没恢复。

---

① 杰罗姆·K. 杰罗姆（Jerome Klapka Jerome，1859—1927），英国幽默作家。

② J. M. 巴里（James Matthew Barlie，1860—1937），苏格兰编剧、作家，代表作为童话《彼得·潘》。

他们去瑞士疗养，但此法并没有效果。他们 1893 年 1 月回来时，柯南·道尔发现妻子咯血了。他知道，这意味着他的妻子被判了死刑。

面对虚妄

在 19 世纪，患上肺结核后咯血是无药可医的。在病人咯血前，温和的气候、避免过度劳累、悉心的照料会减缓肺结核的发展。但手帕上出现血点则表示病情必然加重，咳嗽增多，身体更加虚弱，最后死去。这个过程可能持续几周、几个月或是几年。但病人肯定会死于疾病。肺结核吞噬了济慈和勃朗特姐妹的生命，维多利亚时期的人恐惧肺结核，就像现在的人恐惧癌症一样。

柯南·道尔自然深感愧疚和忧伤。他自己就是个医生，在露易丝第二次怀孕时他就该看出症状，当时就应该有所行动。

他立即锁上了马厩，大多数时间住在达沃斯，因为瑞士的空气有利于缓解肺结核。他让岳父、岳母和小姨子照看孩子，自己陪露易丝出国疗养。他决定暂停构思福尔摩斯故事的情节，也不再赶截稿日。为了终结这个系列故事，他杀了故事的主角。这种做法相当不专业。他可以拒绝继续写作福尔摩斯的故事，但不要让出版商看不到这个故事复载的希望。在看了《最后一案》之后，两万读者便取消了杂志订阅！几千人写信给编辑表达愤怒之情，威尔士王子也表示了反对。

柯南·道尔当时在达沃斯，毫不理会这些麻烦。露易丝在病榻上咳嗽时，他将挪威越野滑雪带到了瑞士。同时，他也更沉迷于超自然事物。

查尔斯·阿尔塔芒特·道尔于 10 月逝世，他在痉挛中窒息身亡。三周后，柯南·道尔拿出了唯灵论研究协会[①]的入会单。此协会的主席阿瑟·巴尔弗[②]是时髦的保守党政客，妻子过世让他心碎不已，于是他终身未再娶，并致力于寻找能再与妻子联络的方法。他发现降神会都是骗人或是自我催眠的，但他还是一直抱有希望。

---

① 唯灵论研究协会（Society for Psychical Research，简称 SPR）是英国的一个非营利组织，创办于 1882 年，目的是研究通灵能力或超自然事件。

② 阿瑟·巴尔弗（Arthur Balfour，1848—1930），英国保守党政治家，1902 年至 1905 年担任英国首相。

1890 年代早期，阿瑟和他第一任妻子"图伊"柯南·道尔骑自行车

协会的副主席包括了阿尔弗雷德·罗素·华莱士[1]，他与达尔文一起提出了进化论；协会里还有巴尔弗的妹夫，剑桥的亨利·西德维克[2]；乔治·艾略特的学生 F. W. H. 迈尔斯[3]；物理学家奥利弗·洛奇[4]；发明了辐射计和分离出铊元素的威廉·克鲁克斯[5]。这些杰出的科学家激起了柯南·道尔身上华生般的天真，他认为这些科学家不可能会撒谎，也不会犯错。1870 年到 1874 年间，克鲁克斯和一个年轻美貌的女灵媒弗洛里·库克[6]进行了一系列实验。他认为当弗洛里被催眠后一动不动躺在一个匣子里的时候，一个名叫"凯蒂·金"的鬼魂现身了。凯蒂是另一个幽灵的孩子，那个长着胡子的鬼魂"约翰·金"其实是 17 世纪

---

① 阿尔弗雷德·罗素·华莱士（Alfred Russel Wallace，1823—1913），英国博物学家、探险家、地理学家、人类学家和生物学家，被誉为"生物地理学之父"。

② 亨利·西德维克（Henry Sidgwick，1838—1900），英国功利主义哲学家、经济学家。他最著名的哲学著作是功利主义的《伦理学方法》。他是唯灵论研究协会的创始人之一和第一任会长，也是形而上学学会的成员之一，推动了女性的高等教育。他在经济学方面的工作也产生了持久的影响。

③ F. W. H. 迈尔斯（Frederic William Henry Myers，1843—1901），诗人，古典主义者，语言学家，唯灵论研究协会创始人之一。

④ 奥利弗·洛奇爵士（Sir Oliver Lodge，1851—1940），英国物理学家，从事无线电的开发，1900 年到 1920 年担任伯明翰大学校长。

⑤ 威廉·克鲁克斯爵士（Sir William Crookes，1832—1919），英国化学家和物理学家，因发现铊元素和阴极射线研究而著名，对 19 世纪末新出现的物理和化学领域作出了贡献。

⑥ 弗洛伦斯·库克（Florence Cook，约 1856—1904）昵称弗洛里（Florrie），在十几岁时就宣称自己有通灵能力，能通过降神仪式让名为"凯蒂·金"（Katie King）的鬼魂现身。她的能力得到了威廉·克鲁克爵士的认可，但许多人对此持怀疑态度。库克在 1875 年被揭露为骗子。

牙买加的海盗首领亨利·摩根爵士①！凯蒂是个很性感的幽灵，透明的棉布袍子下可看到她磷光闪闪的曲线。据她透露，另一个世界也存在着婚姻关系，而且现世的婚姻关系可以在那里延续。

柯南·道尔忽略了一件事，协会的其他领导和成员私下都觉得克鲁克斯目光太短浅，以至于没有发现弗洛里·库克在昏暗的降神会房间里使用的障眼法。但这位优秀的化学家太迷恋这个灵媒了，因此他永远不会像其他人一样揭穿她的把戏。柯南·道尔认为克鲁克斯的实验基本上证明了人死后仍会在另一个世界生活。查尔斯逝世，露易丝也即将走向死亡，这个结论对柯南·道尔来说尤为重要。

凯蒂·金美好的身材也很诱人。露易丝缠绵于病榻，夫妻生活也就成了过去时。想到露易丝死后这一切可以恢复如初，也让他很宽慰。他这一时期的作品又回到了结婚前的主题，有关男欢女爱、死亡和渴望。他的小说《寄生虫》（*The Parasite*）描写了吸血鬼式的深刻情伤：一个深情的西印度白人给心上人催眠，让他去杀死自己的未婚妻。1894 年，柯南·道尔在英尼斯的陪同下去美国做巡回讲座。19 世纪的英国人赴美巡回讲座通常都很疲劳，他也因此身体透支。但讲座很成功，与之前的英国人不一样，他很喜欢美国。他相信在未来，一个英美联合帝国会统治世界。

他在佛蒙特拜访了吉卜林。吉卜林打算和自己的美国妻子定居在新英格兰，还为此与妻子的弟弟起争执。柯南·道尔教吉卜林打高尔夫球，后来吉卜林学会在雪地上打红色的高尔夫球②。柯南·道尔担心露易丝的病情，加上无奈回归单身，他易怒而且失眠。但他还是个高大的运动健将（身高 6 英尺 4 英寸，约合 193 厘米），热衷于桌球、西洋双陆棋戏、钓鱼和板球，40 岁之后还继续踢足球。在 1891 年成名后，他没有因暴富而个性膨胀，还是保持着谦逊坦率。他对人一直和善慷慨，尽管自己的生活正经历不幸。正如吉卜林诗中赞誉的平和人格：

　　　　如果你经历成功与失败，

---

① 亨利·摩根爵士（Sir Henry Morgan，1635—1688），威尔士海盗船长，以牙买加皇家港为基地，袭击掠夺加勒比海沿岸的西班牙殖民地。因英国与西班牙交恶，他被国内视为英雄，受封爵士并被任命为牙买加总督。

② 吉卜林非常喜欢高尔夫球，他住在美国佛蒙特州时，冬季会把球漆成红色，把球打到埋在雪里的锡罐里。有高尔夫爱好者认为是吉卜林发明了雪地高尔夫，不过其实在他之前，英格兰与苏格兰已经有在冰雪上打高尔夫球的记载。

并将二者都视作虚妄。

从美国回来后，柯南·道尔把露易丝带回了瑞士，又带她去埃及躲避严寒的冬天。在英格兰的时候，他在海德黑德造了座房子，有人觉得在这里疗养肺结核和在国外一样好。正是在海德黑德，柯南·道尔邂逅了珍·莱基（Jean Leckie）。

优雅的骑士

珍是个活泼又魅力四射的年轻女子，只有二十多岁。她喜欢骑马和打猎，比起露易丝更加聪慧和外向。她和柯南·道尔一见钟情。

这是情理之中的事。露易丝并没有什么错处，但事情不可避免。柯南·道尔已经许久没有性生活，郁郁寡欢。他和露易丝之前一起去滑雪和骑自行车，这些体育运动无法再进行。他没有觉察出她的病情。他想做司各特后最伟大的历史小说作家，但公众却一直只把他看作夏洛克·福尔摩斯的创造者。在埃及停留的那个冬天，他并没有写作描述苏丹战事的文章。海德黑德的房子工期漫长，进度缓慢。他已经年近 40 岁，能够运动的时日不多。这一切挫折让他对一个年轻美女的爱意张开怀抱。

但也正是他发现自己爱上珍之后的所作所为，才彰显出他人品的高贵。他决定隐瞒他和珍的恋情，也不会背着露易丝在肉体上出轨。露易丝逝世只是时间问题。于是他和珍都默默地忍耐着，直到露易丝撒手人寰。他们也不会卑鄙地希望露易丝尽快死去，在她辞世的时候也并没有表现出欢欣。

柯南·道尔的妹妹科妮在与杰罗姆·K.杰罗姆有过一段恋情后嫁给了另一个年轻作家E.W.霍尔农[①]。他们俩知道柯南·道尔的决定后都很吃惊，并且催促他和珍完婚。但他拒绝了，他母亲也支持他的做法。他很坦诚地告诉家人他有婚外情，他的母亲支持他的做法，既认可珍，但也支持他不惜一切代价地要保证他们不做出令彼此追悔莫及的事。我们不清楚他们能不能对露易丝隐瞒住恋情。但柯南·道尔值得

---

① E. W. 霍尔农（Ernest William Hornung, 1866—1921），英国作家和诗人，代表作为拉弗尔斯（Raffles）系列犯罪小说。

右页：柯南·道尔医生在南非的朗曼医照料伤员

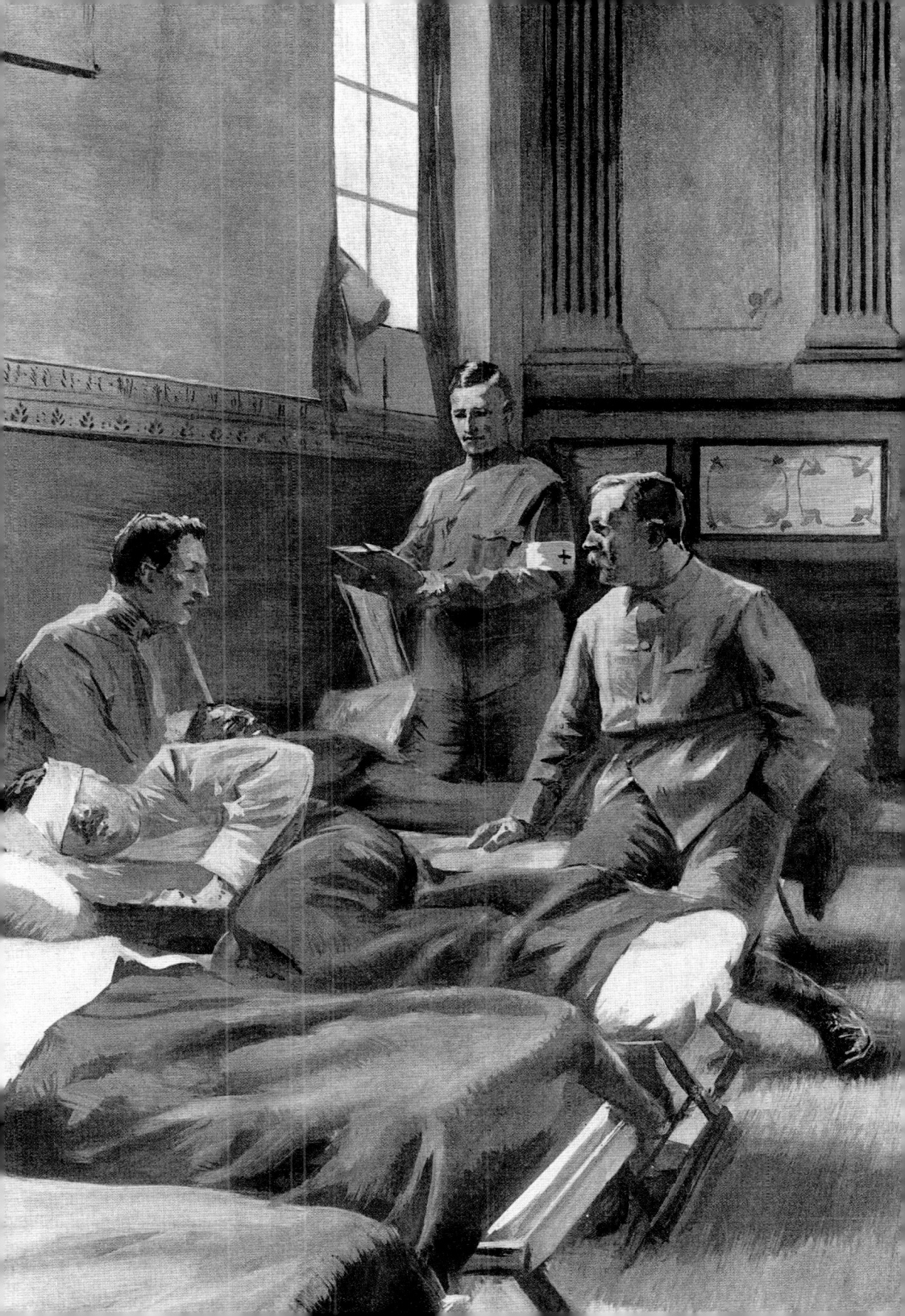

敬佩，因为他决定隐瞒，但对家人如实相告，他一心一意只为了露易丝好，而不是为了自己的"名声"。他对露易丝十分忠诚，尽管他受到头痛和失眠的困扰，但是珍的关爱给了他很大慰藉。1907 年，这对恋人终成眷属。

这个时期，柯南·道尔的作品主要是关于战士的。《白弓箭手团》(*The White Company*) 里的英雄奈吉尔·劳瑞 (Nigel Loring，他的名字听起来更像是商业银行里的男学生) 一直让他不能忘怀。柯南·道尔对于 14 世纪骑士精神颇感兴趣，于是就创作了《白弓箭手团》的"前传"《奈吉尔骑士》(*Sir Nigel*，1903 年)。他考据的另一个对象是拿破仑，但 1892 年发表的小说《巨大阴影》(*The Great Shadow*) 并不出色。然而拿破仑时期的故事背景却被巧妙地用在了"准将杰拉德"的故事中，在 20 世纪初发表于《海滨杂志》。拿破仑时期马博特男爵① 华而不实的回忆录让英国读者忍俊不禁。柯南·道尔现在把马博特写成勇敢善战的典型法国人，他骑术了得，也很忠诚，但常常因为愚蠢而犯错。然而他太过于迟钝，还觉得自己的笨拙是活力的体现。很少有英国作者能抗拒将杰拉德写成大众情人的诱惑，因为典型的法国人就是这样！也许除了柯南·道尔外没人能赞美杰拉德情场得意而没有揶揄之意。皇帝只在故事背景里影影绰绰地出现便已经足够了。柯南·道尔改掉了他从斯科特那里学来的添加过多注释的习惯，以及查尔斯·里德②《患难与忠诚》过度藻饰的风格（他认为这是最好的历史小说）。他将自己的学识不着痕迹而且艺术地呈现出来。他在作品里运用了自己良好的幽默感，而他写的杰拉德的故事在他的作品中属上乘之作。

同年，福尔摩斯被搬上了舞台。柯南·道尔写了一份剧本草稿，美国演员威廉·吉列特也写了一份草稿。两份草稿被融合在了一起，但手稿遗失了。吉列特凭记忆重新写了一份，并给了故事一个新结尾。从 1899 年开始，这部剧就在舞台演出，享誉海外。

1897 年的一场战争吸引了柯南·道尔的注意力。他从未服过役，他年龄太大

---

① 马博特男爵 (Baron de Marbot，1782—1854)，滑铁卢战役前夕被拿破仑提拔为将军。战役后流亡回法国，撰写《帝国回忆录》，直到 1891 年才得以出版。他的回忆录重新激起了人们对第一帝国的兴趣，但对历史事件的描写并不太可靠。

② 查尔斯·里德 (Charles Reade，1814—1884)，英国小说家和剧作家，代表作是历史小说《患难与忠诚》(*The Cloister and the Hearth*，直译为"修道院和壁炉")。

了，义勇骑兵团不会征用他去打布尔战争。但他主张英国人要为自己而战，不能依靠加拿大和澳大利亚的殖民地人民去为他们卖命。1901 年，他的朋友阿奇·朗曼（Archie Longman）在富有的父亲资助下组建了一支医疗队，柯南·道尔穿上军装，奔赴布隆方丹的临时医院。

此行多灾多难。罗伯茨勋爵[1]为了突围而忘了派人把守水源，布尔人摧毁了外围的供水系统，因此整个镇子都只能靠一口肮脏的古井过活。起初是伤寒，后来霍乱在镇上和医院里传染开来。医院里臭气熏天，柯南·道尔更多的时候是在清理排泄物，而不是医治伤口。柯南·道尔自己也

珍·伊丽莎白·莱基，柯南·道尔的第二任妻子

发了一次烧，退烧方法是和侦察队一起骑马去前线，他乐在其中。吉卜林也参与到这次战争里来，他喜欢把炮火和炸药写成当地景色和天气的一部分，浪漫而有趣。

他在军队服役三个月后，英国已经处于上风。柯南·道尔被遣回国后每日写作五千字，赶出了一本册子来为英国政府辩护，回应欧洲六陆对英国暴行的谴责。令他尴尬的是，在 1902 年，爱德华七世[2]登基后，此爱国之举为他赢得了骑士身份。虽然他母亲反对战争，但她希望自己家里有人能拥有骑士头衔，也和别人一同劝柯南·道尔接受这份荣誉。

---

① 罗伯茨勋爵（Frederick Roberts，1st Earl Roberts，1832—1914），英国军事家。在第二次布尔战争中，担任第二阶段的南非远征军总司令，率领英国军队反败为胜。

② 爱德华七世（King Edward VII，Albert Edward，1841—1910），1901 年加冕为大不列颠及爱尔兰联合王国国王和印度皇帝，维多利亚女王和阿尔伯特亲王的长子。

荣誉加身

柯南·道尔的声望在 1902 年达到顶峰。在吉列特的舞台剧登陆伦敦前一年，《巴斯克维尔的猎犬》就让福尔摩斯再次活跃在人们眼前。福尔摩斯销声匿迹的八年里，人们对他愈发喜爱——如果夏洛克·福尔摩斯没有让人如此牵肠挂肚，没有以胜利者的姿态回归，如果柯南·道尔只是绞尽脑汁拼凑情节写作系列故事去赶截稿日，那么福尔摩斯就不会成为侦探角色的范本。

然而为赶进度而写的故事还是出现了。美国的杂志商 S. S. 麦克卢尔① 是柯南·道尔的联合出版商，也是唯一一家愿意出版《白弓箭手团》的美国杂志。柯南·道尔曾经给麦克卢尔的新杂志投资 5000 美元，帮他摆脱了资金流危机。现在麦克卢尔的杂志蒸蒸日上，他支付柯南·道尔 5000 美元的诱人稿酬，让他创作六个新故事，只要求故事发生在莱辛巴赫瀑布之后，福尔摩斯在故事中复活。柯南·道尔接受了邀请，接下来会时不时写福尔摩斯的故事。他让福尔摩斯隐退，把故事发生时间圈定在了维多利亚时期的最后 20 年，使福尔摩斯身上有种 19 世纪八九十年代的怀旧感，那时伦敦让人很有安全感。

夏洛克·福尔摩斯以经典的方式伸张正义。他的缔造者为建造了集中营② 的政府和士兵辩护，赢得了骑士的封号。阿瑟·柯南·道尔爵士继续为国家效力。

他在两次选举中担当议会候选人。他属于自由党派，是激进的约瑟夫·张伯伦③ 的支持者。张伯伦与格莱斯顿④（Gladstone）决裂，因为后者倡导爱尔兰自治。柯南·道尔是激进的自由党，因为对于贵族的矫饰不以为然，同时他希望义务教育能

---

① S. S. 麦克卢尔（Samuel Sidney McClure，1857—1949），爱尔兰裔美国出版商，以调查或揭发新闻丑闻而闻名。1893 年至 1911 年，他参与创办并经营《麦克卢尔杂志》。

② 南非的集中营首创于 1900 年 9 月，起初是收容在布尔战争期间失去家园的布尔军人家属的难民营。1901 年初，罗伯茨勋爵被召回伦敦后，接任者赫伯特·基钦纳（Herbert Kitchener，1850—1916）急于结束战争，将难民营改造为关押所有布尔平民的集中营。集中营实行严格而苛刻的配给制度，食品不足，瘟疫流行，死亡率极高，共有两万多名布尔平民死在集中营内。这是臭名昭著的"集中营"（concentration camp）一词在历史上第一次正式出现。

③ 约瑟夫·张伯伦（Joseph Chamberlain，1836—1914），英国政治家，1937 年到 1940 年期间任英国首相。张伯伦最初是激进的自由主义者，后来反对爱尔兰自治，成为自由联合主义者，并最终与保守党联合，成为帝国主义者的领袖。

④ 格莱斯顿（William Ewart Gladstone，1809—1898），英国自由党政治家，1868 年到 1894 年任英国首相。

右页：《庞奇》杂志讽刺利奥波德国王在刚果的比利时属地的残暴统治，这事让柯南·道尔和凯斯门特二人走到了一起

Linley Sambourne delt.

推动社会进步（他借福尔摩斯之口赞美了新的学校委员会是未来的灯塔）。但他是爱尔兰人，深知爱尔兰和英格兰、苏格兰以及威尔士结盟给自己和家人带来颇多益处，所以他支持张伯伦对于格莱斯顿政策的态度，除了关于爱尔兰问题的看法。

新世纪来临之际，自由党派被迫与保守党结盟。柯南·道尔一向不执着于党派间的区别，并不介意与阿瑟·巴尔弗联合，巴尔弗是与他一起研究超自然力量的同好。于是他以自由党人的身份两次为保守党人争取

罗杰·凯斯门特爵士，理想主义者，柯南·道尔的朋友，说服柯南·道尔支持爱尔兰自治

苏格兰代表的席位，但都失败了。

在柯南·道尔与英国驻刚果领事罗杰·凯斯门特①结交后，他反对爱尔兰自治的态度就转变了。1903 年，凯斯门特公开谴责在比利时的利奥波德二世在自己广阔领地上大肆获取橡胶和象牙的恶行。

1909 年，柯南·道尔写了一本册子声讨利奥波德（时机并不合适，册子面世的时候利奥波德国王已经去世）。凯斯门特告诉他，爱尔兰迟早都要自治。自治的需求在当时也并不紧急，但柯南·道尔还是很高兴地宣布自己支持自治，并与阿斯奎斯②

① 1892—1903 年，凯斯门特在英国驻葡属东非（莫桑比克）、安哥拉和刚果自由邦（Congo Free State）领事处任职。1904 年，他撰写《凯斯门特报告》，详细描述了比利时国王利奥波德二世（King Leopold II）在刚果以暴力压榨自然资源，谋取私人财富。在柯南·道尔和马克·吐温等名人的帮助下，这份报告引起国际舆论轰动，成功地迫使利奥波德二世交出刚果的私有统治权。1908 年，比利时政府迫于国际压力（尤其是来自英国）接管了刚果。刚果自由邦改称比利时属刚果（Belgian Congo），直到 1960 年，刚果民主共和国（金）独立。

② 赫伯特·阿斯奎斯（Herbert Asquith，1852—1928），英国自由党政治家，1908 年至 1916 年担任英国首相。1914 年 8 月，阿斯奎斯带领英国参加了第一次世界大战。

一同等待和观望。但后来爱尔兰复活节反英起义[①]，英国政府处决了起义的领导。1916年，凯斯门特与德国政府密谋，意图让爱尔兰摆脱参战的命运，他以叛国罪被捕。柯南·道尔组织请愿对凯斯门特缓刑，但失败了。他认为凯斯门特是诚实的，只是被蛊惑了。英国政府企图利用"黑日记"揭露凯斯门特是同性恋，减少人们对于他的同情，但只是证明了凯斯门特有精神问题（柯南·道尔这个活力充沛的异性恋这么认为）。他的行为只是精神不正常结果，所以他是清白的。

柯南·道尔这个活力充沛的异性恋在此时幸福地再婚了。露易丝于1906年辞世，令柯南·道尔哀痛不已，但顾及珍的感受，

柯南·道尔的小说《失落的世界》首版封面

他并没有表现出来。他一年后在威斯敏斯特区议会的圣玛格丽特教堂与珍成婚，二人幸福地相伴终生，育有两子丹尼斯（Dennis）和阿德里安（Adrian），和一个女儿比利（Billy）。

这位伟大的侦探小说作家在露易丝去世那年成了侦探。柯南·道尔翻阅了帕西家年轻律师残杀牛的疑案的卷宗，便前往大维尔利调查此案。乔治·埃达吉是牧师的儿子，他被指控写带有种族歧视的骚扰信给自家人，后来竟剖开了马、羊和牛的肚子。柯南·道尔认为乔治近视度数太深，没办法摸黑走到那么远的犯罪现场；同时他性情太温和，不可能做出如此残忍的事情。乔治受前校友罗伊登·夏普之害，

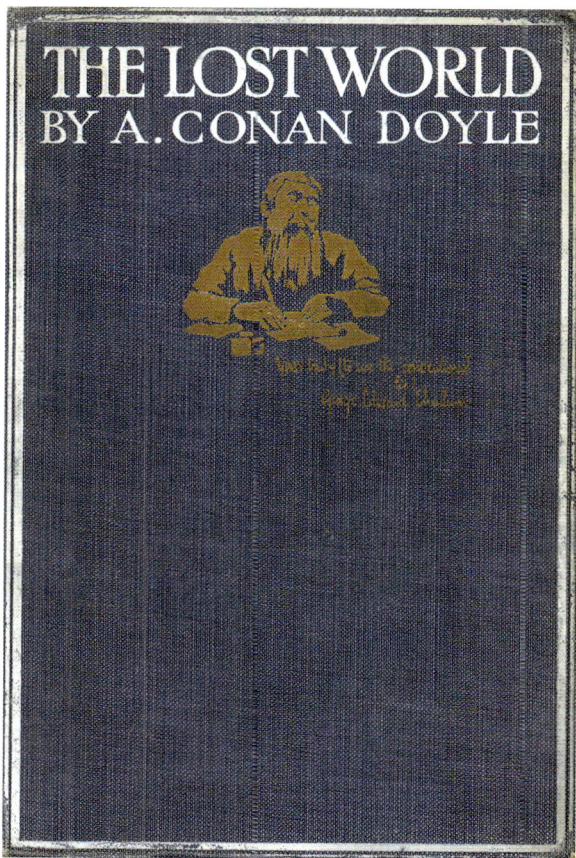

① 爱尔兰复活节起义（Easter Rising），1916年4月24日（复活节），新芬党人在都柏林率一千多人举行起义，攻占邮政总局，宣布成立爱尔兰共和国。英军进行镇压，于29日平息暴动，起义领导人被处死。

夏普回到大维尔利的时候总会出现屠牛事件。

柯南·道尔凭《每日电讯报》上义正词严的文章恢复了埃达吉的声誉，让他重返法律界。但警方和内政部拒绝撤销定罪，理查德·惠廷顿-伊根[①]经研究发现，柯南·道尔确实犯了一些大错误，比如像福尔摩斯一样去调查埃达吉午夜的出行路线的时候，他从牧师的住所出发，但去向了错误的目的地。

奥斯卡·斯莱特杀害玛丽安·吉尔克里斯特女士一案又是一桩冤案。吉尔克里斯特女士的女佣谎称斯莱特杀害了吉尔克里斯特女士并逃离她的寓所，而且她隐瞒了自己认出真凶的事实。斯莱特是个外国皮条客，所以当局并不将他放在心上。直到20年后他才得以翻案，今天的学者仍就凶手是谁争论不休。

在战争爆发一年前，柯南·道尔参与到其他事情中去，有坏也有好：他坚决反对女性参政；倡导禁止使用珍稀鸟类的羽毛装饰女帽；有人谴责泰坦尼克号的船长和船员航行技术差，让普通舱乘客葬身海底，柯南·道尔为他们辩护；他成了离婚改革协会的领导人物；他提醒大家潜水艇可以用来进攻而不是防守，或许会打败英国的海军。

失而复得的世界

为了和珍的家人住得更近，也为了抹去他和露易丝在海德黑德的记忆，柯南·道尔在婚后不久就在温德尔沙姆[②]买了一座房子。1910年，柯南·道尔家近旁发现了禽龙脚印，他杂乱拥挤的书房里又添了一些脚印模型，它们给了柯南·道尔灵感。疯狂的科学家踏上冒险征程，去寻找生活在南美的史前生物。于是《失落的世界》诞生了。在柯南·道尔出生前，爱丁堡的植物学家曾经乘坐着一艘轮船，展开过一场有名的探索之旅，而主角查林杰教授的名字正是源于这艘船。挑战者融合了卢瑟福教授的黑胡子和宽阔的胸膛，以及乔治·巴德的躁动、夸夸其谈和生气时的暴怒。柯南·道尔曾天真地认为巴德才华横溢，他将这一点也加到了角色身上。

---

① 理查德·惠廷顿-伊根（Richard Whittington-Egan，1924—2016），英国作家和犯罪学家，长期研究真实犯罪，是研究"开膛手杰克"案的专家。

② 温德尔沙姆（Windlesham），位于英格兰萨里郡。

探险小队：中间是查林杰教授，右边是马龙，左边是洛克斯顿，身后是萨摩里教授

为了给红花增添绿叶，柯南·道尔创造了尖酸刻薄的萨摩里教授这个角色，喜欢带着学究气地争论和嘲讽，原型是约瑟夫·贝尔。给这个坐在案头工作的学究注入探索丛林的活力真是大师手笔。约翰·洛克斯顿爵士是无畏的人道主义者，原型是柯南·道尔彼时的朋友凯斯门特。叙述者是爱尔兰记者爱德华·邓恩·马龙，这个角色是向埃德蒙·迪恩·莫雷尔[①]致敬，他勤勤恳恳为凯斯门特工作，协助柯南·道尔为刚果发声。雷·兰基斯特爵士[②]是支持进化论的生物学家，曾经担任自然历史博物馆馆长，在古生物学方面给过柯南·道尔指导。兰基斯特是一流的古生物

---

① 埃德蒙·迪恩·莫雷尔（Edmund Dene Morel，1873—1924），英国记者、作家、政治家。莫雷尔曾在航运公司任职监督员，他发现刚果进出口贸易的不平衡，出口的是象牙和橡胶，进口的却是枪支和子弹，于是推断出这些资源是用武力榨取的。他与罗杰·凯斯门特合作，揭露利奥波德二世的暴行，其后创办《西非邮报》，成立刚果改革联合会，领导反对奴隶制度的运动。

② 雷·兰基斯特爵士（Sir Ray Lankester，1847—1929），英国动物学家，自然历史博物馆的第三任馆长。

柯南·道尔与第二任妻子携孩子在城墙上眺望纽约

学家，生性喜欢恶作剧，足以做出伪造皮尔丹人 ① 这样的恶作剧。

---

① 1912 年，在英国皮尔丹（Piltdown）地区发现了一个"类人猿头骨"，被认为填补了人猿与人类之间重要的一环。1953 年，科学家用氟年代测定法揭穿了骗局：头骨属于一位中世纪死者，颚骨来自猩猩，牙齿来自黑猩猩。"皮尔丹人"成为科学史上著名的欺诈事件。

这本书的一大特点就是幽默。查林杰和他的朋友被特意写得很有趣，可不知为何当时的读者看不懂书里的幽默。但读者们喜欢冒险故事，柯南·道尔又写了一个查伦杰的小说。故事中，毒气带横扫世界，查伦杰和他的朋友使用氧气面罩，几乎成为最后的幸存者。故事的结局皆大欢喜，人们并没有死去，而是全身僵硬了而已。我小时候读到这里时是失望的。柯南·道尔喜欢读者简洁的评论，所以我会毫不犹豫地说这本小说不错，但比不上《失落的世界》。

这位率真又幽默的冒险故事作家为什么没有与同类作品的作者亨利·赖德·哈格德①成为朋友呢？柯南·道尔心地善良，他应该没意识到哈格德的作品《所罗门王的宝藏》《她》与他的作品相形见绌，显示出哈格德作品里幽默的幼稚、情色描写的无力和描述的沉闷。柯南道尔对于公共事务态度平静，哈格德也许并不喜欢如此。他和吉卜林一样支持反布尔什维克主义的狂热运动。1914年，柯南·道尔身上的平和之气远远超出了吉卜林，后者煽动敌对情绪，燃起对匈牙利人的病态仇恨。但第一次世界大战超出了他的想象，英国人不再像在南非那样可以轻而易举获胜。

柯南·道尔在1914年造访了美国和加拿大。他人到中年，也变得保守起来，开玩笑似地抱怨劳埃德·乔治②先生掏空了他的钱包：间接反对了供给养老金的税收。战争打响后，他一回国就马上表达了对祖国的支持。他即刻组织撰写了《英国战争史》（他曾成功撰写过英国对布尔人作战的文章，在那场战争结束前就已经开始动笔写作了）。他在克劳巴罗③集结了当地的志愿者，虽然他贵为骑士，还是他们郡的首席治安长，但他在战争当中一直充当着"老爸军"里的一名普通士兵。

起初，他像吉卜林一样以为这场战争像南非战役一样可以轻松取胜。吉卜林对于大英帝国的敌人总是充满敌意，柯南·道尔却一直把布尔人看作正直体面的农民，他们只是被委以保护其他战士的重任，但也确实为了"保护"他们而把他们

---

① 亨利·赖德·哈格德（Henry Rider Haggard，1856—1925），英国作家，曾在南非英国殖民政府任职。代表作《所罗门王的宝藏》《她》等，以非洲大地的异国风情为背景，把"湮没的古代文明"融入虚构小说框架，是西方幻想冒险小说的开山之作。

② 劳埃德·乔治（Lloyd George，1863—1945），英国自由党政治家，最后一任自由党首相。在阿斯奎斯担任首相期间，劳埃德·乔治担任英国财政大臣，是推行许多改革的关键人物，这些改革奠定了英国作为现代福利国家的基础。

③ 克劳巴罗（Crowborough），位于英格兰东南部的东萨塞克斯郡（East Sussex）。

监禁起来。柯南·道尔非常享受"战争游戏"，他在书房里摊开地图，在上面移动小旗子，来记录前线的变动。他走访了德国战俘，觉得他们是正派、勇敢而坚定的人。直到德国齐柏林飞艇①袭击开始后，柯南·道尔才成了主战派，图谋报仇。但即使是这样，他说到普鲁士军国主义人士还是比较审慎的，会区分腓特烈大帝②和俾斯麦③这样的军事狂人，以及莱茵兰和巴伐利亚的快乐农民。

然而他是个行动派作家，若是看不到采取行动就会懊恼。即使蒙斯④沦陷，而且珍感情深厚的兄弟马尔柯姆（Malcolm）就葬身于此，佛兰德斯⑤阵亡将士无数，他也绝不主张和平。为此他还与刚果改革协会的同事兼老友埃德蒙·莫雷尔决裂。因为莫雷尔给身在中立国瑞士的罗曼·罗兰⑥写信，主张停战。

战争还未结束，柯南·道尔就开始觉得战争能给幸存的年轻人精神上的洗礼，远远超过战争给他们身体带来的磨练。珍的朋友莉莉·罗德·西蒙兹（Lily Loder Symonds）病怏怏的，神经过敏又贫穷，在道尔一家收留她的时候开始练习"意念自动书写"。珍完全不相信唯灵论，柯南·道尔认为莉莉是自欺欺人。1917年，柯南·道尔问了莉莉一些他和马尔柯姆·莱基之间私人谈话的问题，莉莉将答案"自

---

① 20世纪初德国齐柏林公司建造的巨型飞艇，第一次世界大战爆发后投入战场。1915年1月19日，德国飞艇开始轰炸英国本土。

② 腓特烈大帝，即普鲁士国王腓特烈二世（Frederick II of Prussia, King of Prussia, Frederick the Great, 1712—1786），在位期间（1740—1786）实行开明君主制，大规模发展军事，两次发动西里西亚战争，兼并西里西亚，1756年发动对法、俄和奥地利等国的七年战争，1785年组建由15个德意志联邦国组成的诸侯联盟。普鲁士在他的统治下，领土大幅扩张，成为欧洲军事强国。

③ 奥托·冯·俾斯麦（Otto von Bismarck, 1815—1898），普鲁士王国及德意志帝国首相，人称"铁血首相"。俾斯麦担任普鲁士王国首相期间，在1866年发动了普奥战争并取得胜利。1870年进行普法战争，打败了法军。年底南德四邦加入了德意志联邦，成立了德意志帝国。

④ 蒙斯（Mons），比利时城市，位于法国和比利时边界。蒙斯战役是第一次世界大战初期的著名战役。1914年8月23日，英国远征军与德军会战于蒙斯，英军战败，被迫向法国方向撤退。民间传说在英军败退时，有"天使下凡"现身战场阻拦德军追击。

⑤ 佛兰德斯（Flanders）地区，包括今比利时的东西佛兰德斯省、法国的加来海峡省和北方省，荷兰的泽兰省。第一次世界大战期间，1914年、1915年和1917年协约国军队同德军在比利时西佛兰德斯省的伊普尔（Ypres）地区进行了三次战役，史称伊普尔战役。加拿大军医约翰·麦克雷中校（John McCrae）目睹年仅22岁的战友亚历克西斯·赫尔默（Alexis Helmer）中尉战死后，于1915年5月3日创作了著名的十五行诗《在佛兰德斯战场》（In Flanders Fields）。诗中提到了在佛兰德斯战场上盛开的红罂粟，成为全球阵亡士兵纪念日的飘花。

⑥ 罗曼·罗兰（Romain Rolland, 1866—1944），法国现实主义文学大师，1915年获诺贝尔文学奖。代表作为名人传记《贝多芬传》《米开朗基罗传》《托尔斯泰传》，以及长篇小说《约翰·克利斯朵夫》。

左页：布尔战争期间，身穿私人战地
医院制服的柯南·道尔医生

动书写"了出来。他这才相信莉莉可以和这个在蒙斯死去的年轻人灵魂相通。他终于完全相信了灵魂能在人死后存在。在他着手写他这些新发现时，儿子金斯利和英尼斯逝世的噩耗传来，他们在战争中幸存下来，却没逃过肺炎的魔爪。

暮 年

从 1918 年出版《新启示》和一年后出版《重要信息》，直到 1930 年去世，阿瑟·柯南·道尔爵士都决意要让大家认清他其实并不像他笔下的夏洛克·福尔摩斯那样睿智。在他信奉不可知论的岁月里，他从未怀疑过大自然是由不可理解的力量形成的。福尔摩斯研究过花朵的美，且这种美并没有实际用途，可以看出柯南·道尔相信大自然背后这股力量是善良的，但他没有假装知道其中的门道。他以前差点就相信了克鲁克斯所说的弗洛里·库克实验，而现在莉莉亲自证实给他看，于是他深信不疑了。他坚信灵魂栖居在另一个世界里，通过灵媒与活人的世界沟通，而这种沟通有着崇高的目的。

自从 19 世纪 40 年代福克斯姐妹①招魂成功后，又出现了很多关于鬼魂显灵的记录。柯南·道尔声称这是亡灵世界向活人们昭示死后世界的存在。为什么呢？因为唯物主义正在产生威胁。一战表明了如果唯物主义发展成"普鲁士军国主义"，就会造成不可想象的破坏。

科学家试图通过实验表明灵魂显灵是真实存在的。克鲁克斯证明"凯蒂·金"确有其人，奥利弗·洛奇爵士自认和死于战争的儿子灵魂沟通过。有一些灵媒撒谎，但并不意味着所有的灵媒都撒谎。确实，那些被拆穿的人也不总是骗人的。那些可疑的幼稚显灵事件——飞舞的吉他、小手鼓和手风琴等物件恰恰说明了这代人仿佛婴孩一般，需要使用幼稚的儿童玩具来引起灵魂的注意。人们怀疑催眠术的真假，以至于将催眠术改名为催眠大法。出现精灵面孔的照片，以及灵媒身上产生的"灵质"都表明了这些显灵"是真的"。灵体遇到日光就消失，因此降神会需要在黑暗或

---

① 19 世纪中叶住在纽约北部的三姐妹——凯特、莉娅和玛格丽特·福克斯（Kate, Leah, and Margaret Fox），声称她们拥有与灵魂交流的能力。

者有昏暗红光的环境里进行，和没冲洗的胶片是一个道理。可疑的"魔法"橱柜只是为了让灵媒能集中灵力。在巴黎，一个著名的灵媒拿出一块亚述楔形文字的石碑，但后来发现这是现代人伪造的，然而这"证明"了灵魂觉得使用被活人最近接触的新材料来"变出"物品更为容易。睿智的古老灵魂不断显灵，引导灵媒，而美洲原住民最亲近自然，所以祖先的灵魂也更容易回来并帮助他们。灵魂是不愿意在怀疑者面前显灵的。

柯南·道尔一直秉持着上述这种与世隔绝的哲学理念。如果你熟悉信奉培根哲学[①]的理论家、

埃尔西·莱特佯装注视着一个精灵的伪造照片

不明飞行物见证者、肯尼迪谋杀案[②]的爱好者或渴望找到开膛手杰克[③]的人，那么你就能发现他们有一种封闭的思维模式：对一切反对都立刻还击，依赖类比，相信强词夺理能够成为证据，采纳极其不可信的实体证据，认为因为可能性微乎其微而否认事物存在的可能性是"不科学"以及"不符合历史事实的"。

阿瑟·柯南·道尔爵士变成了个迷信的怪人。1922年他发表了一篇文章，表示相信"柯亭立精灵"一事，这下他的迷信人尽皆知。

1917年，15岁的埃尔斯·莱特（Elsie Wright）和她10岁的表妹弗朗西斯·格

① 指唯物主义经验论，提倡实验和观察的方法。

② 1963年，美国总统约翰·肯尼迪遭到枪击身亡。暗杀事件后，枪手及多名关键证人相继离奇死亡，让案件蒙上阴谋论的阴影。

③ 开膛手杰克（Jack The Ripper）：1888年，英国伦敦东区有至少五名妓女接连被杀害并遭剖腹。凶手寄信挑衅警方后销声匿迹，其身份成为未解之谜。

乔治五世和玛丽王后喜欢柯南·道尔的作品，但并不像柯南·道尔一样相信精灵存在

里菲斯（Frances Griffiths），声称自己用一台相机拍下了精灵，埃尔斯的父亲把感光底片晒了出来。1920年，柯南·道尔从《光芒》杂志的编辑那里听说了这些照片，追随着神智学者爱德华·加德纳（Edward Gardner）的脚步，也去调查此事。加德纳相信两个女孩和埃尔斯的父亲的话，自己也拍了几张照片。柯南·道尔也相信他们，并撰写了关于女孩和精灵的文章。

右页：晚年的柯南·道尔戴上了眼镜

这回柯南·道尔孤立无援。奥利弗·洛奇爵士（Sir Oliver Lodge）全然不信这事，蜡烛制造商普莱斯（Price's）指出照片里的精灵是临摹他们的广告图画而来的。嘲讽柯南·道尔的人在他的照片上加上了普莱斯广告里的精灵，但柯南·道尔不改其志。他坚信那两个女孩年龄太小了，肯定不会撒谎。当精灵与她们所处的地方和观察者取得和谐共鸣时，她们就会出现。这是很美好的事情。

喜爱柯南·道尔的乔治五世①、劳埃德·乔治和温斯顿·丘吉尔②都对他很失望。王室本来考虑过给这个伟大的人贵族爵位，但现在必须打消这个念头了。上议院不能对这种可笑的人开放。

50年后，埃尔斯不无得意地承认所谓的仙子都是她的恶作剧。但在莉莉死后，珍也开始相信唯灵论，认为自己也有自动书写的能力。因为珍的爱和支持，柯南·道尔不惧怕任何外界的冷言冷语。在他的余生中，他以传播福音为己任，告诉大家，人死后会进入另一个世界，那是一个令人愉悦的地方。他遍访灵媒，在家里举行降神会，成了一个知名的基督教唯灵论者。他把可怜的查林杰教授也变成了唯灵论者，把他塞进了一本故事里，那本书充斥着"显灵"事件的陈腐注释。夏洛克·福尔摩斯幸免于难。但柯南·道尔对于唯灵论的执念还是体现在了《王冠宝石案》和《狮鬃毛》里。

生命的尽头

对于唯灵论者而言，阿瑟·柯南·道尔爵士既不迷信也不愚笨，他是给了他们信心的最重要的名人。他在休战纪念日的弥撒上做演讲，第一次是在女王音乐厅，1925年后又在艾伯特音乐厅举行了演讲，因为有五千听众愿意聆听他的讲话。著名的律师爱德华·马歇尔·霍尔爵士（Sir Edward Marshall Hall）就是其中一员。在妻子死于非法的流产之后，他十分悲痛，便去走访通灵人士。一个灵媒告诉霍尔，他

---

① 乔治五世（George V，George Frederick Ernest Albert Windsor 1865—1936），英国国王和印度皇帝，爱德华七世次子，于1911年加冕。第一次世界大战期间，乔治五世为了安抚民心，舍弃了自己的德国姓氏维丁（Wettin），将王室改称"温莎"。

② 温斯顿·丘吉尔（Winston Churchill，1874—1965），英国保守党政治家，时任军需大臣。

手上的信是一个在南非死去的人写的，而霍尔还不知道他的兄弟在前一天就殒命了。知道兄弟死讯后，霍尔就折服了。奥利弗·洛奇爵士一直坚定不移地相信灵魂的存在，当年在白金汉宫花园里等待骑士头衔授予仪式时，他就和柯南·道尔讨论过此事。《每日快报》的剧评人汉恩·斯沃弗（Hannen Swaffer）尖酸刻薄，但也找不到理由来抨击降神会。赫理沃德·卡林顿（Hereward Carrington）既是灵媒也是诚实的物理学研究人员，所以他与其他吹嘘自己的灵媒不一样。

当时最负盛名的魔术师成了柯南·道尔的好朋友，但他也善于揭穿灵媒的把戏。哈利·胡迪尼想与死去的妈妈重聚，但他被灵媒所欺骗。福克斯姐妹公开对他承认了她们的骗人恶作剧，她们不敢相信她们的敲桌子把戏居然催生了一个教派。道尔

柯南·道尔与知名魔术师哈利·胡迪尼，摄于1924年的伦敦

一家去南岸观看胡迪尼表演的时候，胡迪尼被柯南·道尔的质朴打动了。柯南·道尔在表演结束后对胡迪尼说，他最精彩的戏法就是使用灵力的结果。胡迪尼是个优秀的职业魔术师，他不会戳破忠实观众的幻想，便与柯南·道尔谈了很久关于灵魂的事。二人很快发现，尽管彼此观点不同，但他们都是探寻者。柯南·道尔请胡迪尼停止伪装，向公众承认他借助了"消失现身"的灵力，才在布里斯托从密封的货箱里逃脱。而胡迪尼坚定地否认了这种说法，自己并没有使用法术。但说什么都没用了，因为柯南·道尔认定胡迪尼拥有超自然力量，只是不想公开罢了。

在柯南·道尔1922年赴美做巡回讲座后，两人的友谊动摇了。柯南·道尔一家去胡迪尼家做客，胡迪尼很高兴，他知道道尔一家人都是谨慎诚实的。珍私下给他读了一段文字，并加上了所谓的他母亲的问好，胡迪尼掩饰了自己的失望之情。因为这些话全是用英文写的，而他母亲不会说英语，她不会说这些话，所有话全都是假的。

他在最后不小心草草地写了"鲍威尔"这个名字，提醒自己去帮助处在困难时期的朋友。但柯南·道尔认为这就是胡迪尼最近死去的同事灵魂给他发送的"自动书写"。后来他发表了一篇文章说胡迪尼相信了珍的"自动书写"，并与已逝的鲍威尔取得了沟通。胡迪尼公开否认了这个说法，柯南·道尔很受伤。但他们的友谊并没有断绝，1926年这位伟大的魔术师去世后，柯南·道尔深感哀痛。

那时柯南·道尔已经是国际唯灵论协会的主席了。他去巴黎做演讲，现场的幻灯片操作人不熟练，把幻灯片顺序搞错了，导致在场的信徒和非信徒争吵不休。柯南·道尔笔下的查林杰教授向怀疑他的众人展示了一只翼龙，但柯南·道尔本人的这次经历就没那么有趣了。他亲自参加过降神会，见过物体在房里"凭空显形"，还见过一只鬼魅般的发条蝙蝠在一根棍子上爬动。因此，他初期写的鬼故事都比较具体。《布罗卡斯·寇特的恐吓》（ *The Bully of Brocas Cowt* ）里面出现了摄政时期[①]的徒手拳击冠军的鬼魂，一个亡灵拳击手可以经受住重拳的打击。还有煤气工人汤姆·希克曼。在《玩火》（ *Playing with Fire* ）里，有人在降神会上变出了一只幽灵独角兽，可以把餐桌撞得七零八落。虽然柯南·道尔加入了共济会，但他并不恪守蔷

---

① 英国的摄政时期是指1811年至1820年间，因为乔治三世精神失常，由他的儿子、之后的乔治四世作为摄政王的时期。由于1795年至1835年英国文化艺术领域都深受乔治四世影响，所以这一时间段也被视为广义上的摄政年代，是乔治王时代到维多利亚时代的过渡期。

薇十字会^①的所谓信条。无论他的发现是如何的失败，他追寻的都是宗教上的奥义。

他在伦敦的一个小唯灵论博物馆上花费重金，博物馆里收藏的物品包括在巴黎"凭空变出"的亚述泥板，遮掩"凯蒂·金"优美曲线的棉布。他人生中最后的事业是倡导废除反巫术法，因为此法律常被用于惩罚无辜的灵媒。

柯南·道尔在投资上不成熟且爱冒险，所以他在这上面折损了一些钱。金矿和沉船上的宝藏比化工企业和国内铁路有趣多了，但这些项目并不是投资的去处。然而，在 1929 年股市大崩盘的时候他持股不多，所以亏损也不多。

阿瑟·柯南·道尔爵士在汉普郡米恩斯泰德的墓园

他实际上是把钱投资到了新森林的第二个家园里，他很喜欢在这里散步。他在温德尔沙姆^②平静地与世长辞，遗体安葬于米恩斯泰德^③美丽的墓园里。他安详地长眠在神圣的英国国教墓地里，就像传统的英国绅士一样。

---

① 蔷薇十字会（Rosicrucianism，原称 Rosae Crucis），17 世纪成立于德国的神秘团体，以蔷薇和十字作为象征。
② 温德尔沙姆（Windlesham），位于英格兰萨里郡萨里希斯区的一个村庄。
③ 米恩斯泰德（Minstead），位于英格兰汉普郡新森林的一个小村庄。阿瑟·柯南·道尔之墓在圣徒教堂后面的一棵大树下。

THE HOUND
OF THE
BASKERVILLES

A.G.J.

CONAN DOYLE

第三章

福尔摩斯记录

　　福尔摩斯系列包括 56 个短故事和 4 部短篇小说，全都配有插图。这些故事对于福尔摩斯迷来说就是还原这位侦探大师人生的编年史。大多数读者并不是忠实的福尔摩斯迷，他们只是因为对这个被众人崇拜的人好奇，尝试翻开福尔摩斯的故事来读读。

　　为什么普通读者已经对主角有所了解，还会继续读下去呢？喜欢读约翰·格里森姆[①]小说的读者怎么能忍受急速进展的故事情节和小资产阶级的天真道德信条呢？阿加莎·克里斯蒂[②]的书迷怎么会不嫌弃福尔摩斯故事的迷案证据不足，破案乏味呢？斯蒂芬·金[③]的崇拜者怎么会不讶异于居然有读者会觉得《巴斯克维尔的猎犬》恐怖呢？夏洛克·福尔摩斯的故事究竟是如何在 1891 年抓住读者的心，而且至今仍然被大家喜爱呢？

---

　　① 约翰·格里森姆（John Grisham，1955—　　），美国畅销小说作家，以情节紧张的犯罪小说著名。

　　② 阿加莎·克里斯蒂（Agatha Christie，1890—1976），英国著名女侦探小说家、剧作家，被誉为三大推理文学宗师之一。代表作品是《东方快车谋杀案》《尼罗河谋杀案》等。

　　③ 斯蒂芬·金（Stephen King，1947—　　），美国恐怖小说、超自然小说、悬疑小说、科幻小说和奇幻小说作者。他出版了 58 部长篇小说，包括笔名为理查德·巴赫曼（Richard Bachman）的 7 部，以及 6 部非虚构书籍和大约 200 篇短篇故事，作品销量超过 3.5 亿本，许多被改编成故事片、迷你剧、电视连续剧和漫画书。

左页：《巴斯克维尔的猎犬》英文第一版的封面

《血字的研究》和《四签名》收获了广泛好评，但在当时并没有立刻成为畅销书。这两个故事都是出色的廉价惊悚小说，它们将美国西部的荒野和印度的异域风情加入到沉闷都市犯罪故事里，博取读者眼球。

福尔摩斯故事向廉价惊悚小说借鉴：男孩的冒险故事，比如"小偷饶舌查理"[①]或"弹簧腿杰克"[②]，后者是超人那样的英雄，可以跳过高墙和低矮的建筑物去追踪罪犯。《伦敦野小子》讲述的是一群衣衫褴褛的阿拉伯流浪男孩白天在沟渠里乞讨，在市集里偷窃，晚上则过着充满冒险的生活。与柯南·道尔同时代的巴登·鲍威尔创建了童子军，而柯南·道尔与他一样，怜惜这些流浪的孩子身上的潜质，就想让他们学会规矩，好好使用他们的力量。但柯南·道尔只在他的前两部书里写了威金斯和贝克街小分队，还在《驼背人》（1893 年）里让流落街头的孤儿辛普森登场。流浪儿童在书里消失可能是因为巴纳多的努力——1892 年后流浪儿童就绝迹于街头了——然而也可能是因为柯南·道尔的善良，想到流浪孤儿的生活并不会如此浪漫，所以他就巧妙地弃用了福尔摩斯的秘密间谍小队。

但是，这些流浪儿在福尔摩斯故事的开端出现，加上故事的主要和次要情节都出现在英语世界里缺少法度的地方，柯南·道尔写的就是廉价杂志的冒险小说。福尔摩斯的冒险故事惊险刺激，而英帝国的士兵和沙漠中的探险者又有着别样的经历。柯南·道尔也恰好把夏洛克·福尔摩斯的冒险故事写成了新的文学体裁。

《血字的研究》

我们都知道柯南·道尔本来并没打算把福尔摩斯的故事写成系列小说。起初，这只是个单独的故事，角色和情节自成一体。在故事中，主角经历了不小的挑战。福尔摩斯的冒险与美国西部的浪漫故事结合在一起，而西部的故事里则糅合了廉价

---

① 小偷饶舌查理（Charlie Wag the Boy Thief），出现在 1864 年至 1866 年之间的廉价系列小说《伦敦野男孩》中的角色。这个系列的作者不详，题材为 18 世纪伦敦街头的犯罪故事。
② 弹簧腿杰克（Spring-Heeled Jack），英国维多利亚时期都市传说的主角，相传双腿有超出常人想象的跳跃能力。

小说作家内德·邦特林①所写的"水牛比尔"②的故事，以及布雷特·哈特③描写加利福尼亚矿工艰苦生活的悲天悯人的文字。

若论角色塑造，小说中的美国人杰弗森·霍普、德雷贝尔、斯坦格森都比夏洛克·福尔摩斯更出彩。想象一下，一个西部探路的先锋变成了一个穿着方头鞋的凶手，伪装成马车夫在伦敦尾随他的追杀对象！再想象一下，一对出差的美国商人竟是叛变的摩门教徒！但狂野西部的人确实也会去往东部，穿着得体，混迹于城市居民中间，就像文质彬彬的唯美主义精英奥斯卡·王尔德也会到西部去，和矿工一起喝威士忌。说英语的人们生活在这两个世界里，他们会有交集。

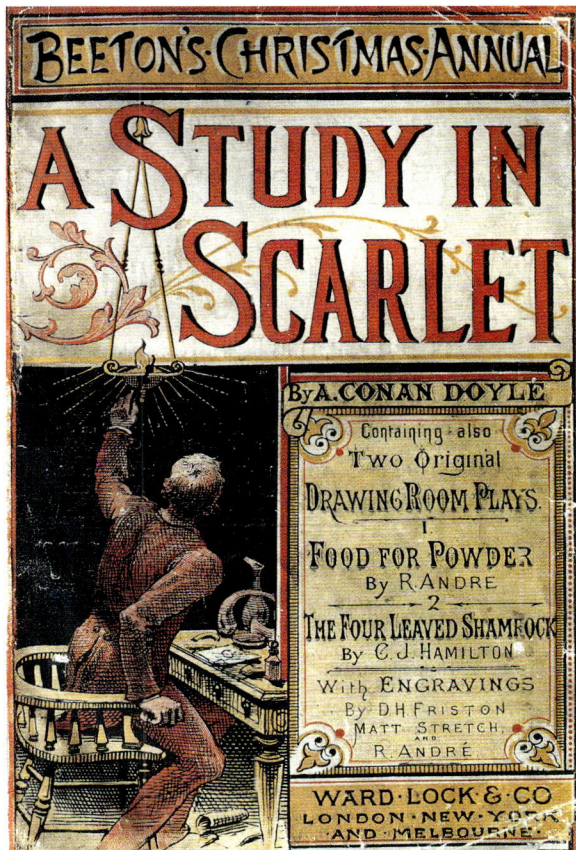

1887年的《比顿圣诞年鉴》，登有《血字的研究》

因此，说华生不可能了解杰弗森·霍普的过往是吹毛求疵。那时候华生还不是固定的叙述人，霍普悲伤的爱情故事都是当事人经历的真事。浪漫而充满英雄情怀的柯南·道尔很喜欢并擅长写作这样的故事。柯南·道尔钟爱英雄，霍普正

---

① 内德·邦特林（Ned Buntline，1821—1886），美国作家、记者、出版商。1869年开始发表《水牛比尔》系列小说。

② 水牛比尔（Buffalo Bill），原名威廉·科迪（William Cody，1846—1917），美国陆军侦察兵，善于猎杀野牛。据说他在1867—1868年的18个月里，杀死了四千多头野牛。他与堪萨斯太平洋铁路工人签订了供应水牛肉的合同，因此赢得了"水牛比尔"的绰号。邦特林以科迪为主角写了一系列小说和舞台剧，并由科迪亲自主演，在美国及欧洲巡回演出，令他名声大噪，成为家喻户晓的传奇人物。

③ 布勒特·哈特（Bret Harte，1836—1902），小说家，美国西部文学的代表作家，他的《矿工》《赌徒》等短篇小说以加利福尼亚的淘金热为主题。

是个有血有肉的西部悲剧英雄。所以当揭晓他就是在城市中杀人的凶手时，大家就更惊讶了。

柯南·道尔在故事中设置的悬念，不管背景是美国还是英国，都很有吸引力。摩门教复仇者每晚都潜入一座上了锁并且守卫森严的房子，在墙上写上约翰·费里尔和他的女儿离死期还剩几天，将紧张的情节推向了极致。摩门教男教徒可娶多个妻子，将她们称为"小母牛"，还强迫女孩成为其众多妻子中的一员。这个西部的冒险故事也是精彩的爱情故事。夏洛克·福尔摩斯要先登场，否则他和伦敦在故事中出现就会让故事显得很平淡了。幸而柯南·道尔把福尔摩斯写得如此精彩，比霍普

一个摩门教家庭的合照，摄于1870年。照片里包括2个妻子、2个仆人和7个孩子

的故事更经久不衰。

柯南·道尔的故事写得精妙。故事由华生起头，他是个朴实的英国英雄，也是个医生，所以很仁慈。他是个被忠诚的勤务兵所求救的受伤军人，还是个旅行者。但他需要与一个精力旺盛的职业侦探分摊房租。

于是我们见到了夏洛克·福尔摩斯。他身上的一些特质后来被柯南·道尔去除掉了：我们的主角不能一辈子都满手墨渍和酸蚀痕迹，还贴着膏药；他也不能幼稚地向想象中的观众鞠躬来彰显自信；这个观察高手也不能总拿着放大镜满地爬，像只呻吟的狗一样口中念念叨叨，哼哼唧唧。简而言之，最初的福尔摩斯的举止与他高贵的形象并不相符。

但他神秘的职业给前两章制造了悬念。福尔摩斯的知识盲区看起来很愚蠢，他不知道地球绕着太阳转或是月亮绕着地球转，但他的辩解道理非常直白：这些盲区没有给他的工作带来丝毫阻碍，就像我们的工作也不会被我们的知识盲区影响一样。

当福尔摩斯职业的秘密揭晓时，柯南·道尔巧妙地将自己的职业与其结合在一起，使其既可信又独特。夏洛克·福尔摩斯是这世界上首个顾问侦探，就像顾问医生一样，全科医生在遇到疑难杂症的时候会去咨询他们。但这个机巧是没必要的，因为柯南·道尔的生花妙笔，将福尔摩斯塑造成了出类拔萃的侦探范本。他并不需要在职业头衔上胜过其他同行：他显然是最伟大的。

福尔摩斯的形象通过两方面塑造。首先，福尔摩斯比所有人都聪明，能解决我们和警方都挠头的迷案。在之后的故事里，他的卓尔不群还表现在故事正式开始前一轮快速的推理炫技上。福尔摩斯告诉我们，他的诀窍就是"演绎法"。但柯南·道尔没有向我们展示让福尔摩斯得出结论的证据，于是我们是无法与他匹敌的：书里并未提到有一辆马车在劳里斯顿花园外徘徊，证明与被害人一起在房子里的人就是凶手；我们不知道有脚印，直到福尔摩斯告知我们，他是如何找出凶手的；如果脚印真如福尔摩斯所说，被警察像水牛群一样践踏得不成样子，那他也不可能从脚印里面观察到那么多东西；我们也不知道福尔摩斯给克利夫兰的警察发了电报，询问到了被害者德雷贝尔的死敌是杰弗森·霍普。所以当福尔摩斯说出凶手姓名的时候我们难以置信。在知道凶手是谁后，我们会觉得愤愤不平，想要与福尔摩斯的智力一较高下。

但我们这些普通人又怎么能和这样一个绝顶聪明的人比肩呢？他在科学发现

1933 年的电影《血字的研究》的剧照，主演是雷金纳德·欧文

上有所建树，会用小提琴拉门德尔松的曲子，哼唱诺尔曼·聂鲁达演奏的肖邦作品。当他停下手头的查案工作去买一本古书时，他怀疑书的所有者怀特[①]，其思路就连我们这些平常人也能理解。他是个万事通，对使用可卡因也胸有成竹——也许柯南·道尔本人也尝试过。福尔摩斯并不是因为侦探技术超群而成为侦探角色的范本，让他胜出的是角色形象的塑造——他就是普通人想象中的住在公寓里的天才单身汉。

《四签名》

夏洛克·福尔摩斯从壁炉台的角上取下一瓶药水，又从一只整洁的羊皮匣

---

① 见《血字的研究》。

里取出皮下注射器。他用白皙、强健的长手指装好了纤细的针头，挽起了左臂的衬衫袖口。接着，他对着自己肌肉发达的胳膊凝神沉思，上面布满了密密麻麻的针孔。

这用今天的眼光看简直不可思议，主角竟然静脉注射可卡因。这并不是第一次，也不是科学或是侦探实验。这种习惯让他的前臂针孔密布，对他来说是一种娱乐。福尔摩斯身上具有沃勒式的天才与傲慢，他蔑视传统的资产阶级和他们不敢释放天性的谨小慎微。

福尔摩斯不只是一个目光狭隘而特立独行的天才，他身上的功利主义也悄悄褪去。一个从没听说过卡莱尔①的人，现在能在说到他的同时提及他的瑞士前辈里希特（Richter）了。一个全然不在意地球是绕着太阳还是月球转的人，现在能够推荐理性主义者温伍德·瑞德抨击制度化宗教的作品了。这位顾问侦探的知识面不知不觉扩大了，因为他必须要比所接触到的人高明。但案件已不再寻常，不再仅仅因为遇害者曾经是摩门教徒才显得独特。伦敦本身就是个浪漫奇妙的地方，只有一条腿的水手爬上房顶，他的赤脚同伙身材如孩童，使用吹管做武器。而华生会给故事增添爱情元素。

华生给了我们踏实的感觉，但其他角色则要比伦敦现实生活中的人要戏剧化得多。塞笛厄斯·肖尔托有点像傅满洲②，他居住的布里克斯顿很寒酸，但他的宅邸里有很多充满异国情调的房间。他品位高雅，拥有萨尔瓦多·罗萨③一幅真伪难辨的画，还有他喜欢的现代派法国艺术家柯罗④和布格罗⑤的画作。柯南·道尔的品位存疑，他会将前者画的美景和后者黏腻的性感画面随意联系在一起。

---

① 托马斯·卡莱尔（Carlyle Thomas，1795—1881），苏格兰历史学家和政治哲学家，以对法国大革命的历史研究而闻名。
② 傅满洲（Dr. Fu Manchu）是英国小说家萨克斯·罗默（Sax Rohmer，1883—1959）创作的虚构人物，号称世上最邪恶的角色。这个角色是当时西方世界对中国人刻板印象的集成，"黄祸"的拟人化形象。
③ 萨尔瓦多·罗萨（Salvador Rosa，1615—1673），意大利巴洛克画家、诗人和版画家。
④ 柯罗（Jean-Baptiste-Camille Corot，1796—1875），法国写实主义的风景画和肖像画家，对印象派画家有重大影响。
⑤ 布格罗（William-Adolphe Bouguereau，1825—1905），法国画家，追求唯美主义，擅长创造美好、理想化的境界，他创作有以神话、天使和寓言为题材的画作，也有近似于照片特质的写实绘画题材的画作。

淳朴的华生遇见玛丽·摩斯坦小姐后心中爱意千回百转，不能自拔，而她也有所回应。但在现实中她寻求福尔摩斯帮助的案子在由苏格兰场查办时，并不会与德国社会主义团体联系起来。摩斯坦小姐说自己收到了匿名人寄来的价值不菲的珍珠，父亲在十年前神秘失踪了。她收到一封奇怪的信，然后亨利·欧文熟悉的兰心剧院的"第三根柱子"成了大家熟悉的场景。真实与虚构美妙地融为一体，查案当晚伦敦雾气迷蒙，柯南·道尔让现实中的地点笼罩上了浓浓的戏剧色彩。

那是 9 月的一个傍晚，还不到 7 点钟，天色已经变得昏暗，整个城市笼罩在浓浓的迷雾之中。令人压抑的团团黑云低悬在街道上空。河滨马路两边的路灯黯淡不清，斑斑点点，将微弱的光线投射到满是泥浆的人行道上。淡淡的黄光从商店的橱窗里射出来，穿过迷茫的雾气，摇曳不定地照在拥挤的大街上。朦胧摇曳的灯光照射在川流不息的行人脸上，有的忧愁憔悴，有的欢天喜地，在我看来，显得有些荒诞和怪异。

"……9 月的一个傍晚……"这个有失准确的表达首先证明柯南·道尔的马虎大意。他在前两章里告诉大家摩斯坦小姐早上收到的信上盖的邮戳是 7 月 7 日。

书里面的"侦探"元素很明显是浪漫的装饰。福尔摩斯在第一章就展示了贝尔的推理魔术。福尔摩斯从华生的怀表上观察到的信息，就像塞笛厄斯·肖尔托家墙上的画一样，这与主线情节关联度不高。

如果我们抱怨柯南·道尔把布格罗和高罗特的画作放在一起，那我们就太迂腐了。作者也是平凡人，他只是要直白地告诉我们这些平凡的读者："这个家伙很富有，品位也甚是高雅呢。"同样的，如果我们抱怨福尔摩斯炫耀"侦探魔法"对故事进程无足轻重，那么我们也是太迂腐了。

但推理炫技确实对情节没有太大作用，追踪凶手的活儿大部分是小狗托比做的。我们喜欢看乘船顺着伦敦泰晤士河追赶一个安达曼岛民的惊险刺激，此外还有斯莫尔讲述异域杀手和藏匿的宝藏。与《血字的研究》一样，《四签名》现在看来算不得侦探故事。它不像《罗杰疑案》①里给出了判断凶手的证据，也不像《五

① 阿加莎·克里斯蒂所著的侦探小说。

条红鲱鱼》①里暗示了六个嫌疑人中谁是真正的凶手。《四签名》只是一个侦探味不浓的冒险故事，这样的写作模式贯穿了所有福尔摩斯长篇故事。无论是《四签名》和《巴斯克维尔的猎犬》这样背景主要是英国本土的故事，还是《血字的研究》和《恐怖谷》这样主要由其他角色讲述的发生在海外的故事，遵循的都是这个套路。

不过，柯南·道尔自己确实应该严谨一些。我们可以忽视威金斯在阿富汗战争结束后到1888年间年岁都没长过，也可以原谅福尔摩斯在两本书里性格出现了变化，但书中主角严肃地告诉我们一定要注意观察，于是我们就想让作者注意，乔纳森·斯莫尔在逃出安达曼岛②罪犯营前的几年，就已经在英国目睹了塞巴斯蒂安·肖尔托的死亡。柯南·道尔并未因这样的疏忽受到责难，因为紧张的冒险故事讲求节奏紧凑。然而福尔摩斯走红后，他的"演绎法"使得读者去细看他的故事，寻找字里行间屡屡出现的纰漏。

《福尔摩斯冒险史》

1891年7月到1892年6月，《海滨杂志》刊登了《冒险史》的12个故事。柯南·道尔在短篇故事中充分发挥了自己的才华，每个故事聚焦一个主题，文字清晰流畅，自然风光、城市景观以及人物描写生动。短篇小说不需要情情爱爱。柯南·道尔在开头保证了福尔摩斯冷静的头脑是不会被情爱所影响的。即使他对于艾琳·艾德勒那种无关乎男女之情的欣赏难以解释。艾德勒虽然怀疑福尔摩斯做了伪装，但毕竟还是掉进了他的陷阱，后来仓皇逃走了。

但柯南·道尔用这系列的故事赋予了高傲的福尔摩斯已经习以为常的地位。福尔摩斯击败了杜宾和勒科克，柯南·道尔抢过了侦探小说之王的宝座，甚至他想走下王座也不能够顺利退位。

前三个故事都由贝尔的推理技巧拉开序幕，推理的对象是华生或是委托人。在

---

① 多萝西·L.塞耶斯所著的侦探小说。

② 安达曼岛是孟加拉湾与缅甸海之间的一组岛屿，1789年被英国占领，长期为流放犯人的场所。1947年之后归属印度。

画作《天真》展现了布格罗典型的矫饰风格，在《四签名》里由塞笛厄斯·肖尔托收藏

第五个和第七个故事开头也是如此。福尔摩斯又通过观察知道人们因为乘马车把衣服溅脏，然后这个推理的习惯就暂时没有出现了。这样的描述已经达到目的了，新读者已经知道福尔摩斯观察和推理能力超群了。在人们对这个习惯厌烦之前就要将其束之高阁。

"演绎法"也不总是必要的，并不是每个故事都要福尔摩斯找出凶手，还原案情；在一个故事里，他只需要追查到艾琳·艾德勒的下落，拿回她用来威胁波西米亚国王的照片；玛丽·弗格森小姐、罗伯特·圣西蒙勋爵和内维尔·圣克莱尔夫人的案件只是寻人，虽然圣克莱尔夫人的案子暗藏猫腻；杰贝兹·威尔逊先生想弄清为什么他的美差不翼而飞，维奥莱特·亨特小姐想知道向她求婚的人可不可以托付终身。案件中还出现了死亡威胁或是谋杀未遂，例如《斑点带子》和《工程师大拇指案》，在《五个橘核》里死亡威胁最终成真了，但只有《博斯科姆比溪谷秘案》是显而易见的谋杀案。

福尔摩斯的探案方法很少依赖观察和推理，他对于犯罪史的稔熟至关重要，所以能够从《身份案》中相似的犯罪模式，知道《红发会》里的著名犯罪头目。工程师失去了大拇指，是威尔基·柯林斯①笔下恐怖故事的重演。福尔摩斯"探查"到的只有犯罪现场，而百科全书记载的三K党的信息，帮助破解了《五个橘核》一案。在博斯科姆比溪谷，福尔摩斯幸运地做了个大胆的猜测，他推断一个澳大利亚人临

---

① 威尔基·柯林斯（William Wilkie Collins，1824—1889），19世纪英国侦探小说家，代表作品是《月亮宝石》《白衣女人》等。

死说的"拉特"是"巴拉腊特^①"一词的结尾。

福尔摩斯的冒险中有两次与贵族有关：波西米亚国王无疑是其一，《绿玉王冠案》中也有类似暗示。在面对国王与艾琳·艾德勒的风流韵事，或者罗伯特·圣西蒙勋爵与舞女弗洛拉·米勒的"亲密关系"时，福尔摩斯、华生和柯南·道尔并没有像常人一样吃惊。他们表现得体，既没有大惊小怪，也没有假道学。在这两个案件中，福尔摩斯都更偏向女士，而非那些为了体面的婚姻与她们分手的男士。奥斯卡·王尔德塑造了受困于绯闻的温德米尔夫人，也创作了"无足轻重的女人"，这让人很难相信这两个角色诞生于同一个时代同一个文化环境。

福尔摩斯捕获了一个职业的二人偷盗团伙，但没抓住制作假币的团伙；他揭露了两个男人阻止富有的继女结婚的阴谋，还有一人甚至要杀死继女来达到目的；他追踪过两个业余珠宝小偷，还造访过东区的鸦片馆。这些冒险故事丰富多彩，场景繁多，给系列故事增添了魅力。

三个案件将福尔摩斯的神思带到了法度缺失的国度：约翰·特纳在英国杀人，因为他当年曾是"巴拉腊特黑杰克"的强盗；奥彭肖家族被追杀，因为伊莱亚斯·奥彭肖上校以前在美国曾经加入过三K党，脱离后反过来敲诈组织；格里姆斯比·罗伊洛特医生将管家打死后，从印度带回了一只狒狒和一只猎豹，任它们在花园里游荡；另外还有一条沼泽蝰蛇——可以助他除掉碍事的继女。

柯南·道尔一些可笑的错误虽然没有被之前的书迷发现，但在今天看来确实十分有趣。印度根本就没有狒狒。柯南·道尔杜撰了沼泽蝰蛇这种动物也没关系，但他不顾蛇类根本就不喜欢喝牛奶这一习性，在他笔下，莱罗兹医生用一碟牛奶作为奖励，训练宠物蛇听从他口哨的召唤，这简直太荒诞了。红宝石是一种被特殊切割的石头，通常是石榴石，而非柯南·道尔想象中的水晶般的宝石。而《红发会》里八个星期的时间从"去年秋天"的4月27日开始，一直持续到10月9日。

柯南·道尔也不是"语言大师"。他在关于波西米亚（此处指旧捷克公国）国王的故事里混淆了福尔摩斯的"波西米亚之魂"，这里的波西米亚是指吉普赛式的，就像"另类社会"中的艺术家和知识分子。

---

① 巴拉腊特（Ballarat）是澳大利亚的城市。

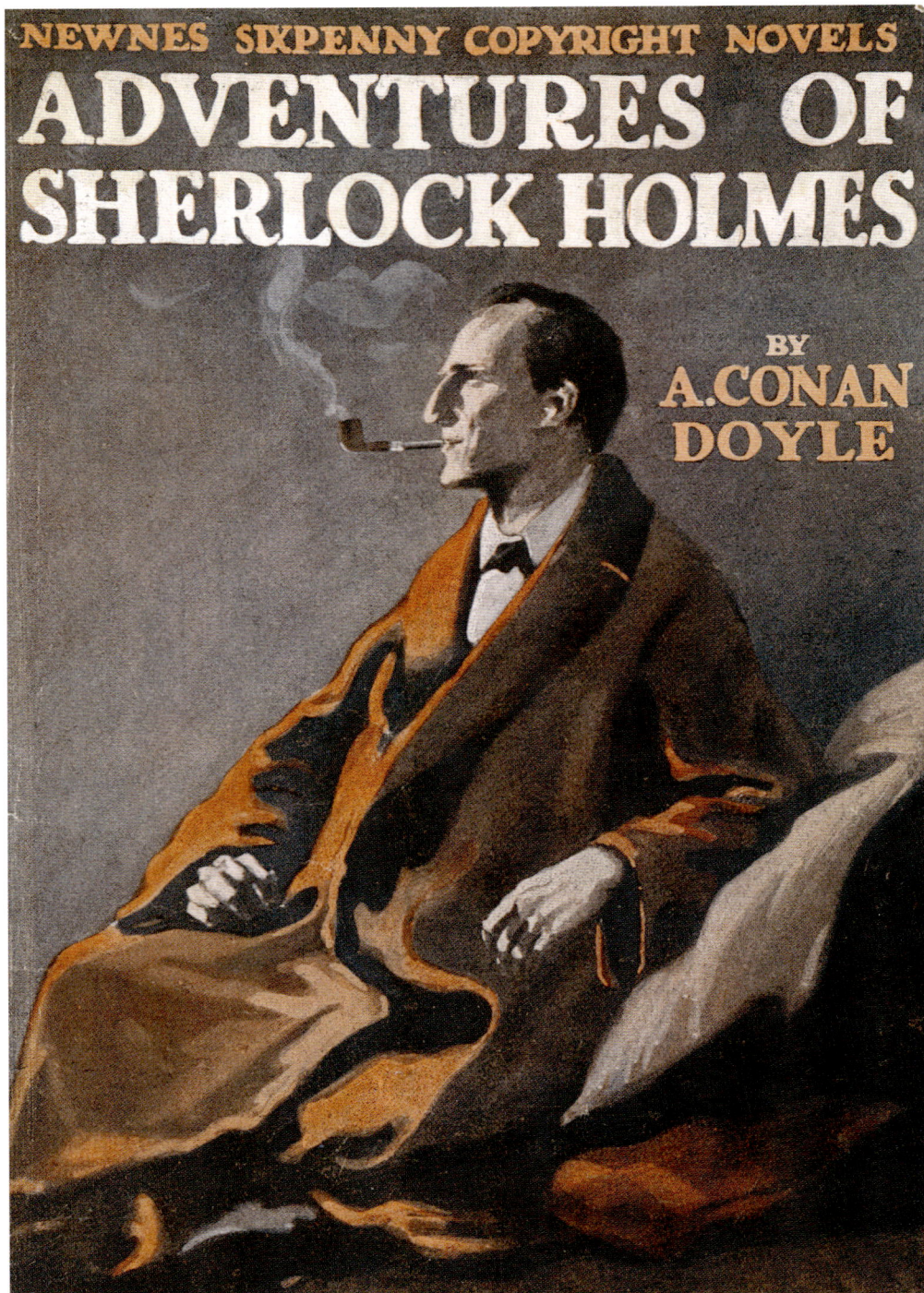

1892年《冒险史》第一次出版成书

《福尔摩斯回忆录》

1892 年 12 月到 1893 年 12 月之间，第 13 期《海滨杂志》刊登了除《硬纸盒子》外全部《福尔摩斯回忆录》的故事。柯南·道尔已经厌倦了自己创造的这个人物，便在《最后一案》里草率地让他葬身水底。但柯南·道尔用回忆录的 11 个故事奠定了福尔摩斯不朽的美名。他让这个角色在英美人的脑海中深深扎根长达百年，甚至还会更久。他几乎令侦探小说臻于完美，使其在之后 60 年中成为大众休闲阅读的首选。柯南·道尔就像个神奇的魔术师，他告诉观众魔术后面的关窍，但总是月复一月地骗过观众的眼睛，让他们惊叹不已。正如福尔摩斯对华生说过：

> 一个善于推理的人所推断出的结果，往往使旁人瞠目结舌，这是由于那些人忽略了作为推论基础的一些关键细节。我亲爱的朋友，你在写作品时故弄玄虚，故意留下一些细节，不透露给读者，这当然也会产生同样的效果了。①

柯南·道尔在神秘之上又蒙上了一层面纱。他总是让福尔摩斯对华生隐瞒一些信息，所以华生不仅无法告知我们这些内容，还会像我们一样叹服和崇拜。类似这样的手段确实花哨，福尔摩斯基本的"侦查法"就是仔细查看车轮痕迹和脚印，他在把结局精心设计好之前常常是不会吐露只字片语的。

然而回忆录的两个故事写出了很完整的侦探故事套路，柯南·道尔显得公平了很多。在《银色马》里，柯南·道尔提到马蹄印分布在两个方向，证明西拉斯·布朗改主意了，没有把马牵回它自己的马厩。还写到了小马倌的晚餐吃了咖喱，驯马师手中拿着一把不适用于防身的手术刀，还运用了福尔摩斯标志性的横向思维法：狗在晚上没有叫，也就是说没有陌生人闯入。

柯南·道尔在写作《赖盖特之谜》时，也把证据齐齐整整地亮在我们面前。证据包括：导致坎宁安家犯案的土地纠纷；入室行窃却没偷走值钱的东西，说明另有所图；坎宁安家的布局，使得照亮的房间能被行窃者看见；一张用两种笔迹书写的纸条。柯南·道尔由此引入了临摹笔迹的技术，这一技术经常被后来者使用，就

---

① 译文参考《福尔摩斯探案集》，魏静秋译，北京联合出版公司，2015 年。后同。

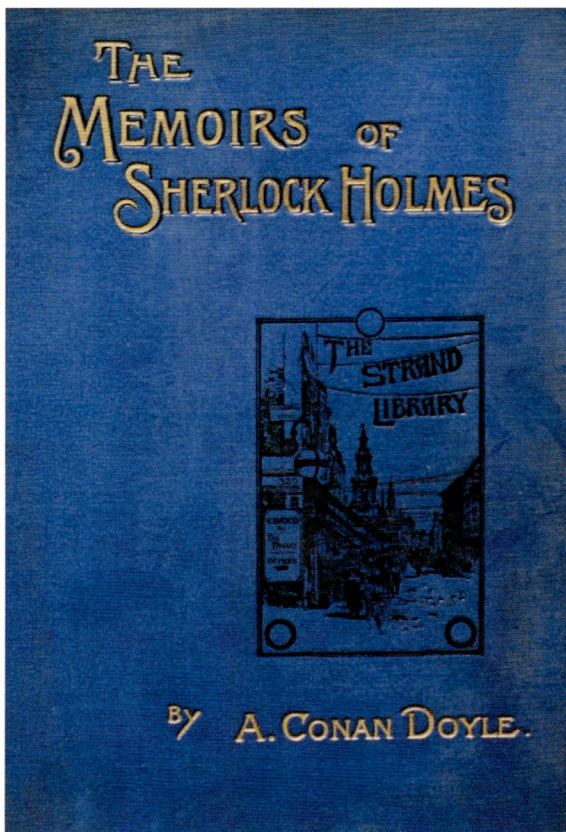

《福尔摩斯回忆录》于 1894 年首次出版

像《海军协定》里的草绘地图一样。但在《赖盖特之谜》中，柯南·道尔忍不住让福尔摩斯拖到最后才告诉大家他采集到的重要证据：死者身上并没有黑色的粉末，说明他并不是在近处被枪击的；沟渠里没有鞋印，证明并没有坎宁安谎称的入侵者逃走。

奇怪的是，只有这两个故事是通过侦探技术破案的。更多的时候，只是用一点"夏洛克式"的推理解决一些微不足道的问题：破解密码讯息和发信者，而这在《"格洛里亚·斯科特"号三桅帆船》里已经是显而易见的了；《希腊语译员》中，索菲·克莱蒂特早在哥哥从雅典回来之前就已经在伦敦了。柯南·道尔感到了困难，构思谜题错综复杂的情节并提供合理的解释实非易事。即使作者从结局开始写，倒推出线索还是很困难。阿加莎·克里斯蒂也有过同样的怨言，写侦探小说是苦差事，比写作人物和事件自然发展的小说艰难多了。

柯南·道尔处理困难的方式却是随意发挥。虽然传统的读者会攻击福尔摩斯后期的故事远配不上这个在莱辛巴赫瀑布牺牲的侦探，但《回忆录》才是福尔摩斯系列最弱的一部：看《黄面人》和《希腊译员》的时候，我们一旦了解角色后，案子就水落石出了；《"格洛里亚·斯科特"号三桅帆船》有关叛乱的信息也再明显不过了；《马斯格雷夫婚礼》与爱伦·坡的《金甲虫》相形见绌。柯南·道尔的情节铺设技巧稚嫩，只能让人物一时脑袋发热，留下破绽或是隐瞒真相，给福尔摩斯制造可查之案。福尔摩斯冒险故事越来越无味，柯南·道尔可能决定放弃了。

为了打败福尔摩斯，柯南·道尔创造了一个令人失望的"犯罪界的拿破仑"。福尔摩斯兴奋地谈论着莫里亚蒂教授的才华和邪恶，但这两方面我们都没看到。莫里亚蒂被写成和福尔摩斯不分伯仲的角色，他跟踪华生到了维多利亚车站，但是去迟了，后来又假传有人需要华生医治，阻止他前往莱辛巴赫瀑布。他比不上《红发会》里的犯罪大师约翰·克莱，与那些传奇的描述并不相符。

但读者自然拒绝让福尔摩斯死去。他的背景随着故事的推进逐渐透露出来，甚是有趣。他去第欧根尼俱乐部找哥哥迈克罗夫特；他上过大学；还有将烟叶放进波斯拖鞋的癖好；把信件用匕首钉起来，客厅墙上用子弹打出了 VR 字样。大家衷心希望这个角色在"最后一案"之后复活。

《巴斯克维尔的猎犬》

达特穆尔的传说催生了柯南·道尔的新鬼故事：这是他最喜欢写的故事类型。这个故事写得很妙，一只徘徊于达特穆尔的恶魔犬，让每个巴斯克维尔家族的人闻风丧胆。后来福尔摩斯发现，这只狗其实是被一个男人驯养的，并不是恶魔。很幸运，柯南·道尔尚未沉溺于唯灵论或者神智学，没有让福尔摩斯相信荒唐的学说，不像后来的查林杰教

《巴斯克维尔的猎犬》的插图，福尔摩斯和华生发现一个人瘫倒在地上

从达特穆尔的猎犬岩望向海特岩

授一样相信鬼魂、食尸鬼和长腿的怪物。

新的福尔摩斯"早先的"冒险故事来得出乎意料，可以看出柯南·道尔已经恢复了前三部书的水平。不像《海军协议》里那样徒劳地找寻一条红鲱鱼，还误称一些细节"重要"，破坏了这个由两部分组成的故事。《巴斯克维尔的猎犬》里的未知怪兽不像《驼背人》里的獴一般无关紧要。巴斯克维尔的诅咒并没有让这个家族的人像马斯格雷夫家族一样麻木不仁且昏聩愚蠢，后者一代又一代地重复着某种"仪式"，但对其中含义一无所知。冒险故事的开头，福尔摩斯对着委托人的手杖来了一套干脆利落的贝尔式推理炫技，而委托人是个医生，明显只是个不知道内情的旁观者。他介绍了诡谲的古老凶杀谜案，让读者们运用之前跟福尔摩斯学到的观察脚印的方法，推测出查尔斯·巴斯克维尔爵士并没有踮着脚走路，而是狂奔。《海滨杂志》刊登的故事第一章节末尾，莫迪墨医生的话制造了全系列小说的最佳悬念：

福尔摩斯先生，是一只巨大的猎犬留下的爪印！

下一章里出现了一个神秘的反派，他聪明地用假胡子乔装打扮自己。在发现自己暴露后，利用马车巧妙地脱身。他也许就是用报纸剪下来的字拼出恐吓信，企图吓走亨利·巴斯克维尔爵士的人。

后面发生的伦敦故事也匪夷所思：为什么有人要偷走亨利爵士的一只靴子？为什么还从另一双靴子中又偷走一只？为什么第一只被偷走的靴子又好好地出现了？谜题的妙处就在于谜底揭晓时可看出它与案情的关联性，并不是无意义的巧合或是福尔摩斯用来博得华生和读者赞叹的无关把戏。知道这怪事背后的门道后，我们就知道这猎犬只不过是一条狗罢了，而不是魔鬼。这和《银色马》里面那只夜里不叫的狗如出一辙：抛出一个实实在在的证据，引导读者在福尔摩斯解释之前就推出结论。狄更斯、威尔基·柯林斯，即使是爱伦·坡或是加博里欧的作品里都没给出这样的线索——初期神神秘秘，然后变得显而易见。《血字的研究》和《四签名》里也未见这样的写法。提供恰当的线索始于短篇故事：《斑点带子》里有暗示，比如假的铃铛拉绳和通风口、用栓固定的床、口哨和一碟子牛奶。但因为柯南·道尔不了解蛇类相关知识，所以读者很难猜到凶手是一条蛇。《银色马》里的提示有所改善，虽然赛马人可能会觉得线索都因为柯南·道

《巴斯克维尔的猎犬》中福尔摩斯射杀凶狠的猎犬："福尔摩斯将左轮手枪里的子弹尽数射向了这恶兽的胁腹。"

尔缺乏赛马常识而迷离不清。而《巴斯克维尔的猎犬》里的线索已经打磨至完美，丢失的靴子起到了三个作用：开始的时候让我们摸不着头脑，在福尔摩斯解释其中奥秘后我们看到了线索和案情的关联，然后又令我们叹服，因为在我们百思不得其解之时福尔摩斯已理清其中根由。

然而，即使精妙的推理让作为故事开头的伦敦场景更为精彩，柯南·道尔也不忘把都市的侦察行动与异域的历险故事形成鲜明对比。达特穆尔虽然位于英格兰，但柯南·道尔成功让此地笼罩上了凶险的迷雾。他写的荒野场景被后来的惊悚小说作者大量运用，逃犯也基本上成了以达特穆尔为背景的故事的必备要素。沼泽也被艺术加工成了像流沙一样的小说元素，并被达芙妮·杜穆里埃[①]沿用到了"博德明沼泽"[②]。而柯南·道尔也借鉴了康沃尔荒野的锡矿，这在德文郡是没有的。柯南·道尔观察到荒野上有新石器时代的石碑和铁器时代的屋圈，于是就给其中一些石头添上屋顶，成了逃犯赛尔登和福尔摩斯的容身之所。实际上，在英格兰西部荒野上唯一存留下来的带屋顶的古代建筑是少数新石器时代的石圈，以及一些 18 世纪的牧羊人和采石工的小棚子。

福尔摩斯在荒野的流浪生活很艰苦。他派报信的男孩卡特莱特帮他送食物——吃食就是难以下咽的面包、罐头肉和桃子。他每天都从卡特莱特那里拿到干净的衣领，如果他只更换衣领，他讲究的外表居然还能吸引华生的注意，这就太出人意料了。尤其是福尔摩斯在藏身之处点篝火，加上一周没洗澡，应该浑身闻起来像个炭炉。但如果佩吉特的插图可信的话，我们可以看到福尔摩斯把自己的晚礼服带去了德文郡，还在巴斯克维尔宅邸穿上了。即使他戴上了挺括的衬衫前襟，他还是坚持着自己的波西米亚作风，在柔软的翻领下系上了领带。

现在，这些小错误都成了阅读过程中的别样乐趣。例如，柯南·道尔把巴斯克维尔庄园与塔维斯托克和普林斯顿之间的位置关系搞错了。柯南·道尔是个生活在维多利亚时代末期的时髦绅士，他赋予拉丁美女斯泰普顿夫人的浪漫文字也有不贴切之处。在阅读的时候留意他的神来之笔更好，比如"岩石上的人"，起初将巴里摩尔当作嫌疑人紧追不舍，举止怪异的弗兰克兰也趣味横生。佩吉特画的猎犬像一

---

① 达芙妮·杜穆里埃（Daphne DuMaurier，1907—1989），英国女作家，代表作为哥特式悬疑小说《蝴蝶梦》《牙买加客栈》等。

② 杜穆里埃的小说《牙买加客栈》的故事发生在英国康沃尔郡的博德明沼泽地。

头小母牛一般大，营造了黑暗和死亡的气氛。捕蝴蝶的斯泰普顿是个笑里藏刀的伪君子。

夏洛克·福尔摩斯归来

柯南·道尔收下麦克卢尔的支票后，开始创作福尔摩斯系列故事。从 1903 年底到 1904 年底，《归来记》在《海滨杂志》上连载，柯南·道尔再一次耗尽了想象力，故事里没有真正的谜题和探案。这一系列的故事还没有充分展开的时候，格林豪·史密斯就抱怨《孤身骑车人》里面福尔摩斯戏份太少，然后把故事伤筋动骨地大改一番。《米尔沃顿》里完全没有谜题。《失踪的中卫》里福尔摩斯和华生像《黄面人》里一样去追踪，但最后并没有侦破案件，而是强行进入屋内，然后失踪的人将一切说清道明。

柯南·道尔像从前一样，很快就对写作福尔摩斯的故事心生厌倦，也不喜欢读者将其视作他的最大成就。这回他并没有把福尔摩斯杀掉，如果再这么做就太没悬念了。他宣布福尔摩斯退休，再没有写过长达一年的福尔摩斯故事连载。

从莱辛巴赫瀑布"归来"后的故事明显是按要求来写的。柯南·道尔本来只想把福尔摩斯的故事定在 19 世纪 80 年代，例如《巴斯克维尔的猎犬》。在那十年里，柯南·道尔恰好二十多岁，"世界尚年轻，伙计，树木正葱郁"。但麦克卢尔敏锐地洞悉，读者更喜欢发生在同一年代的故事，于是就坚持要福尔摩斯在与莫里亚蒂对决后一定要复活，并且接下来所有故事都发生在 1891 年之后。

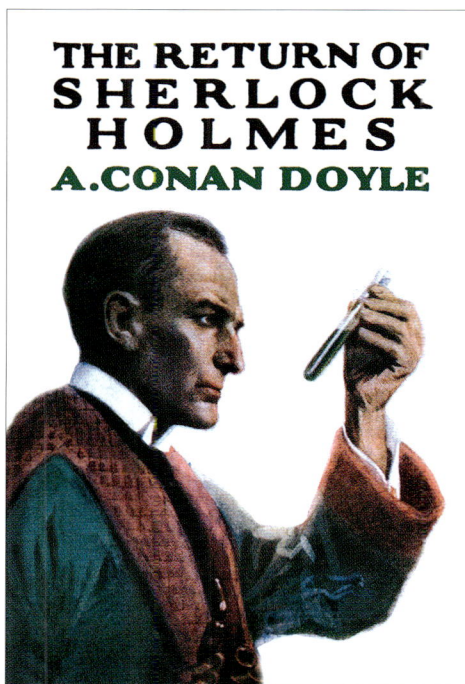

柯南·道尔为压力所迫写作了《归来记》，让福尔摩斯死而复生，该系列包括 13 个短篇故事，于 1905 年首次出版

柯南·道尔让福尔摩斯复活的方法也比较敷衍，正如他当年将福尔摩斯杀死一样。这位伟大的侦探精通日本摔跤的巴流术，使他能够挣脱莫里亚蒂，把这个"犯罪界的拿破仑"推下悬崖。这看起来就像"威武的超人一跃而起，挣脱了束缚……"一样简单粗暴。福尔摩斯为了躲避莫里亚蒂党羽的复仇而假装自己死去，这非常荒唐。因为莫兰上校目睹了福尔摩斯和莫里亚蒂打斗的全过程，还伺机朝福尔摩斯扔石头。福尔摩斯使用化名四处游历也是柯南·道尔的典型错误，他不可能去会见一些权贵，比如在西藏见过"大喇嘛"（head Llama）——如果拼写是 Llama 的话也有"秘鲁羊驼"的意思；也不可能在喀土穆见过哈里发，那里是哈里发及其前任领袖马赫迪 1885 年时去恩图曼后废弃的首都。

然而因为肩负责任，柯南·道尔还是创作出了和第一系列那样精彩的冒险故事，《修道院公学》和《金边夹鼻眼镜》再次提到了读者喜闻乐见的草绘地图。

《跳舞的小人》里画中的小人是名副其实的谜题，即使破译人逐字破解这种密码的困难仅仅是因为密信的长度太短。《六个拿破仑半身像》就是使用横向联想来误导读者的最好例子：故事集中描述毁坏拿破仑半身像的疯狂行为流露出的仇恨上，柯南·道尔驾轻就熟地把我们从正道上引开，但破坏行为的真正目的是寻找藏在其中一座半身像里的珠宝。《黑彼得》首次向我们展示了怎么从侦探奇怪的行为，而不是他的侦查得出线索。最后，我们记起了他在开头费解的行为，那是为了证明没受过训练的人无法用鱼叉插穿尸体。

柯南·道尔的成就和社会阅历都在逐渐累积，而福尔摩斯也开始接触背景不像波西米亚国王那样虚无缥缈、有头有脸的委托人了。他见过一位欠过格莱斯顿人情的首相，两位欠了索里兹伯里勋爵与约瑟夫·张伯伦人情的内阁大臣。在遇见一名剑桥大学橄榄球队队长和可能从牛津大学来的田径运动员时，福尔摩斯可能并不在意，但我们会充满崇拜之情。书里还出现了王室女性，以及福尔摩斯会追查一封会引发毁灭性战争的危险政治信函——就像 1870 年的埃姆斯密电一样[①]。

勇敢的骑士精神在《归来记》中表现得更加明显。两位女士刺杀了敲诈者，其中一次还发生在福尔摩斯和华生的眼皮底下。在王尔德身陷世纪最大绯闻之后，柯南·道尔很担忧，个人行为过失一旦暴露在公众面前就意味着毁灭，但所幸他对牵

---

① 德国首相俾斯麦利用埃姆斯电报引起德、法两国人民敌对情绪，借此发动普法战争。

《归来记》中福尔摩斯试图阻止俄罗斯女子安娜服毒自尽

涉其中的女士们并不感兴趣。柯南·道尔支持离婚过程简单化，而且如果一位男士为了救心爱的女人而杀了她的酒鬼丈夫，那么这谋杀就是"正义的杀人"，然而这样的骑士风范并不是真正的女权主义。华生内心敏感，喜欢做对比，虽然他描述中女士的美貌总有夸大不实之处：

> 我经常听人说起贝尔敏斯特公爵小女儿的美貌，可是无论是别人的描述，还是对她黑白照的想象，我都没想到她竟然长得如此纤柔婀娜，光彩照人。

福尔摩斯总是相信精神力量可以战胜困难，但对读懂女人心事一筹莫展：

> 你怎么能够轻易相信这些多变的女人呢？她们最细小的举动都可能包含着极大的含义，一个发夹或者一把卷发钳都可能显露出她们最不寻常的举止。

在这个总体来说质量合格的小说里，一些恼人的修辞消失了。当人听到好消息或是找到想要的证据时，不再每次都两眼"发光"，每个角色在吃惊时也没那么频繁的"一跃而起"了。我们也很少见到一些带有语气助词开头的对话，比如"咳……"后面的回答也是"咳……"或是"噢……"之后的答语是"噢……"。

事实上，《归来记》当时让《海滨杂志》销量一时猛增，就像今天一样大受读者喜爱。

《恐怖谷》

这个故事是柯南·道尔写的福尔摩斯系列最后一个中篇小说，充分展现了他高超的写作水平。故事开头是福尔摩斯和华生之间无伤大雅的玩笑。华生无意间猜中了什么，但福尔摩斯并没如期望中地表扬他，而是平淡地否定了他的猜想。但福尔摩斯带着嘲讽意味的否定写得精妙，华生天真地认为波洛克的密码参照的分栏图书可能是火车时刻表：

> 这还是有问题的，华生。火车时刻表的用词精炼，词汇量有限。从中选取

词语很难用来传递一般的消息。基于同样的理由，我看字典也要被排除在外。

破译密码非常棘手，福尔摩斯的破解手法让人佩服。没有现身的波洛克名字起得合当，来源于柯勒律治[1]写作《忽必烈汗》时被"来自波洛克"的神秘访客打断的典故。同样没有现身的莫里亚蒂教授是波洛克忠心并背叛的头领，在《最后一案》里对他的描写很无力，而在这个故事中有了改进。柯南·道尔把这位"犯罪界的拿破仑"与"赏金猎人将军"乔纳森·怀尔德作比较，后者控制了18世纪早期的

《恐怖谷》里，福尔摩斯身体前倾，全神贯注地聆听

伦敦黑道，通过指导其他人犯罪来牟利。据说莫里亚蒂付给他手下最高参谋莫兰上校的报酬，比首相的工资还要高，而他自己在财务上却相当低调。他的势力覆盖范围广，必定要复仇。在小说的末尾，他杀死了福尔摩斯要救的人。他刁滑而阴阳怪气的留言"天哪，福尔摩斯先生！天哪！"流露出了险恶、克制和冷酷的洋洋自得，这与福尔摩斯的高智商和冷静理智正好可以一较高下。

柯南·道尔得意地写道，开头的谋杀谜案"真是个难题"。直到阿加莎的小说《罗杰疑案》和《无人生还》问世后，侦探小说才更加具有可读性。几个评论家都疑惑，为什么福尔摩斯在第六章《曙光》的末尾要骂自己是"疯子，脑子退化的人，沉不住气的蠢蛋"。问题的答案和"曙光"在谜题解开后就很明朗了。福尔摩斯用华

---

[1] 柯勒律治（Coleridge，1772—1834），英国浪漫主义诗人。1798年柯勒律治在梦中得到灵感，醒后写下诗篇《忽必烈汗》，但因有来自波洛克的客人到访，诗篇未能完成。

生的雨伞将以哑铃加重的包裹从护城河里捞了起来，与他之前的推测一模一样。但此举并未能揭露杀死约翰·道格拉斯的凶手的身份，而是找到了他丢弃的衣物。这证明了道格拉斯本人才是凶手，而之前福尔摩斯和其他人认定的道格拉斯的尸体，其实是穿黄色外套的所谓凶手。

而这个"难题"的线索设置得很好：道格拉斯夫人对丈夫的死亡并不怎么伤心，而且她与西塞尔·哈尔克之间有秘密，让他们成为了首要嫌疑人；道格拉斯的结婚戒指失踪了，本来应该是戴在还留在手指上的那枚戒指下面的，于是我们就猜想能见到的戒指是被戴到尸体身上的，而不会认为失踪的戒指是被偷走的。

《伯尔斯通的悲剧》是最精彩的谜案之一。柯南·道尔手法高明，写作这个案子用了闪回结构。另外，还有其他线索，比如道格拉斯的原配妻子有瑞典血统，企图杀死道格拉斯的人和他身高体型相似，"麦克默多"在宾夕法尼亚的敌人特德·鲍德温也一样。《死酷党人》里，结局出乎意料，揭露了一个主要角色的真实身份。杰克·麦克默多表面是一个罪犯以及潜在的恐怖杀手，然而最后他承认自己是混进组织的平克顿事务所的私家侦探博迪·爱德华斯，而死酷党都以为博迪正被押送在途。这个"变成正派的反派"其实和伯尔斯通那个"变成凶手的被害者"是同一个人！我们可能会被搅得晕头转向，因为这个人用过三个名字，扮演过四种角色。但柯南·道尔可以保证，闪回中的故事记录了他那个时代最伟大侦探的真实冒险故事。1875年，詹姆斯·麦克帕兰德[1]潜入并捣毁了宾夕法尼亚的莫莉·马奎尔社[2]，这是平克顿侦探事务所最引以为傲的战绩。为了还原"博迪·爱德华斯"的真实历史，柯南·道尔请弗兰克·怀尔斯[3]把博迪画上金丝边眼睛，那是这个强壮有力的美国人的标志，他在宾夕法尼亚的波茨维尔不惜拼上性命去潜入黑帮。

柯南·道尔与平克顿的侦探一样，在道德上都陷入了困境。1905年，麦克帕兰德被指破坏了反联盟案的证据。1907年，宾夕法尼亚州在约翰·基欧（John Kehoe）

---

① 詹姆斯·麦克帕兰德（James McParland，1844—1919），北爱尔兰人，美国私家侦探。1867年，麦克帕兰德来到纽约，当过工人、警察，后来在芝加哥开酒馆。1871年芝加哥大火毁掉了他的生意后，他成为平克顿社的一名私家侦探。

② 莫莉·马奎尔社（Molly Maguires）是一个19世纪活跃在爱尔兰、利物浦和美国东部的爱尔兰秘密社团，特别是在宾夕法尼亚州的煤矿工人中。在一系列暴力冲突之后，莫丽·马奎尔社的20名嫌疑犯被判谋杀罪和其他罪名成立，并于1877年和1878年被处以绞刑。

③ 弗兰克·怀尔斯（Frank Wiles，1881—1963），英国插画家。他为《恐惧谷》画的插图中，福尔摩斯一边研究密码一边抽烟斗的形象成为经典。

《恐怖谷》中福尔摩斯研究密码，《海滨杂志》插图

死后为他翻案。基欧是参赞也是爱尔兰元老社①的领导人，在 1877 年因为麦克帕兰德的证据被绞死，而柯南·道尔将他作为"黑杰克"麦金蒂的原型。"黑杰克"这个绰号来源于同样被平克顿干掉的西部火车劫匪，倘若他真的是可怕的美国工业冲突中死去的烈士，那么福尔摩斯和莫里亚蒂的立场就站错了！

---

① 爱尔兰天主教组织，会员必须是天主教徒，且是爱尔兰人或爱尔兰后裔。

以上这些都没有削弱柯南·道尔笔下精彩纷呈的故事。就像描写达特穆尔和犹他一样，他把风景秀丽的宾夕法尼亚山谷写得奇绝而凶险。他像我们一样同情"罪犯"麦克默多，因为我们从"情感道德"推断得出他的为人：他与艾蒂一见钟情，而艾蒂一看就是个见识非凡的女人。所以我们可知麦克默多本质不坏，即使我们尚不知道他是个侦探。麦金蒂是个有说服力的领导人，也是个令人畏惧的反派，虽然他也会去诽谤一个质朴的人。

《最后的致意》

除了标题中的故事外，这系列其他故事都是在《恐怖谷》之前写的，零星地在《海滨杂志》上发表，取名叫《福尔摩斯的回忆》或《新的历险》或《福尔摩斯的新故事》。《硬纸盒子》是原来 24 个冒险故事中保存下来的其中一个，在 1894 年编辑《回忆录》时并未收录，而将它与其他后来写作的故事比较是有价值的。

首先，要考虑它一开始被去掉，迟迟才被收录的原因。为了让这个短小的故事集看起来更有分量，所以将这个故事收录了进去。故事统共只有 7 个，如果再加上都是由两部分构成的《藤庄》和《红圈会》，这 9 个故事长度仅仅是一部完整的福尔摩斯故事集的 3/4。

同时，由战争带来的道德观念上的松懈也很明显。在 19 世纪 90 年代早期，柯南·道尔没有看不起艾琳·艾德勒和波西米亚国王的暧昧关系，这是很正常的。莉莉·兰特里是威尔士王子的情妇，社会也并没有排挤她。而那个可憎的贪婪之徒也在公众默默的赞许中追求巴黎妓女和朋友的妻子。如果绯闻没有外泄，贵族和王室成员们的生活可以是放荡不羁的，但如库欣小姐这样的平民就要保持体面了。柯南·道尔提出了质疑：倘若一个女人的婚姻破裂是因为自己的丈夫被姐妹追求，或是被有意挑拨；倘若婚姻不幸会导致酗酒、通奸甚至谋杀，那么传统家庭的纽带还可靠吗？《硬纸盒子》让福尔摩斯去思考有关痛苦的问题：

> 这件事有什么意义，华生？……这一连串的痛苦、暴力、恐惧，究竟是为了什么？一定是有某种原因的，否则，我们的宇宙就是受偶然统治的了，那是不可

想象的。那么，是什么目的呢？这是一个人类智力远远无法解答的永远存在的重大问题。

在19世纪90年代早期，一个酗酒海员的妻子如此卑劣地背叛丈夫，而福尔摩斯还就此提出严肃的疑问，这是"不好的"。普通人的爱情生活就是肮脏的。托马斯·哈代[1]所写的《无名的裘德》激起了暴风雨般的批判，使哈代因心生厌恶而放弃了小说写作。柯南·道尔耐心等待，在舆论风向变了之后，《硬纸盒子》才再版。而D. H. 劳伦斯[2]还写了哈代无法想象的作品，阿瑟·柯南·道尔爵士则开始公开反对离婚法。

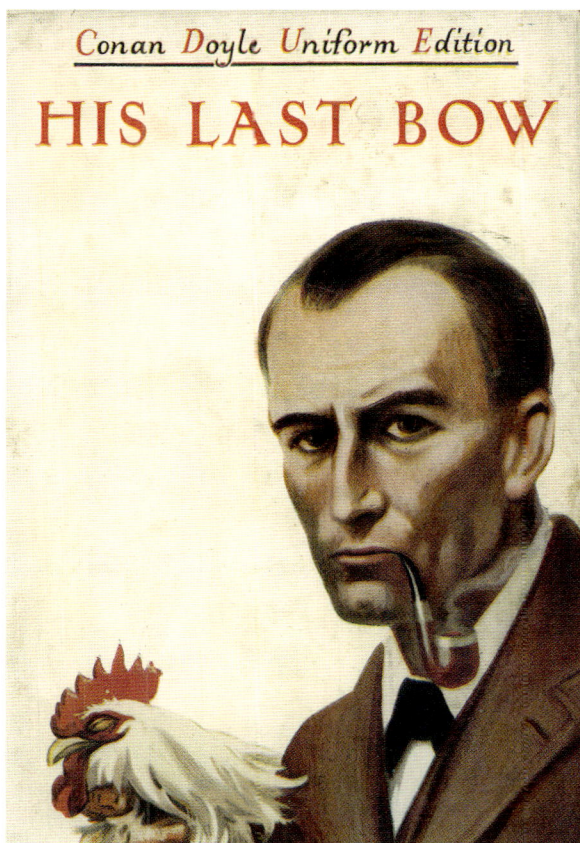

Conan Doyle Uniform Edition
HIS LAST BOW

在《最后的致意》里，福尔摩斯受政府委托去阻止德国间谍冯·博克

新的故事集还以一种新生的勇气挑战了法律上的"公正"。在回忆录中原来的六个故事中，一位仗义的男士谋杀了一个恐吓要杀死他心爱之人的无赖，之后并没有被问罪。苏格兰场像福尔摩斯一样，不会将这种个人的仇杀认真对待，何况被害者还是个意大利裔的美国恶棍。因为《最后的致意》里，柯南·道尔提倡出于爱国之心的侠盗之行，鄙夷外交特权，新故事里有三分之二公开表达了希望以暴力代替法

---

① 托马斯·哈代（Thomas Hardy，1840—1928），英国著名诗人、小说家。早期和中期的创作以小说为主，继承和发扬了维多利亚时代的文学传统；晚年以其出色的诗歌开拓了英国20世纪的文学。哈代一生共发表了近20部长篇小说，代表作是《德伯家的苔丝》《无名的裘德》《还乡》《卡斯特桥市长》等。

② D. H. 劳伦斯（David Herbert Lawrence，1885—1930），英国诗人、小说家、散文家。代表作是《虹》《爱恋中的女人》《查特莱夫人的情人》《儿子与情人》等。劳伦斯的创作受弗洛伊德精神分析法的影响，作品中对情欲的描写，一度引发轰动与争议。

度的意愿。《硬纸盒子》则不敢这么露骨，柯南·道尔或许会惋惜，一个像吉姆·布朗纳这样含冤受屈的人竟要被绞死。但他并没这么说，也没有说明布朗纳被捕后的命运。1917年，受整个社会"波西米亚"思潮的影响，福尔摩斯和华生所遵守的严格传统也放松了下来。

《硬纸盒子》中对于华生思绪的推理是这个故事集里对贝尔推理技术的唯一完整展示。故事里有了和案情相关的推理，虽然有些罪犯一些不明智的举动帮了福尔摩斯的忙：《恶魔之足》中斯顿代尔医生不知为何把自己花园的碎石搬来，去砸神父住所的窗户；《红圈会》里，热纳罗向自己发信号"当心，有危险"，然后暴露了自己的密码，之前他为了躲避危险藏匿了两个星期。新故事集也不会再让委托人或是追捕到的凶手叙说充斥着大量难记名字的冗长故事了。故事中的推理元素增多了，比如《藤庄》和《布鲁斯-帕廷顿计划》，但更令人惊喜的是福尔摩斯和华生角色自身的展开。福尔摩斯的孤高自负在《弗朗西丝·卡法克斯女士的失踪》里达到了顶峰：

曼德拉草在中世纪时被认为有魔力，柯南·道尔在《恶魔之足》里写的有毒根茎，可能就是以此为灵感的

况且，一般情况下，我最好不要出国。苏格兰场没有了我会感到寂寞的，还会在犯罪分子中引发不利的冲动。

在《临终的侦探》里，有的批评人会抱怨说推理内容太少，但这个故事应该被当作喜剧来欣赏。很明显，福尔摩斯并没有生病，所以大可把他神经错乱的胡话当作乐趣来享受。看到这么个聪明绝顶的人嘟囔着牡蛎在海底繁殖，并催促着华生用他怀表口袋里的半克朗硬币来平衡装在裤袋里的零钱。

华生在《血字的研究》里提到福尔摩斯会木剑术（singlestick），而福尔摩斯在《显贵的主顾》中才首次一显身手。

华生和福尔摩斯之间的真挚感情也渐渐深厚起来，在《恶魔之足》里，华生让他们俩从危险中脱身，把他们之间的情谊推向高潮。福尔摩斯沉着果毅，很快就转而嘲讽自己用致命的有毒植物根茎做实验太疯狂了。在这个故事里，柯南·道尔还把如画的风景扭曲成了险恶的阴谋，将海湾变成了船只沉没的"邪恶之地"。

故事的标题把福尔摩斯不幸卷入了主战的言论风波。柯南·道尔过于天真，认为德国皇帝就像俾斯麦一样，发动战争是为了进一步达到其险恶的目的。然而更天真的是，柯南·道尔仍旧对眼下的战争保持与对待布尔战争一样的乐观心态。他像鲁伯特·布鲁克[①]一样狂热，相信佛兰德斯的污泥和鲜血是一场洗礼，使英国重焕生机。不过令人欣喜的是，福尔摩斯因为追回了布鲁斯-帕廷顿计划而获得了维多利亚女王嘉奖的绿宝石领带别针。

福尔摩斯探案集

最后的 12 个冒险故事比较混杂。对战争厌倦的公众可能已经接受了《最后的致意》采用的第三人称叙述角度，故事里福尔摩斯英勇地挫败了普鲁士的阴谋家及其爱尔兰裔美国同谋的阴险行动。但故事缺少了华生满怀崇敬的讲述作为映衬。《王冠宝石案》中出现的重复情节也不讨好，即使侍者比利大赞使用半身像来冒充真人是超前的做法，"窗边假人福尔摩斯"的再现也显得乏味。其他的细节的真实性也值得怀疑，我们并不需要成为一个资深福尔摩斯迷也能知道，1903 年前奥芬巴赫[②]的《船歌》根本没有无伴奏小提琴独奏的录音碟：于是在默顿和西尔维厄斯谈话被偷听的时候，《船歌》的碟片持续播放了五分多钟这种情况是不可能出现的。学者指出，贝克街那时候没有带圆肚窗的房子，我们也不觉得惊奇。柯南·道尔描写的建筑物荒

---

① 鲁伯特·布鲁克（Ruper Brooke，1887—1915），英国空想主义派诗人，在一战期间创作了大量诗歌，代表作是《士兵》。

② 奥芬巴赫（Jacques Offerbach，1819—1880），浪漫主义时期的德籍法裔作曲家、大提琴家和指挥家，创作了近 100 部歌剧，对后来的轻歌剧作曲家产生了巨大的影响。

诞不经，卧室的门居然在帘子后面，通向客厅的飘窗。

由福尔摩斯叙述的两个故事差不多一样乏善可陈。《皮肤变白的军人》里，一个在麻风病人的床上睡了一夜的人，侥幸只感染了症状类似麻风病的另一种皮肤病，这实在是太荒唐了。

柯南·道尔不着意于细节，所以故事发生的时候华生还是已婚的状态，而他却随意地把时间写成 1903 年。因此，福尔摩斯迷也乐得猜想这位善良的医生有再婚行为。

《狮鬃毛》则稍有改善。我们可以不计较氰水母实际上并没故事所写的那么危险。我们可以原谅柯南·道尔和福尔摩斯，他们都被 J. G. 伍德的著作《野外见闻》里夸大其词的描述误导了。但福尔摩斯从未怀疑过是某种海洋动物伤到了麦克弗森，导致他心脏病发作。为什么呢？因为麦克弗森没有把衣服穿齐整，一把抓起毛巾而没有用来擦干身体，所以福尔摩斯就认为他没下水。然而，这些证据后来证明了麦克弗森在水里与一只危险的水母搏斗过，但没把头发弄湿。

故事集最大的弱点其实是语言问题。作者不仅使用了大量的"咳……"，令对话显得乏力，还用了不少 20 世纪 20 年代的俚语和粗俗语言。"金库劫匪"（yeggman）一词是在 1903 年后流行的美国俚语，指撬开保险柜的盗贼，而福尔摩斯在 1903 年前使用这个词就很奇怪了。

柯南·道尔要把福尔摩斯塑造成一个智者，而年代感前所未有的错乱，使福尔摩斯的嘲讽挪揄不再简洁得当。对华生习惯性的调侃变得非常粗鲁：在《三个同姓人》里他发现"犁（plow）"一词拼错了，就对华生说："噢，你注意到了，对吧？很好，华生，你一直在进步。"

在《三角墙山庄》里，福尔摩斯变成了自作聪明、满嘴嘲讽且排外的讨厌鬼，就像斗牛犬德拉蒙德[①]、贝里·普雷戴尔[②]和"圣徒"[③]一样。他挖苦苏珊·斯托克代尔

---

① 斗牛犬德拉蒙德（Bulldog Drummond），英国侦探小说虚构角色，1920 年在同名小说中首次登场。创作者是 H. C. 麦克尼尔（Herman Cyril McNeile，1888—1937），以笔名"工兵"（Sapper）发表系列小说。麦克尼尔去世后，由杰拉德·费尔利（Gerard Fairlie，1899—1983）续写。小说曾改编成舞台、电影、广播、电视和漫画等形式。

② 贝里·普雷戴尔（Berry Pleydell），英国小说家唐福德·叶芝（Dornford Yates，1885—1960）半自传系列小说《贝里之书》中的主角。

③ 西蒙·坦普勒（Simon Templar），绰号"圣徒"，是英籍华裔小说家、编剧莱斯利·查特里斯（Leslie Charteris Bowyer-Yin，1907—1993）创作的系列冒险小说《圣徒》（The Saint）的主角，是一个罗宾汉式的英雄，会在犯罪现场留下名片，上面画着头顶光环的简笔画小人。作品曾改编成电影、电视剧、广播剧、漫画等形式。

暗中侦查失败，言辞狠戾："苏珊，气喘吁吁的人可能活不长，你知道的。撒谎也是件坏事。"

福尔摩斯对史蒂夫·迪克西的嘲讽带着种族主义的歧视，让人厌恶。此外，柯南·道尔通过华生的口说黑人拳击手是"野蛮人"，还说他的嘴唇"可怕"，仅仅是因为黑人的嘴唇厚。这样的行为过于卑劣，即使是柯南·道尔和福尔摩斯最忠实的拥趸也无法替他们辩解了。

《爬行人》类似于《化身博士》，故事光怪陆离，灵感来源于塞尔日·沃罗诺夫[①] 在法国做的实验，他把动物的腺体移植到人类身上。庸医约翰·布林克利（John Brinkley）已经在堪萨斯

《苏塞克斯的吸血鬼》首次刊登在《海滨杂志》1924年1月刊上

兜售这种"复健疗法"了。柯南·道尔听闻了关于科赫[②]的结核菌素的无稽之谈，便再一次揭露了伪科学，虽然柯南·道尔写的老教授举止变得像猴子，但这也是毫无科学依据的。

《显贵的主顾》里暗中提到了现实生活中的爱德华七世，故事的高潮格外残酷，柯南·道尔撕开了一个满心算计的流氓的伪装。而这位勇敢的作家做得稍稍过分了些，尤其是说一个大腹便便的人是忠实而且有骑士风度的。

---

① 塞尔日·沃罗诺夫（Serge Voronoff，1866—1951），俄裔法国外科医生，将猴子的腺体组织移植到人类身上以"恢复青春"，一时声名鹊起。这项技术受到学界质疑，认为移植手术的"效果"只是安慰剂效应。

② 罗伯特·科赫（Robert Koch，1843—1910），德国医生和细菌学家，病原细菌学的奠基人，首次证明了特定的微生物是特定疾病的病原。1882年科赫发现了引起肺结核的病原菌，1905年获得诺贝尔生理学及医学奖。

尽管我们有这样那样的怨言，但我们还是要说《雷神桥之谜》是佳作：也许这是首个重点由"凶手是谁"转向了"如何行凶的"，而凶手和被害人也产生了翻天覆地的变化。《戴面纱的房客》虽不受一些推理爱好者喜欢，但也不失为一篇成功的催泪小说。《三个同姓》可称得上是虚假雇佣案里最精彩的，之前类似的情节还出现在《红发会》和《证券经纪人的书记员》里。《肖斯科姆别墅》是刊载在《海滨杂志》上的最后一个故事，而《退休的颜料商》也是系列故事的尾声，这两个故事都为系列故事画上了圆满的句号。《苏塞克斯的吸血鬼》里的罗伯特·弗格森对自己孩子肉麻的吹嘘，与打橄榄球时的男子气概形成了对比。这样解释了为什么他残疾的大儿子会有如此的恶行。这样的情节设置技巧弥补了柯南·道尔在使用美国和其他时下俚语上的不足。

插画和插画师

福尔摩斯的第一版肖像画就是个彻头彻尾的灾难：画中人绝不是福尔摩斯！查尔斯·阿尔塔蒙特·道尔受邀来为《血字的研究》第一版图书画插图，但他把福尔摩斯画成了他自己的模样！画里的福尔摩斯长着柔软的胡子，头发油亮，身着长礼服和考究的马甲，打着时髦的宽领结，懒洋洋地斜倚在椅子上。或许这时候查尔斯·道尔酗酒的恶习已经把他逼进了精神病院，他个人的放纵形象与福尔摩斯毫无关系，对呈现故事也没有帮助。后来者画的福尔摩斯插图即使再不济，也比查尔斯画的要好。

事实上，下一位接手的插画师乔治·哈钦森（George Hutchinson）也是糟糕得无可救药。他为第三版《血字的研究》画的插图是今天最经常被再版的版本，所以他所画的福尔摩斯和华生在圣巴塞洛缪化学实验室初次见面的低劣插图便构成了读者对福尔摩斯的第一印象。这印象该多差啊！他面带得意的笑容，走过去迎接两个游荡到他实验室里的人。他的额发朝上梳成一小缕，看起来奸诈狡猾，别扭地指着左手里的试管。这并不是我们今天所熟知的夏洛克·福尔摩斯。

后来，哈钦森决定要让我们见识到一个实干家，于是我们就看到了福尔摩斯和雷斯垂德像"猎鹿犬"一样向杰弗森·霍普扑去。福尔摩斯的额发依旧向上支棱着，如果哈钦森继续画福尔摩斯，这个发型将成为他的标志性特征。柯南·道尔经常着重写到的"鹰钩鼻"被画得很大，像雷斯垂德的警笛一般厚实粗糙。书中的福尔摩斯身材瘦削，使身高六英尺多的他看起来比实际要高，但在插图里看不出这一点。因为雷斯垂德"身材矮小"，那么画里的福尔摩斯则是看起来比书里还矮了。我们还看到杰弗森·霍普是曲着腿的，他头也不回地背对窗户，要向后把身体倾出去。从这里看出来，杰弗森身高接近七英尺了。

其他角色的插图也是拙劣之作。伊诺克·德雷贝尔看起来像面目可怕的人偶头锡质存钱罐，用咧着的嘴吞下硬币。费里尔和霍普长着滑稽的大鼻子，还长着漫画人物一样的腮须和小胡子，仿佛在月光照耀的时候就会睁大眼睛瞪着彼此。但我们还是要铭记乔治·哈钦森，是他创造了福尔摩斯唯一一个不变的外形特点，就是佩戴在领子下面的领结。但哈钦森背离原著的创作也给了另一位更优秀的艺术家机会，在他画笔下诞生了经典的福尔摩斯形象。

彼时西德尼·佩吉特尚未成名，也还未开始描画福尔摩斯的面庞，A. 特怀德（A. Twidle）就通过凹版印刷将《四签名》里晦暗的浪漫元素呈现出来。而《海滨杂志》也正好愿意使用这种方法来批量印制插图。西德尼·佩吉特和后来的插画家的作品都用凹版印刷，让福尔摩斯的肖像和案件的插画看起来更像照片，而不是漫画。西德尼很幸运地获得了这个机会，原本应该是由哥哥沃尔特（Walter）来承担的这项工作，后来却阴差阳错地交到了他手上。沃尔特为这个错误而沮丧的原因还有一个：他相貌英俊，西德尼以他为原型画了青年福尔摩斯，所以有时候他走在路上会被认出来，十分尴尬。他的头发很卷曲，很容易让人联想起哈钦森画的额发竖起的福尔摩斯。而他两鬓开始后移的发际线也是福尔摩斯睿智的象征。查尔斯·道尔笔下的宽松长礼服和修身马甲被保留下来，但哈钦森所画的领结出现在了每幅能看到福尔摩斯的领子的画里。佩吉特画了一幅迈克罗夫特的画像，余下的则是弗兰克·威尔斯（Frank Wiles）画的，从中我们可以看到福尔摩斯家族惯有的着装风格。著名的猎鹿帽和长风衣出现在《博斯科姆比溪谷秘案》里，而这一身打扮在福尔摩斯与华生的一次火车之旅中首次出现，他们坐在最喜欢的头等座车厢，后来他们乘车前往巴斯克维尔庄园的时候也挺享受乘坐火车的感觉。

有时候佩吉特把福尔摩斯的目光画得没有"穿透力"，显得像只浣熊（比如《住院的病人》的插图），但总的来说，他将福尔摩斯画得活灵活现，令人过目难忘。冒

The Second Stain

The Solitary Cyclist

The Dancing Men

The Hound of the Baskervilles

The Speckled Band

The Reigate Squire

The Boscombe Valley Mystery

The Red-Headed League

The Norwood Builder

The Abbey Grange

The Final Problem

The Bruce-Partington Plans

险故事被画得惊心动魄，但不过分。有时候不免夸张，但少有荒诞之感。插画展现了远离中产阶级舒适生活的故事，然而也没有过多的枪林弹雨，福尔摩斯和华生也不经常跑得筋疲力尽。即使是伦敦东区鸦片馆这样危险的地方也不像多雷①的版画那样惊心动魄。

佩吉特之后的画家忠实地追随着他的足迹。这个外表精致、下颌方正、发际线平直且后退的侦探成了辩识度很高的形象。在吉列特将福尔摩斯搬上舞台后，晨衣造型就成了必需，显得整个人像个爱挑剔的病秧子。吉列特和霍华德·埃尔科克（Howard Elcock）的作品把故事背景设定在 20 世纪 20 年代，完全无视书里写的故事是发生在 1903 年前，使角色打破了年代的局限。当然，一些惊悚故事的插图内画着晕倒或是被反派施加暴力的女人，让福尔摩斯看起来像詹姆斯·邦德的前身，以此增加情趣。

弗兰克·威尔斯是佩吉特的最佳传承者，他在《肖斯科姆别墅》的插图中重现了猎鹿帽，这还是在佩吉特逝世后的第一次。至此，《海滨杂志》的福尔摩斯插图总算令人满意了，帽子和领结也准确无误。

---

① 古斯塔夫·多雷（Gustave Doré，1832—1883），法国著名版画家。他为拉伯雷、巴尔扎克、但丁、弥尔顿、塞万提斯等名家名作以及《圣经》创作的版画插图，以光感强烈、线条精美、层次分明、气势宏大而闻名于世。

左页：西德尼·佩吉特绘制的插图，
呈现了福尔摩斯职业生涯的 12 个瞬间

第四章

侦探和罪犯

"侦探"这个名词在柯南·道尔出生三年前才出现。牛津英语词典最早出现这个词条是援引 1856 年的雷吉斯特年鉴（Annual Register）中的内容，词义是"以破解疑难案件为职业的人"。

"侦探"作为形容词（基本上用在词组"侦探警察"中）的出现时间还要再早 15 年，那时候苏格兰场成立了一个警察小组，专门追查狡猾的罪犯。几乎在同一时间，年轻的爱伦·平克顿被雇为芝加哥首名警探，后来他成立了第一个也是最伟大的私家侦探事务所。

所以侦探这个概念在夏洛克·福尔摩斯问世的时候还是崭新的。查尔斯·狄更斯在 1850 年的《家常话》（*Household Words*）杂志里还撰文赞扬苏格兰场的侦探分队。狄更斯的小说《荒凉山庄》（1850 年）里精明的巴克特探长（Inspector Bucket）以及威尔基·柯林斯的小说《月亮宝石》（1868 年）里的卡夫警官（Sergeant Cuff）让读者称奇，而大家不知道这些角色的原型其实就是城市里真实的警察。大家也不知道，侦探的工作通常就是去追捕显而易见的嫌疑人，与巴克特探长和卡夫警官那样精妙的推理与乔装相去甚远。

1887 年的私家侦探几乎是份见不得光的工作，即使为人所知，也会遭到鄙视。大家会认为他们的工作就是搜罗肮脏丑闻，以利于民事律师辩护，或者是充当

左页：19 世纪晚期，一队着装整齐的警察在伦敦一家理发店外集合

几近声名狼藉的公司的保镖。人们在不久前还觉得没必要雇用私家侦探，因为大家觉得如果有需要，雇经验丰富的警察就行了。比如《荒凉山庄》里的莱切斯特·戴德洛克爵士雇巴克特去追踪逃走的妻子；历史上还有一个住在白教堂的穷苦女人安妮·布顿（Annie Burton），花了几个便士去请私家侦探利亚（Lea）查找盗尸家族在1831年杀害她孙女的证据。

当福尔摩斯故事第一次出版成书的时候，《海滨杂志》上的一个私家侦探事务所被《新闻晚报》雇用去追捕开膛手杰克。勒格兰德先生和同事巴切勒先生找到一个水果贩子，他把葡萄卖给了一个男人，而与那个男人同行的就是被开膛手杰克杀害的人。

此外，他们还在凶杀现场附近的水沟里发现了葡萄梗。他们没能抓住开膛手杰克，但《新闻晚报》用此事来谴责苏格兰场无能。六年后，苏格兰场负责调查开膛手杰克案的警员加入了平克顿事务所，负责守护蒙特卡洛的赌场。调查开膛手杰克凶杀案的特别分队负责人后来成为私家侦探，经手的都是一些下三滥勾当，比如聚集起一些男妓来帮昆斯伯里侯爵[①]诋毁奥斯卡·王尔德。这些都不可与夏洛克·福尔摩斯高尚的义举相提并论。

苏格兰场

这是英语世界国家里最有名的警察总部，同时也是福尔摩斯鄙视的对象。其名字来源于大苏格兰场，位于白厅[②]一个幽暗的角落，1829年罗伯特·皮尔爵士[③]的新警察队伍在那里建立了委员会办公室。到1887年时，这个地方太小而无法容纳不

---

① 昆斯伯里侯爵（Marquis of Queensberry）是苏格兰贵族的头衔。1895年，第九任昆斯伯里侯爵在王尔德的俱乐部留下卡片，讽刺王尔德是同性恋。王尔德以诽谤罪起诉昆斯伯里。昆斯伯里的律师雇用了私家侦探寻找王尔德同性恋的证据。王尔德败诉，更被控有伤风化而被捕入狱。

② 白厅（WhiteHall），英国伦敦市内的一条街道，是国防部、外交部、内政部、海军部等政府机关所在地，因此"白厅"成为英国行政部门的代称。

③ 罗伯特·皮尔爵士（Sir Robert Peel，1788—1850），英国政治家，曾担任首相，英国保守党的创建人。1829年，时任英国内政部长的罗伯特·皮尔促使议会通过了《大伦敦警察法》，建立了"大伦敦警察厅"，标志着近代警察制度的建立。在英国俚语中，罗伯特的昵称"鲍比"（Bobby）被来称呼警察。

断扩大的队伍，于是便计划在白厅的另一头建造一座新的建筑。这座"新苏格兰场"由诺尔曼·肖[1]设计，是一座气派的条纹砖建筑。当时这座楼受到非议，因为1888年建楼时，在地基里发现一位遇害女子的遗体[2]，彼时正是开膛手杰克最为嚣张之时。

芬尼亚党人爆炸袭击、悬而未决的开膛手案件和1388年的碎尸谋杀，这一切点燃了民众对于伦敦警察的怒火。1877年闹出了一起丑闻，三个高级警探因为做一个骗子的鹰犬而被判服苦役三年[3]。1872年，警方枉顾证据，错捕了大克拉姆街凶杀案[4]的凶手，闹了天大的笑话。聪明的威切尔警长[5]是威尔基·柯林斯笔下卡夫警长的原型，他由于没查出1850年小男孩弗朗西斯·萨维尔·肯特的遇害案[6]而声名扫地。然而五年后威切尔第一个怀疑对象、男孩的姐姐康丝坦斯供认了自己的罪行，被判处无期徒刑。在福尔摩斯被创造出来的时候，英国刑事调查局的探长阿道弗斯·威廉姆森[7]被记者无礼地贬成过时的老古董，所以他在1889年的时候就感到疲惫和失望了。如老鹰一般的福尔摩斯在公众眼里自然比过往的同行形象好。

福尔摩斯对警方的第一次责难，是说他们像水牛一样踩踏劳里斯顿花园的小径，觉得第一个到达的警察没有严肃对待犯罪现场。在开膛手杰克大肆杀人的时候，警方

---

① 诺尔曼·肖（Norman Shaw，1831—1912），苏格兰建筑师。

② 此案被称为"白厅之谜"（WhiteHall Mystery）。1888年，在伦敦市中心的三个不同地点发现了一名女子被肢解的遗骸，其中包括建设中的新苏格兰场。死者的身份始终无法辨识，成为悬案。

③ 1877年，有高级警探被控与犯罪分子合谋进行赌博活动。为修复警队受损的声誉，苏格兰场被重组。

④ 大克拉姆街凶杀案（Great Coram Street Murder），受害者是一名舞女，租住在大克拉姆街。1872年的平安夜，她和一个男人深夜回家。第二天，那人独自离开。房东去检查时，发现女租客已死，喉咙被割破。警方怀疑一名德国船员有作案嫌疑，但此人有不在场证明。

⑤ 乔纳森·杰克·威切尔（Jonathan Jack Whicher，1814—1881），1842年苏格兰场成立的新侦探分局最初8名成员之一。

⑥ 1860年6月29日，英格兰威尔特郡一所乡间别墅里，3岁的小男孩弗朗西斯·萨维尔·肯特（Francis Saville Kent）被人从保姆卧室带走，次日早上，遭割喉的小男孩尸体在花园的厕所里被发现。地方探员发现了一件沾满血迹的睡衣，但在调查期间这件重要证物遗失。威切尔作为当时苏格兰场最资深的警探，被派去调查此案。案件受到了全国媒体的关注。威切尔将他的调查集中在死者16岁的异母姐姐康丝坦斯·肯特（Constance Kent）身上。她于7月16日被捕，但作为重要证物的睡衣一直没有找到。由于缺乏证据，加上舆论对"上流社会的年轻小姐"的同情偏袒，指控被撤销。威切尔因为未能破案而被视作失败者。5年之后，康丝坦斯向一名牧师忏悔了自己的罪行，并在法庭上认罪。她被判死刑，因年纪小以及自首而改判无期。服刑20年后，于1885年获释。这一案件被称为"乡间别墅谋杀案"（Road Hill House Murder），后世不少侦探小说以此案为灵感。

⑦ 阿道弗斯·威廉姆森（Adolphus Williamson，1830—1889），英国伦敦警察厅侦缉处的首长，也是侦缉处的后继机构刑事调查局（CID）的第一任首长。

颁布了新的规章，因为在杰克的第一桩杀人案例中，血迹的量和位置都极其重要，但是被警察大意地忽略并用水冲掉了。新规定要求第一个到达的警察必须守在尸体旁边，确保在支援力量到来前尸体不被破坏。但也就是因为这个规定，1891年一个警察发现弗朗西斯·科尔斯陈尸于铁路桥下[①]，却不能顺着脚步声追击那个割喉凶手，令他终身抱憾。

福尔摩斯的一个奇异之处在于他使用苏格兰场的传统技巧——虽然福尔摩斯看不起官方的探员。侦查部门成立于1842年，起因是警方耗费两周才找到杀人犯丹尼尔·古德[②]，引起了众怒。警察从帕特尼一路追到了斯塔皮福德，有的还脱去制服，装扮成当地商人去暗访。一个永久的便衣小组就这样成立了，而狄更斯笔下巴克特[③]的原型费尔德探长[④]就很乐于稍作乔装或是假造身份去查案，就像巴克特一样。福尔摩斯多次使用乔装或欺骗来暗中获取信息。苏格兰场的警察们就笨拙多了，他们永远都顽固地单刀直入，即使当时的侦探乔装作各式人物——包括穿女装——去追捕白教堂的杀人凶手已经不足为奇。

夏洛克还使用一个更加古老的警方的技巧，那就是收集犯罪分子的资料。这项技巧甚至比伦敦警察出现得还早。从前，抢劫发生后人们会找弓街巡逻员[⑤]。在身着制服的伦敦警察组建后的几年里，这些巡逻队的成员被雇作侦探，他们主要依靠的是自己对于职业犯罪分子的了解。他们和所有成功的警察一样，熟悉那个时期匪盗的作案手法。他们去结交那些卑鄙的寻衅滋事之人，从他们那里打听黑道上的传闻。巴克特探长对潜在的通风报信的人既熟知又冷漠，今天的英国刑事调查局也是一样。受教育程度更高的福尔摩斯更善待欣韦尔·约翰森或者我们所猜想的"波洛克"。

---

① 1891年11月13日凌晨2点15分，一名警察在铁路拱桥下发现一名被割喉的女子，身体还有余温，同时听到有人离开的脚步声。媒体认为死者弗朗西斯·科尔斯（Frances Coles）是开膛手杰克的"白教堂谋杀案"最后一个受害者。

② 1842年，伦敦一名马车夫丹尼尔·古德（Daniel Good）谋杀妻子后藏尸马厩。当警方调查一宗盗窃案时在马厩发现尸体，古德将探员锁在马厩后逃脱。他在外地被抓获后被判谋杀罪，公开处以绞刑。

③ 巴克特（Bucket）是狄更斯的长篇小说《荒凉山庄》中的角色，英美文学史上第一次出现的侦探形象。

④ 查尔斯·弗雷德里克·菲尔德（Charles Frederick Field，1805—1874）原是苏格兰场的一名警官，退休后成为私家侦探，与狄更斯是好友关系，并作为《荒凉山庄》巴克特探长的原型而广为人知。

⑤ 弓街巡逻员（Bow Street runners），伦敦第一支专业警察队伍，于1749年建立，1839年解散。

闻名世界的警察总部苏格兰场，绘于 1808 年

　　福尔摩斯对脚印很着迷，这也是警察所不屑的。20 世纪初两宗有名的案件因为发现凶手靴子里特别的趾甲而出现转机：

　　因为一个牧羊男孩的细致观察，威利·华生（Willie Watson）被送上了绞刑架——巴登·鲍威尔[1]对一代代童子军讲着这个案子。而令人愤慨的是，亚伯拉罕·桑顿的罪名被洗清了，即使他的靴子的鞋印和谋杀玛丽·阿什福德的凶手留下的鞋印一样[2]。有人写信给《泰晤士报》指出指纹和脚印一样，也是有力的证据，而

----

① 巴登·鲍威尔（Robert Baden-Powell，1857—1941），英国陆军军官、作家，童子军协会的创始人。

② 阿什福德—桑顿案（Ashford v Thornton），1817 年，英国沃里克郡，亚伯拉罕·桑顿（Abraham Thornton）被指控谋杀玛丽·阿什福德（Mary Ashford）。他们在舞会上相遇，一起散步。第二天早上，玛丽被发现淹死在一个水池里。对近田野发现的足印显示，有一男一女一起走到水池边，而只有男子独自返回。桑顿被逮捕审讯，承认凶案发生前一晚与玛丽发生过关系。舆论普遍认为桑顿就是凶手，但有很多人提供了不在场证明，他被判无罪释放。阿什福德的家人提出上诉。桑顿被带到伦敦受审，经过多轮抗辩后再次无罪释放。

康丝坦斯·肯特承认自己在 1865 年杀了弗朗西斯·肯特，被判处无期徒刑

当时福尔摩斯的故事已经在报刊亭有售，但还没有登上《海滨杂志》。

1905 年后警方开始采集指纹，大大改进了破案工作，苏格兰场很快就和福尔摩斯一样美名远扬，受人尊敬了。柯南·道尔显然是观察到了这个趋势，《恐怖谷》里的麦克唐纳探长就是刑事侦查局里最通情达理的人。《探案集》中没有提到过苏格兰场，只写到考文垂警官见到福尔摩斯奉命来雷神桥，感到很满意。并不是因为福尔摩斯技高一筹，而是案件告破后苏格兰场会揽下所有功劳，而与当地警方毫无关系。《三角墙山庄》中一个未具名的探长，是写在一战后的故事里唯一一个被福尔摩斯贬低过的警察。警察局长助理梅尔维尔·麦克诺顿[①] 的回忆录、阿瑟·格里菲斯少校[②] 和 H. L. 亚当[③] 赞美警方的书籍都令警方重获尊敬。机动小队[④]，伯纳德·史皮尔斯布里爵士[⑤]，以及克里平[⑥]、布朗和肯尼迪等一系列悬案告破，这一切让苏格兰场不再像 1887 年"多利"威廉姆斯领导的刑事调查局那么无能了。

福尔摩斯和真实案件

　　柯南·道尔在写作《血字的研究》时情绪高涨，因为他在作品里戏仿了《每日电讯报》《标准报》和《新闻晚报》的社论。《每日电讯报》利用德布雷谋杀案制造了一点对国外社会主义党人的恐惧；《标准报》批评自由党政府日渐衰落；《新闻晚报》抨击欧洲大陆国家的反自由主义，将原本善良的公民迫害成暴力的罪犯。

　　这种把牵涉外国人的悬案政治化是有先例的。1854 年，一个名叫伊曼纽尔·巴塞雷米（Emmanuel Barthelemy）的法国机械师和一个不知名的年轻女子从托特纳姆宫路前往沃伦街，去拜访一个由他帮助维护器械的苏打水制造商。不到半个小时后，

---

　　① 梅尔维尔·麦克诺顿（Melville Macnaghten，1853—1921），1903 年至 1913 年担任伦敦警察局助理局长。1914 年发表回忆录《我的岁月》（Days of My Years）。他曾向媒体宣称自己已经知道"开膛手杰克"的真实身份但拒绝公之于众。
　　② 阿瑟·格里菲斯（Arthur Joseph Griffith，1871—1922），爱尔兰作家、报纸编辑和政治家，他创立了新芬党，于 1922 年 1 月出任爱尔兰总统。
　　③ H. L. 亚当（Hargrave Lee Adam），20 世纪早期一位罪案作家。
　　④ 机动小队（Flying Squad），伦敦警察局严重有组织犯罪司令部的一个分支，调查商业武装和非武装抢劫，以及预防和调查其他使用武器的严重罪行。1919 年 10 月，温斯利（Wensley）探长在苏格兰场召集 12 名探员组成了这支队伍。该小组最初被命名为"流动巡逻实验"，对已知的强盗和扒手进行监视并收集情报。
　　⑤ 伯纳德·史皮尔斯布里（Bernard Henry Spilsbury，1877—1947），英国病理学家，通过精确的尸检，协助侦破了很多重大案件，而此前英国警方没有进行尸检。他和苏格兰场的工作人员一起设计了侦查可疑死亡现场时使用的"凶杀包"，里面装有塑料手套、镊子、证物袋等。
　　⑥ 克里平（Crippen）案：1910 年，一位美国耳眼科医生克里平在英国毒杀并肢解了他的妻子——一位英国歌舞女郎。他和情人一起逃离英国，乘船逃往加拿大，船长从报纸上认出他并通过电报报警。他被抓获后在伦敦被处以绞刑。他是第一个通过无线电报被捕的罪犯。

制造商摩尔（Moore）先生被灌铅的防身棍打得血肉淋漓，又被开枪射死。那个年轻女子不见踪影，巴塞雷米在杀了一个试图阻止他逃跑的人后被擒，在他身上发现了一把手枪、一把匕首和两张去往汉堡的船票。

在今天看来，这个谜题需要福尔摩斯去解开。年轻女人的身份和巴塞雷米去汉堡的动机始终成谜。争吵的原因也不得而知：巴塞雷米的律师激动地辩解，其实那根防身棍是摩尔先生的，可能是他先要取那个年轻的法国人的性命，然后对方出于自卫才反击。虽然陪审团建议宽大处理，但巴塞雷米还是被施以绞刑。

然而这个案件完结后，人们还在琢磨着欧洲大陆的政治。巴塞雷米是个政治难民，1839 年，他在布雷斯特杀了一个警察，因为那人开枪杀死了几个年轻的共和党人。1853 年，他在埃格姆决斗，杀死了一个法国人。从表面看来，这事因一个年轻女子而起。但详细证据显示，有人密谋杀害巴塞雷米，因为给他的枪被故意堵上了。一年之内，另一个年轻女子又把巴塞雷米卷入了麻烦，然后他计划前往汉堡——共和党人和社会主义党人的聚集地。

柯南·道尔在世的时候，英国人惧怕海外的异见者和他们粗暴的秉性。当第一批福尔摩斯的读者还在品味着故事的时候，伦敦警方已经怀疑开膛手杰克的凶杀案是为了让人对外来的社会民主党人产生疑心！而无政府主义催生的政治恐怖则被用来助长这种焦虑。

1910 年的亨德斯蒂奇街谋杀案就是涉及政治的经典案件，一个俄罗斯社会主义党人去"解放"一个珠宝店，然后杀死了三个警察。不过那时柯南·道尔已经把目光转向了美洲的暴力组织。

柯南·道尔笔下《每日电讯报》的指挥者故意夸大克莫拉①——一个类似西西里黑手党的意大利秘密组织。他还夸大描述了"德国秘密法庭"（German Vehmgericht，持不同政见的社会主义党人），还有 17 世纪的放荡女子兼赌徒德·布兰维利耶侯爵夫人②，她下毒杀害了很多家人和朋友。年轻的柯南·道尔被她的性感所打动：

---

① 克莫拉（Camorra），意大利一个黑手党式的犯罪集团，起源于坎帕尼亚地区及其首都那不勒斯。

② 德·布兰维利耶侯爵夫人（Marquise de Brinvilliers，1630—1676），法国贵族，被控三起谋杀案而被公开处死。她被指控于 1666 年与情人合谋毒害她的父亲，其后为了独占遗产，于 1670 年毒死了她的两个弟弟。传言她为了试验毒药效果，毒杀了大量的慈善医院病人，但并没有因此受指控。她被逮捕后拒绝认罪，法国警方为取得口供，对她施行"水刑"，即反复往她的口中灌入大量水。

17世纪时，玛丽·麦德林·马奎斯·德·布林威尔斯在下毒杀死家人后被捕

他写的一个鬼故事里就出现过这个女人的鬼魂，她被严刑逼供。柯南·道尔把这个场景写得颇具施虐倾向，特别描写了女士的哪个部位可以容纳最多的水（当然是嘴巴）。

八卦报纸对一个臭名昭著的案子津津乐道，也就是 1811 年的拉特克利夫公路谋杀案 [①]。这个案子令人久久不能忘记，它让伦敦第一次陷入异常的恐慌。一伙残忍的匪徒趁两家人熟睡时割开了他们的喉咙，于是全城居民都尽全力自卫。柯南·道尔去迪克伯伯家过圣诞节的时候，参观了蜡像馆的恐怖屋，他看得兴趣盎然，但他并不熟知 19 世纪的犯罪重案。一个受过良好训练的苏格兰医生自然知道 1865 年在格拉斯哥（Glasgow）被绞死的普理查德（Pritchard），他毒死了自己的妻子和岳母。但

---

① 拉特克利夫公路谋杀案（Ratcliff Highway Murders），1811 年 12 月，发生在伦敦沃平区（Wapping），两个家庭遭到恶性袭击，相隔仅 12 天，造成 7 人死亡。

1811 年的伦敦拉特克利夫街 29 号。这座房子曾是马尔先生的住所和商铺。1811 年 12 月 7 日，他的妻子、襁褓中的孩子、一个学徒和他自己在这里被杀害。图中画在房子下方的是凶器

我们看到福尔摩斯误以为普理查德是医学界翘楚，而普理查德虚荣得令人恶心，他的自吹自擂给诊所造成了永久的伤害，在大学谋求一份职位的尝试更是一败涂地。他假造有名医师的推荐信，然而那些人从没听闻过他的名字。

另一个被福尔摩斯错误赞誉的人是威廉·帕尔默[①]，此人是狄更斯最喜欢的大恶人之一。他是个不合格的堕胎医师、赌徒及浪子。他有 14 个非婚生孩子，几万镑的债务，下手毒死了许多债主和亲属。他手段残忍且明目张胆，以致保险公司都不让他为自己亲近的人买保险。和帕尔默同住一个屋檐下真是件危险的事！他可能除掉了自己的四个非婚生孩子，但没有确凿证据。而他确实杀害了自己的妻子、一个叔叔还有三个债权人。也许他还手刃了自己的岳母、另外一个叔叔，还给一个朋友服下了他调制的马钱子碱白兰地。要将帕尔默绳之以法，无须动用福尔摩斯这样厉害的角色。1855 年，帕尔默为了窃取一个赌友赢来的钱，费尽心思反复给他下药。罗伯特·格雷夫斯[②]企图证

---

① 威廉·帕尔默（William Palmer，1824—1856），英国医生，19 世纪最臭名昭著的谋杀犯之一。狄更斯称之为"老贝利街（伦敦的中央刑事法庭所在地）有史以来最大的恶棍"。帕尔默在 1855 年被判谋杀罪，并于次年被公开处以绞刑。

② 罗伯特·格雷夫斯（Robert Graves，1895—1985），英国著名诗人。1980 年发表小说《他们吊死了我的圣洁的比利》（They Hanged My Saintly Billy），通过采访帕尔默的朋友和敌人来讲述他的一生。

来自谢菲尔德的查尔斯·皮斯是臭名昭著的飞贼和杀人犯

明他是冤枉的，只是他看起来虚荣而愚蠢罢了。

　　福尔摩斯提到的另外两个罪犯是大家所熟悉的。"下毒者怀恩莱特"[①]为获得遗产

---

　　① "下毒者怀恩莱特"全名托马斯·格里菲思·怀恩莱特（Thomas Griffiths Wainewright，1794—1847），英国艺术家、作家和连环杀手嫌疑犯。1837年，他因在英国进行银行诈骗而被流放到澳大利亚，其后以肖像画家身份跻身当地精英阶层。他的经历引起了一些19世纪著名作家的兴趣，被狄更斯写进侦探小说《跟踪追击》（*Hunted Down*）。王尔德评论他的文章题为《钢笔、铅笔和毒药》（1889）。柯南·道尔在《显贵的主顾》中也提到了他，称他为"不卑鄙的艺术家"，但名字的拼写中没有中间的"e"。

而杀死祖父，又因为不愿与岳母同住而杀死了她。他为自己的小姨子买了保险，并将其杀害。1831 年，他利用造假证据幸运地逃脱制裁。更为侥幸的是，他还利用自己在艺术鉴赏方面的一点微末才能吸引了知识分子的兴趣，让他成为王尔德一篇文章的主角。怀恩莱特展现出了王尔德所写的那种没心没肺——假装自己毒死小姨是因为"她的脚踝太粗"，这可能是他所谓的创造力的最好体现。

查尔斯·皮斯[1]是个飞贼，也是个杀人犯，他的蜡像现在还陈列在杜莎夫人蜡像馆里，而行窃工具在苏格兰场的黑色博物馆展出。因为某些原因，这个卑鄙的杀人犯杀死了他那非自愿情人的丈夫，被维多利亚时期的人称作"可爱的流氓"，福尔摩斯则称之为"我的老朋友"。

犯罪界的拿破仑

正如我们所知，柯南·道尔在《恐怖谷》里再写到莫里亚蒂的时候比原先有了很大改进。他是"犯罪界的拿破仑"，"策划了一半的恶行及几乎所有未被发现的犯罪"，却没有赢得马伦戈战役[2]或是奥斯特利茨战役[3]。在《最后一案》里，他也没有展现出"像蜘蛛布网"一样控制所有犯罪的手段。

柯南·道尔在《恐怖谷》中写了一个完美的范本人物。"赏金猎人将军"乔纳森·怀尔德[4]在 18 世纪 20 年代初确实操控了伦敦的犯罪，在此之后没人能统治黑

---

[1] 查尔斯·皮斯（Charles Peace，1832—1879），英国窃贼和杀人犯，小时候在一次工业事故中致残，其后开始了入室行窃的犯罪生涯。在曼彻斯特杀死一名警察后，他逃到他的家乡谢菲尔德，在那里他迷恋上了邻居的妻子，被多次拒绝后射杀了她的丈夫。在悬赏通缉之下，皮斯乔装打扮，四处流窜并继续入室行窃，最终在伦敦被捕，被判以绞刑。他的故事引起许多作家和电影制片人的兴趣。

[2] 1800 年 6 月 14 日，拿破仑战争期间，拿破仑指挥军队与奥地利军队在意大利西部的马伦戈交战，取得第二次反法联盟（俄、英、奥、土）的决定性胜利。

[3] 1805 年 12 月 2 日，第三次反法同盟战争期间，拿破仑指挥法国军队，在捷克奥斯特利茨大胜俄奥联军。因参战方有法兰西帝国皇帝拿破仑·波拿巴、俄罗斯帝国沙皇亚历山大一世、神圣罗马帝国皇帝弗朗茨二世，史称"三皇之战"，是世界战争中的一场著名战役。

[4] 乔纳森·怀尔德（Jonathan Wild，1682—1725），伦敦黑社会人物。当时伦敦罪案泛滥而警力不足，怀尔德黑白两道通吃，操纵法律体系。他管理着一群小偷，保管着他们偷来的赃物，等待报纸通告窃案后，声称他手下的"赏金猎人"（Thief-taker）已经"追回"了赃物，归还失主以获得报酬。

道，直到艾尔·卡彭①完善了约翰尼·托里奥②的将组织犯罪做成一种业务的计划。怀尔德起初是个男妓，后来开始经营妓院，然后又为伦敦腐败的"黑道元帅"查尔斯·希钦斯③服务。二人在赏金猎人工作中结识了盗贼，尔后收受偷盗而来的赃物。怀尔德改进了一下生意的模式，他从不自己处理赃物，所以不会受法律制裁。他开设了一个"失物招领处"，嚣张地把地点选在了老贝利街犯罪法庭对面。被偷盗的人去到他那里，付给他费用让他去向盗贼打听该去何处寻找被盗财物。实际上，那些财物都放在他的仓库里——他并没有把这些东西放进去，也没拿出来。

怀尔德用告密和告发来打败竞争对手。他从一个盗贼那里收集对另一个盗贼不利的信息，假如有人不愿为他效命，他就告发对方。他成了庭审的老面孔，将犯人交给司法审判，假装自己站在法律的一边。他摧毁了城里四个最大的犯罪团伙，因为他们觉得无须与怀尔德合作。他拿着一根王冠杖头的手杖，自诩为赏金猎人将军。在举办市集和假日这样人群聚集的时候，他会带着手杖，向手下的小偷们示意最富有的盗窃对象，抓住那些愚蠢的小工。

然而，1724年他检举了著名的江洋大盗杰克·谢帕德④——他屡次越狱成功，成了最具魅力的犯罪英雄。谢帕德的同伙"蓝皮肤"布莱克⑤想在法庭上置怀尔德于死地，但公众对他还是心存不忍。很快，议会规定出售丢失财物的信息是违法的，"赏金猎人"愚蠢地掉进了《乔纳森·怀尔德法案》的陷阱里。他和其他触犯法案

---

① 艾尔·卡彭（Al Capone，1899—1947），美国黑帮头目。禁酒令期间，在芝加哥从事贩卖私酒、经营赌博等非法活动，行事高调，经常向慈善组织捐款，并操控芝加哥政府选举。他穿定制西服，头戴软呢帽或者巴拿马帽，抽雪茄，佩怀表，后世很多犯罪小说和电影中黑帮头目的经典形象都来源于他。

② 约翰尼·托里奥（John Donato Torrio，1882—1957），出生于意大利的美国黑帮头目，在20世纪20年代建立了犯罪组织"芝加哥帮"（Chicago Outfit），在30年代提出了国家犯罪集团（National Crime Syndicate）的计划。艾尔·卡彭是他的门徒兼继承者。

③ 查尔斯·希钦斯（Charles Hitchen），18世纪早期伦敦的"赏金猎人"和"黑道元帅"（Under-City Marshal），乔纳森·怀尔德起先是他的助手，后来成为他的竞争对手。

④ 杰克·谢帕德（Jack Shephard，1702—1724），18世纪早期伦敦著名的小偷和越狱犯。他出生在一个贫穷的家庭，当过木匠学徒，在1723年开始偷窃和盗窃。因为拒绝为怀尔德服务，他于1724年被逮捕入狱5次，但从监狱中逃出来4次，这段传奇经历使他成为公众人物，在贫民阶层中被视为英雄。

⑤ 原名约瑟夫·布莱克（Joseph Blake，1700—1724），18世纪英国拦路强盗，曾经是怀尔德的手下。1724年，他与杰克·谢泼德合伙行窃。他被逮捕后，在法庭外试图说服出庭作证的怀尔德为他说好话，但被拒绝了。布莱克袭击了怀尔德，持刀割伤了他的喉咙。布莱克和谢帕德先后被处以绞刑。怀尔德受了重伤，好几个星期无法行动，在恢复元气的过程中，失去对犯罪帝国的控制，于1725年被判有罪并处以绞刑。

"犯罪界的拿破仑"莫里亚蒂教授向福尔摩斯告别

的人一样上了绞刑架，但他在《乞丐歌剧》①被写成皮恰姆先生，又被菲尔丁写进了《伟大的乔纳森·怀尔德》里，因而得到了永生。他是莫里亚蒂教授的理想原型：表面上正大光明，实际上主宰着伦敦的盗窃行动。与他为敌就是自寻死路。

由于刑事调查局局长罗伯特·安德森爵士②称亚当·哈利·沃斯③是"犯罪界的拿

---

① 英国诗人、剧作家约翰·盖伊（John Gay，1685—1732）创作的叙事歌剧《乞丐歌剧》（*The Beggar's Opera*，1728），以怀尔德和谢帕德等人的经历为原型。

② 罗伯特·安德森爵士（Sir Robert Anderson，1841—1918），情报官员、神学家和作家，于1888年至1901年担任伦敦警察厅第二助理处长（刑事）。

③ 亚当·哈利·沃斯（Adam Harry Worth，1844—1902），德国出生的美国罪犯，身材矮小，被罗伯特·安德森称为"犯罪界的拿破仑"。

破仑"，他在皮卡迪利19⁸号的奢华公寓是各国盗贼首领聚首的地方，有人坚信他就是莫里亚蒂的原型。安德森的话造成了干扰：1903 年，罗伯特爵士在退休后公开评论了一些有头有脸的罪犯，而 12 年前莫里亚蒂就已经在故事里出现了。在沃斯的鼎盛时期，他确实窝藏了 19 世纪 70 年代大多数抢劫而来的赃物。此外，大众都知道是他从邦德街的阿格纽美术馆偷走了盖恩斯伯勒[①]的作品《德文郡的公爵夫人》。而这次盗窃只是一个复杂敲诈案的一个环节，目的是救出一个犯罪同伙。但沃斯是美国的职业犯罪分子，以抢劫银行起家，与莫里亚蒂截然不同。他富得流油，蒸汽游艇上可以载二十

乔纳森·怀尔德，18 世纪的艾尔·卡彭

多个人。他并不是知识分子，只是一个盗贼，同时也接收赃物。他从没像其他大头目一样控制过黑道，也没被发现染指任何谋杀案。

他的著名化名是 H（ARRY RAYMO）ND，因此认为"莫里亚蒂（Moriarty）"这个名字是用回文构字法造出的想法是站不住脚的。有人认为莫里亚蒂拥有格勒兹的《少女与羔羊》，这影射了沃斯从阿格纽偷画，但这个想法也是荒谬的。柯南·道尔在沃斯偷画后的 40 年才写了莫里亚蒂收藏了格勒兹[②]的画，而且距归还画作的谈判也过去了 16 年，沃斯从这笔交易中只获得了"不提起上诉"的回报。但是，我

---

　① 盖恩斯伯勒（Thomas Gainsborough，1727—1788），英国肖像和风景画家，18 世纪英国风景学派的创始人。

　② 格勒兹（Jean-Baptiste Greuze，1725—1805），法国画家，以肖像画、风俗画和历史画为主。

被盗的盖恩斯伯勒作品《德文郡的公爵夫人》——"犯罪界的拿破仑"亚当·沃斯最有名的犯罪事迹

们也要知道，柯南·道尔告诉朋友格雷·钱德勒·布里格斯（Grey Chandler Briggs）医生，创作莫里亚蒂的时候确实受到了一点沃斯的启发。

迄今为止，与莫里亚蒂最接近的 19 世纪伦敦犯罪分子就是詹姆斯·汤森·萨华德[①]。他是一名出庭律师，也是个造假大师。在外人看来，他拥有体面的职业和人

---

① 　詹姆斯·汤森·萨华德（James Townsend Saward，1799—? ），维多利亚时代的英国律师，伪造支票近 30 年，绰号"神笔吉姆"（Jim the Penman）。

脉网络，掩盖了他私底下在豪华小酒馆与顽固的犯罪分子往来的事实。他操控着一个黑道团伙，确保他自己除了在支票上伪造签名外，不用直接涉足实质的犯罪行为。他利用腐败的律师去拿到真的支票，上面的应付金额也是真实的（这也是事先有意安排好的）。他把真实的签名复制到空白支票上去，然后填写上虚构的巨大金额和伪造的收款账户。品行败坏的银行工作人员和一系列中介保证"神笔吉姆"收到的钱都是被精心洗白了的。没人知道这种诈骗在进行着，也没人怀疑过"我那博学的朋友萨华德先生"是个犯罪大师，直到他手下的团伙在雅茅斯（Yarmouth）用错误的名字开了个假账户，这个小犯罪帝国才轰然倒塌。1857年，萨华德的罪行被曝光，然后他被流放，伦敦律师界众人一片哑然。若是有一星半点证据证明柯南·道尔听说过这个人，那我们就能肯定地判断"神笔吉姆"是莫里亚蒂的部分灵感来源。

美国犯罪组织

起初，美国的犯罪事件就让柯南·道尔饶有兴趣，也让福尔摩斯着迷。杰弗森·霍普去伦敦的时候，西部的一些地方还很荒凉（以柯南·道尔写作的时间来算是1887年，以华生记录的时间来算就是1881年）。那里就像澳大利亚的采金区一样匪盗横行，在怀俄明他们口里吆喝着"抢劫啦!"，在巴拉腊特就喊"举起手来!"。尽管19世纪六七十年代美国内战后的动乱局面已经好转，但布奇·卡西迪①还继续抢劫火车和盗窃马匹长达20年之久。皮套裤、套索和宽边牛仔帽在那时候是很新奇的，到现代才流行起来，并不像西部电影和观光农场里呈现的那么怀旧。

与此相同，19世纪的摩门教会并不是由伶牙俐齿的年轻传教士组成，不会彬彬有礼地挨家挨户传教。摩门教是西部疆界特有的存在。他们在犹他州扎根，是为了躲避东部和中西部疯狂反摩门教徒人士的谋杀和屠杀。一队由约翰·李②带领的摩门

---

① 布奇·卡西迪（Butch Cassidy，1866—1908），美国劫匪、西部犯罪组织"野人帮"（Wild Bunch）的头目。

② 约翰·李（John Lee，1812—1877），美国拓荒者，犹他州摩门教徒组织"后期圣徒运动"的成员，参与1857年山林草甸大屠杀（Mountain Meadows massacre），1874年被捕并受审，1877年被处决。

布里格姆·扬，一支摩门教杀手组织的头领

教徒与美洲原住民勾结，在一辆马车经过他们领地时，屠杀了车上 133 个无辜的男女和孩童。布里格姆·扬① 阻止联邦政府依法惩处这些杀人犯长达 17 年，直到 1877年，扬死亡之后，李才终于被处决。柯南·道尔既不喜欢炒作的新闻，也不盲目相信报纸关于扬的报导，报纸声称扬成立了恐怖小队，名叫"但族后裔"（Danites）或者"死亡天使"，专门惩罚那些挑战摩门教长老信条的人。当然，扬对着霍拉斯·格

---

① 布里格姆·扬（Brigham Young，1801—1877），美国宗教领袖、政治家，犹他州第一任州长。

里利①这样受人尊敬的新闻人士和政治家，是不会承认这个杀手组织的存在的，但他并不是个谨慎的人。扬否认摩门教参与了山林草甸大屠杀。

柯南·道尔是谨慎的。像华生一样，他学不会伪装自己。他痛恨满口仁义道德的恐怖组织，因而将摩门教徒比作菲默法庭、意大利的秘密组织和西班牙的宗教法庭。所有偏执狂在他眼里都是可憎的，底层政治组织、保卫自己权益的农民跟用死亡和酷刑恐吓来传播信条的组织也是类似的。在后来的作品中，柯南·道尔也表达了对芬尼亚会和工人暴力抗争组织的坚定反对立场。虽然柯南·道尔自己的观点很强硬，但他崇尚思想自由，厌恶践踏自由的人，即使他们可能是因为遭受压迫才揭竿而起。

他也清楚压迫滋养着昏庸的暴政，即使政权初建者像罗伯斯庇尔②那样勤谨恪勉。他比英国历史学家阿克顿③还更激进一些，认为"绝对的权力导致绝对的腐朽。当人全心地信奉并推行一种理念时，地狱就给希姆莱④送上了礼物"。

他是大西洋东岸作家里第一个注意到美国意大利秘密组织的，这也就不足为奇了。黑手党、克莫拉和烧炭党⑤起先保护平民不被入侵者和贵族欺凌，后来变成了当地勒索钱财的匪徒，惹人憎恶。三K党暴露了美国对秘密杀手组织毫无防范之力，这个组织的宗旨是击败战后重建中的黑人政治家，追求一个种族隔离和等级分明的社会。柯南·道尔虽然对三K党的运作方式、长期目标以及意图都认识模糊，但他在《五个橘核》中表现出了对恐怖行径的痛恨和对种族主义的厌恶。

《红圈会》是柯南·道尔描写美国的秘密意大利组织的最经典之作。与《五个橘核》和《恐怖谷》类似，他理所应当地认为，这些组织用的秘密符号只要是知情人都认得。红色圆圈和五个橘核正如史蒂文森的《金银岛》中的黑点，用来传达恐吓或可怕的任务。因为据说红圈会通过敲诈和恐吓富有的美籍意大利人来维持组织在纽约的运转，这说明柯南·道尔借鉴了"黑手会"——他们在一战爆发前的许多

---

① 霍拉斯·格里利（Horace Greeley，1811—1872），美国作家和政治家，《纽约论坛报》的创始人和编辑。

② 罗伯斯庇尔（Robespierre，1758—1794），法国革命家，雅各宾派政府的实际首脑之一，法国大革命时期重要的领袖人物。

③ 阿克顿（John Dalberg-Acton，1834—1902），英国天主教历史学家、政治家和作家。他的名言是："权力导致腐败，绝对的权力导致绝对的腐败。"

④ 希姆莱（Heinrich Himmler，1900—1945），德国纳粹党的主要成员，法西斯战犯，历任纳粹党卫队队长、党卫队帝国长官、纳粹德国秘密警察（盖世太保）首脑、警察总监、内政部长等要职。

⑤ 烧炭党（Carboneria），1800年至1831年间活跃在意大利的一个秘密团体。

三 K 党集会，一个新入会的成员宣誓效忠，另一个人被涂上柏油并粘上羽毛

年里用纸条传递信息，敲诈受苦受难的移民，甚至包括大都会歌剧院（Metropolitan Opera House）杰出的男高音卡鲁索①。像大多数人一样，他觉得黑手会是个有组织的团伙，是烧炭党的一个分支，不像警方判定那样是一群模仿黑手党的散兵游勇。大众把黑手会、黑手党和烧炭党都看作是同一个秘密意大利组织，专门绑架和敲诈以获取保护费。柯南·道尔不幸选择了一个在美国不受认可的版本。烧炭党原来是由法国人、意大利卡拉布里亚人、西班牙人和葡萄牙人组成的反抗法国波旁王朝

---

① 卡鲁索（Enrico Caruso，1873—1921），意大利歌剧男高音。卡鲁索在纽约大都会歌剧院的成功引起了黑手会的注意。他们向卡鲁索勒索钱财，威胁说如果拒绝的话就用碱液弄伤他的喉咙，或者伤害他和他的家人。起初，卡鲁索支付了两千美元，但他的妥协让黑手会更加肆无忌惮，勒索数额增加到一万五千美元。纽约市警探约瑟夫·佩特西诺抓获了其中两名意大利勒索犯。

复辟的秘密组织。在新奥尔良和纽约的黑道一较高下的是西西里的黑手党和那不勒斯的克莫拉。

柯南·道尔没有低估他们的破坏力。1901 年，"恶狼卢波"萨耶塔[①]在纽约制造的杀人屋被发现，61 具尸体显示了匪徒为了铲除对手和恐吓顽抗的人可以多么不择手段。曝光杀人屋的警局副队长乔瑟夫·佩特西诺[②]在前往西西里阻止更多杀手移民时被枪杀。这样的滔天恶行已经远非《跳舞的小人》里那个 7 个小偷和造假者组成的团伙可比，这伙人还吹嘘亚伯·史兰尼是"芝加哥最危险的坏人"。那个秘密组织可以与福尔摩斯遇到的英国犯罪团伙（除了莫里亚蒂的团伙）相较。四个黑手党人使用新发明的武器短管霰弹枪，一路所向披靡，在 1869 年征服了很多小团伙。

柯南·道尔也认为他们是美国人。但《恐怖谷》里国籍是个线索，故事讲述了历史上最伟大侦探的功绩。他隶属于世界上第一个也是最卓著的私家侦探事务所：平克顿事务所。

爱伦·平克顿

爱伦·平克顿是世界上第一个私家侦探，他就像是从柯南·道尔书里走出来的人物。他的父亲是格尔巴斯[③]的一名铁匠，因为某些原因被监禁。年轻的爱伦成为了格拉斯哥工人阶级政治圈内有名望的人物。他热诚地宣扬人民宪章，要求民主，并且支持由费格斯·奥康纳[④]和革命煽动者朱利安·哈尔尼[⑤]领导的宪章运动"暴力

---

① 萨耶塔（Saietta，1877—1947），绰号"恶狼卢波"（Lupo the Wolf），20 世纪初纽约的西西里裔美国黑手党领袖。他的地盘在曼哈顿的小意大利区，在那里他进行了大量的勒索、抢劫、高利贷和谋杀等犯罪活动。其后吞并其他犯罪团伙，改组成莫雷洛（Morello）犯罪家族，又称为热那亚犯罪家族，成为纽约市首屈一指的黑手党家族。

② 乔瑟夫·佩特西诺（Joseph Petrosino，1860—1909），出生在意大利，会说多种意大利方言。他于 1883 年加入纽约警察局，成为了打击有组织犯罪的得力骨干，他首创的打击犯罪技术如今仍然在执法机构中使用。1909 年，佩特西诺计划秘密前往西西里岛的巴勒莫（Palermo）调查一批在美国定居的意大利罪犯。然而纽约警察局长向一家纽约报纸透露了此消息。1909 年 3 月 12 日，佩特西诺抵达巴勒莫后，在等待"线人"时被枪杀。

③ 格尔巴斯（Gorbals），位于苏格兰的格拉斯哥市（Glasgow）。

④ 费格斯·奥康纳（Fergus O'Connor，1794—1855），爱尔兰宪章运动的领袖。

⑤ 朱利安·哈尔尼（Julian Harney，1817—1897），英国政治活动家、记者和宪章主义者的领袖。

派"。1839 年，爱伦加入了纽波特（蒙默斯郡）市长约翰·弗罗斯特（John Frost）组织的工人军队，去解救一名被关押的宪章运动者。不幸的是，他们的计划被泄露了，参与其中的工人面临着一支特遣军队的追击。爱伦·平克顿在格拉斯哥成了嫌疑犯，三年后，在警察来抓捕他之前，他逃往了美国。

他本来是个制桶匠人，便应聘为一艘船上的制桶人，来支付他横渡大西洋的费用。他一个月前娶的妻子则待在下等舱里，后来船长听说他们是新婚夫妇，就给了他们一间头等舱的小房间。他们的船在新斯科舍沿岸触礁，乘客们坐着救生艇在加拿大上岸。平克顿夫妇在蒙特利尔逗留了几个星期，然后爱伦订了去芝加哥的船票。他的妻子琼·平克顿请求他推迟出发日期：她下订金做了顶"小帽子"，想拿到帽子再走。爱伦怒火冲天，但出于苏格兰人的勤俭，他还是同意改签船票。一周后，他们得知他们本来要乘坐的那艘船在航行中锅炉爆炸了，船毁人亡。

平克顿在芝加哥北边的福克斯河边做起了制桶生意，他用在河中的岛上找到的木材来做木桶。有一次，他惊奇地发现了一处烧火的痕迹。这个岛屿不是野餐的区域，据他所知，除他之外没人造访。他继续观察，发现有人在晚上趁着月色鬼鬼祟祟地划船到岛上，然后生火。平克顿向当地的警长报告了此事，后来他们抓获了这个在岛上制作假币的造假团伙。正如柯南·道尔注意到的那样，伪造假币是 19 世纪职业犯罪的主要项目之一。后来，这个岛就被称为"假币岛"，平克顿也就顺势成为了一名侦探。

之后他假装自己要做十美元假币，成功破获了另一个造假团伙。他被任命为警长的副手，然后又成为芝加哥"侦探"（也是唯一一个）。他不畏权贵，为了追查盗窃案，从邮局查到邮政局长的侄子。他成立了大名鼎鼎的公司，标志是一只睁开的眼睛，口号是"我们永不松懈"。他也招聘并训练侦探。

他也像苏格兰场和福尔摩斯一样，把乔装看作侦探工作的核心。他的办公室里有很多服装，活像个剧院。他训练新手去跟踪嫌疑人，但不要暴露自己，要求他们经常汇报——如果可以的话每天汇报。但是他们要假扮喝醉，要看起来真的在闲逛，或装扮成其他身份。

他相信潜伏入黑帮可以将他们击溃，并努力地对之实施监视。一个严格的禁欲主义者本来应该杜绝家里出现烟酒，但如果案子需要，他必须得强迫自己喝酒。

他定下了平克顿事务所的基本规则，避免日后的继任者使用肮脏的手段。事务所不受理离婚案件，不调查或者评价女性操守，除非此事与她涉嫌的犯罪紧密相关。

南北战争时的爱伦·平克顿

他们不参与政治和扫黄行动。他们在未告知控方的情况下不为案件的被告服务。爱伦曾经是宪章运动参与者和制桶匠人联合会的成员，因此他不允许他的手下去干预罢工游行、潜入工会或出席任何不对外公开的劳工会议。

如果出于正义的需要，他会放手打破任何法律规章。他的房子位于地铁线上，是将逃走的奴隶偷偷送往加拿大的中转站。他崇拜约翰·布朗①，正如他曾经崇拜朱

---

① 约翰·布朗（John Brown，1800—1859），美国政治家、废奴运动领袖。布朗在废奴运动前期倾向于通过非暴力手段解救奴隶，后期则主张"用暴力和武器"展开对奴隶主的斗争。1859 年，布朗在哈普斯渡口起义。起义军一度占领政府的军火库，解放附近的奴隶，但由于寡不敌众，最终失败，布朗被俘，并以"谋叛罪"被判绞刑。

詹姆斯团伙的头领。从左至右：站立的是科尔和罗伯·扬格，坐着的是杰西·詹姆斯和弗兰克·詹姆斯

利安·哈尔尼一样。当林肯当选总统时，他帮助安排林肯秘密通过巴尔的摩——该地的分离主义者想取林肯性命。他也许应该接受别人的调侃——因为他把死亡威胁称作"暗杀计划"，在密电里用"李子和坚果到了"表示"平克顿和林肯平安无恙"。他在南北战争中为北方联邦政府提供了卓有成效的间谍服务。

在战争期间，他崇拜的对象变成了林肯的政治竞争对手麦克莱兰将军[①]，此人也

---

① 麦克莱兰将军（George B. McClellan，1826—1885），美国军人、铁路工程师、政治家。南北战争期间，曾短暂地担任联邦军（北方）总司令。由于作战消极，在 1862 年 3 月争夺里士满的"半岛战役"（或称"七日会战"）中，败给了南方的罗伯特·李。

是平克顿提供过安保服务的一条铁路的首席工程师。战后，平克顿在铁路安保上的业务增长，挫败了首创火车抢劫的里诺（Reno）匪盗团，但在对抗杰西·詹姆斯①团伙的时候遭遇了第一次滑铁卢。

平克顿的手下有一次误以为弗兰克和杰西·詹姆斯藏匿在一座房子里，便用燃烧弹将之烧掉。这次事故中，詹姆斯的继父受伤，母亲失去了右臂。平克顿的名声受到了严重打击。

爱伦·平克顿深知公众看法的重要。他急需一个有影响力的案子来挽回公众的舆论。现在平克顿是个成功的商人，还是麦克莱兰的朋友，于是他不再和工人站在同个立场上了。平克顿开始派遣守卫在游行期间保护破坏罢工的人。1874年到1876年，宾夕法尼亚矿工大罢工，平克顿手下最勇敢的侦探潜伏进了一个工会。爱伦·平克顿于辞藻上颇具天赋，他写了一篇文章歌颂詹姆斯·麦克帕兰德②在波茨维尔（Pottsville）和雷丁（Reading）的英雄事迹，这很符合柯南·道尔的口味。

詹姆斯·麦克帕兰德和莫莉·马奎尔思

夏洛克·福尔摩斯第一次遇到平克顿的侦探是在《红圈会》里。"平克顿美国事务所的莱弗顿先生"假扮成马车夫去追击"红圈会的乔治亚诺"。福尔摩斯业已听说过莱弗顿（"长岛洞穴案的英雄"）和乔治亚诺。平克顿的特工弗兰克·迪马吉奥（Frank Dimaio）在1891年到1908年间成功打入了黑手党内部，包括他在内只有少数几个人发现"黑手会"的留言纸条只是个人所为，并非黑手党集团。

历史上，平克顿的美国特工很少去欧洲。事务所雇佣欧洲特工，前探长艾博莱因为追查开膛手杰克案而出名。20世纪60年代前，黑手党（或是那不勒斯的克莫拉）没有进入英格兰。他们去了西西里和意大利，佩特西诺一路追踪，最后牺牲。而莱弗顿很明显不是弗兰克·迪马吉奥或约瑟夫·佩特西诺。

"博迪·爱德华斯"化名为"约翰·道格拉斯"，是一名平克顿的侦探，并以

---

① 杰西·詹姆斯（Jesse James，1847—1882），美国人，银行和火车劫匪、帮派头目。在美国内战期间，他和他的兄弟弗兰克·詹姆斯加入了被称为"丛林探险者"的亲邦联游击队。

② 詹姆斯·麦克帕兰德（James McParland，1844—1919），美国私家侦探，平克顿社特工。

侦探詹姆斯·麦克帕兰德，负责渗入并瓦解莫莉·马奎尔思社

"约翰·麦克默多"的身份潜入莫莉·马奎尔思社。这个人物的原型是平克顿的詹姆斯·麦克帕兰德，他打入莫莉·马奎尔思团伙时化名"詹姆斯·麦肯纳"。柯南·道尔在《恐怖谷》里把此人塑造成一个英雄，但却不自觉地捅了个马蜂窝。

我们之前提到过，柯南·道尔的故事简化了1874年到1876年的事件。爱伦·平克顿写的《莫莉·马奎尔思和侦探》讲述了一个既漫长又复杂的故事，需要细心地解读。宾夕法尼亚硬煤带从南部的雷丁（Reading）延伸至北部的斯克兰顿（Scranton）和威尔克斯-雷（Wilkes-Barre），从蓝色山脉绵延到上阿巴拉契亚（Upper Appalachians）的塔斯卡罗拉（Tuscaroras）。南北战争结束几年后，矿工成立了一个名叫工人同善会（Workers' Benevolent Association）的同盟，组织起来对抗恶劣的工作条件和打工还债的奴隶制度，这种制度在19世纪40年代就被法律废除了。1870年，曾在斯古吉尔郡做律师的富兰克林·本杰明·高文[①]成为雷丁铁路的负责人。作为煤矿纠纷的调解人，他订立了根据煤炭价格浮动的工资体系。这个体系在煤炭价格下跌时就显露出问题来，煤矿工人的工资下跌了8%。高文又把铁路货物运输费率提高了一倍，挤垮了很多小煤矿，让情况雪上加霜。

高文宣称劳工问题在于工作岗位供不应求，只有大公司才能解决这个矛盾，工人同善会认为高文打定主意要成立自己的垄断企业。于是，1875年爆发了"大罢

---

① 富兰克林·本杰明·高文（Franklin Benjamin Gowen，1836—1889），在19世纪七八十年代担任费城和雷丁铁路公司（Philadelphia and Reading Railroad）的总裁。

工"，在重压之下，煤矿二人袭击甚至杀害领班、经理和其他阻碍罢工者。让陌生的外人在大街上杀人不会被判刑，这个手段在美国团伙犯罪中被沿用，又被人称作"谋杀集团"。

同时，这让阿尔伯特·阿纳斯塔西亚[1]和布鲁克林黑手党看起来近乎神秘，直到20世纪30年代，媒体才跟上了柯南·道尔的步伐。

"爱尔兰元老社"这个爱尔兰人和美国人共同成立的友好协会有着自己的密语和暗号，在煤矿主眼中，他们的嫌疑很大。于是，高文派爱伦·平克顿去调查。平克顿又遣爱尔兰天主教徒麦克帕兰德假扮作一个失业劳工，潜伏到元老社里。麦克帕兰德的行动正如柯南·道尔笔下的博迪·爱德华斯。虽然他戴着眼镜，但身手了得，很容易就混进了酗酒成性的"狂野爱尔兰人"矿工当中。柯南·道尔在入社仪式中加入了用烧红的烙铁打上印记这个环节，还给博迪增添了制造假币的本领，让他有经济来源。爱尔兰元老社本身就很有意思，他们把领导人叫作"老大"。柯南·道尔笔下的经典反派"黑杰克麦金蒂"就是融合了这些特质。"老大"开设沙龙，服务于元老社总部的成员，而后者利用自己的政治影响力来保护"老大"派出去的杀手。

平克顿还让一队特警去保护煤矿及其经理，并根据麦克帕兰德提供的证据去抓人。他们的领头和高文是唯一知道恐怖分子"麦肯纳"其实是平克顿间谍麦克帕兰德的当地人。而麦克帕兰德和高文也是当地人里，唯一知道林登上校和他的手下受雇于爱伦·平克顿的人。

然而，正是平克顿给了柯南·道尔错误的认识，让他认为至少在谢南多厄地区，元老社与"莫莉·马奎尔思"是一样的：都是爱尔兰人，都使用了19世纪50年代无地农民的名号和恐怖手段。莫莉·马奎尔思肯定是存在的，而且可能是原来社[2]的分支。与日后的爱尔兰共和军[3]类似，他们也被教会唾弃。麦克帕兰德是个虔诚的天主教徒，在教会里颇有名气。

---

① 阿尔伯特·阿纳斯塔西亚（Albert Anastasia，1902—1957），意大利裔美国人，现代美国黑手党的创始人之一。

② 原来社（Ancient Order），于1836年在纽约成立的爱尔兰天主教组织。会员必须是天主教徒，出生在爱尔兰或有爱尔兰血统。宾夕法尼亚州煤矿区的许多成员都有莫莉·马奎尔思社的背景。

③ 爱尔兰共和军（Irish Republican Army），成立于1919年，由旨在建立独立爱尔兰共和国的民族主义军事组织"爱尔兰义勇军"改编而成。

莫莉·马奎尔思是一个由爱尔兰移民组成的秘密组织，他们在宾夕法尼亚的硬煤带工作。1870年，他们用阻碍生产和暗杀的方式，来争取更高的工资和更好的工作条件

詹姆斯·麦克帕兰德加入爱尔兰秘密组织莫莉·马奎尔思

　　一个反对恐怖行径的神父在一次布道中声讨他，让他大受屈辱。但仔细研究事实就会发现，大家其实忽视了莫莉团伙的真正目的。在大罢工前，他们的首要目标并不是刺杀煤矿经理和阻碍罢工的人。他们更像是爱尔兰元老社旗下兵力强大的分支：这群爱尔兰人决心保护本国人，不受来自威尔士和德国的煤矿工人的伤害。城市中拥有不同种族和帮派的移民，让美国这个大熔炉产生了很多道德问题。这些帮派发展成了意大利人、犹太人和德国人的犯罪集团。平克顿事务所将自己完全置于工会工人的对立面：在 20 世纪 30 年代，他们永久地停止了这项业务。

　　不久后，柯南·道尔完成了手稿。他与爱伦·平克顿的一个儿子一同横渡大西洋，并从他口中听到了关于大罢工和麦克帕兰德的轶事。不幸的是，当《恐怖谷》出版的时候，年轻的平克顿以为柯南·道尔在和他聊天时套取了消息，于是柯南·道尔和经营事务所的平克顿之子们的友谊再也没有修复。

夏洛克式探案和现代刑侦

很多年来，有观点指出夏洛克·福尔摩斯的故事和真实的刑侦过程相去甚远。福尔摩斯远远比普通警察高明这个说法也不合理，因为那些"苏格兰场的愚蠢家伙"留下的回忆录里，详细记载着侦破的案件和被送上绞刑架的坏人。指纹采集是刑侦的重中之重，夏洛克似乎很沉迷于贝迪永①的系统方法，使用头部和身体尺寸来鉴定人。更糟糕的是，福尔摩斯这个信奉科学的智者暗示自己崇敬科学刑事学的创始

放大镜——夏洛克·福尔摩斯最常用的工具之一

者意大利人切萨雷·隆布罗索②。隆布罗索的科学体系被 19 世纪的分类学污染了——分类学主张将相关的事物分门别类。所以他说服自己去区分"罪犯类型"，用他们最基本的身体特征来分类。脖子肥大、举止粗俗的飞贼比尔③那张蠢兮兮的脸造福了漫画家们。但这个形象和美国最出风头的小偷没有丝毫关系，帅气、勇猛的盗匪兼越狱犯杰拉德·查普曼④成了新闻影片里第一个受到观众追捧的罪犯。在他受一个蠢笨的同伙所累而被判杀人罪受监禁时，他的牢房里每天塞满了崇拜者送来的鲜花。英国强盗斯太尼·莫里森（Steinie Morrison）相貌堂堂，而按照隆布罗索的分类法，犯下了杀人罪的他应该是长相凶残的类型。

---

① 贝迪永（Alphonse Bertillon，1853—1914），法国警官、生物测定学研究人员，他将人体测量学技术应用于执法，创造了一种基于身体测量的识别系统。人体测量是警察用来识别罪犯的第一个科学系统。在此之前，罪犯只能通过姓名或照片来识别。这种方法后来被指纹识别所取代。

② 切萨雷·隆布罗索（Cesare Lombroso，1835—1909），意大利犯罪学家、医生，实证主义犯罪学学派的创始人。隆布罗索的犯罪学理论综合了面相学、退化理论、精神病学和社会达尔文主义的概念，他认为犯罪是遗传性的，一个"天生的罪犯"可以通过身体缺陷来识别。

③ 英国作家托马斯·安斯蒂·格斯里（Thomas Anstey Guthrie，1856—1934）笔下的角色。

④ 杰拉德·查普曼（Gerald Chapman，1887—1926），爱尔兰裔美国人，犯走私、抢劫、越狱、谋杀等罪行，绰号"绅士强盗"，是第一个被媒体称为"头号公敌"的罪犯，1926 年以多项谋杀罪被判绞刑。

THE PRASLIN TRAGEDY, AT PARIS.

(the Duchess) neighbour near her daughter, Mademoiselle Bertha, when attacked with scarlet fever. Here is her description of the last moments the unfortunate Duchess was alive.

"Madame la Duchess arrived at the mansion half-an-hour or three-quarters of an hour after me, that is to say, between half-past nine and ten o'clock. On arriving, she was hungry, and ordered, as there was no dinner, a piece of bread with salt, a knife, and half a bottle of *sirop d'orgeat*. There was water in the water-bottle. I placed all these things on a little work-table at the end of the sofa which is near the chimney-piece. Madame was asked to eat at a quarter-past ten, after I had arranged her toilette for the night: at the moment when I retired to my room to take some refreshment. Toward eleven o'clock, I entered her chamber for the first time. Madame was in bed, reading; she had a wax candle on her *table de nuit*, and a second candle was burning on the commode, near the door of the *boudoir*. Madame said to me, that she had lighted the candle because she thought that I would not return to her room. I said to her, yes, and I extinguished this candle, which would have burned the whole night, and put in its place a yellow copper night-lamp, which I placed lighted in the interior of the chimney, as I was daily accustomed to do; for Madame never slept without a light. Augusta Charpentier prepared this lamp, and he placed it on the console of the little antechamber' separating the dressing-room of the Duchess from the room

GARDEN FRONT OF THE HOTEL SEBASTIANI.

of the Duke; and I am certain to have seen closed, with the ordinary bar of iron, the door of the staircase leading to the garden: the window of this antechamber, and the persienne (Venetian blinds) of this window, were also closed. Madame herself was in the habit of taking care that this door and window were closed, and it happened sometimes that she herself placed the bar of iron, when it had been neglected to have been done. Madame, when I quitted her, told me to call her the next morning at six o'clock, as she had so many things to do during her

single day's stay in Paris. We were to have left the day after, at six o'clock, for sea-bathing at Dieppe. I then remarked that, during my absence, Madame had taken the food; the remainder of the bread, the plate, and the half bottle of sirop remained on the little table I mentioned, but she placed her glass of water on her bottle de nuit. On leaving the dressing-room of Madame, I met, in the antechamber, the Duke, returning to the house with something under his arm. I did not speak to him. I afterwards closed the second door of this antechamber

GROUND PLAN OF THE HOTEL SEBASTIANI, RUE DU FAUBOURG-SAINT HONORÉ, NO. 55.

巴黎塞巴斯蒂安尼饭店的平面图和正面图，普拉兰公爵夫人被人发现死于卧室之中，情况可疑。她的公爵丈夫被指控是凶手，但在真相大白之前他已服毒自尽

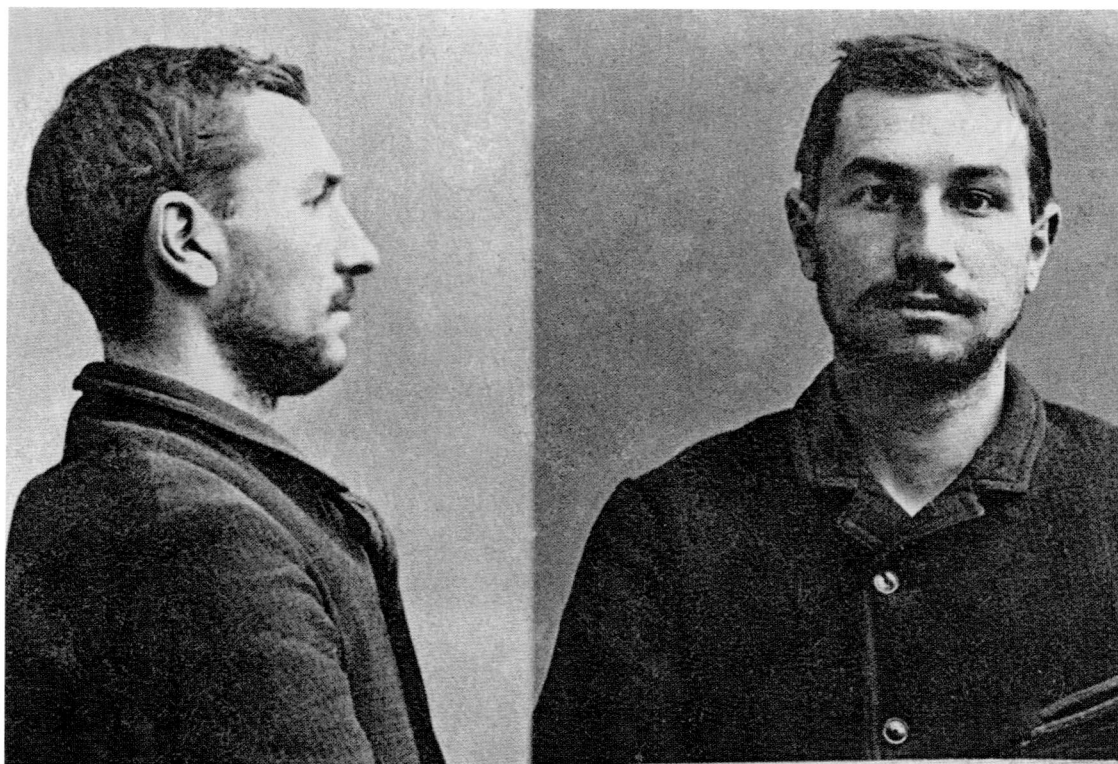

间隔十年拍摄的照片。用贝迪永系统分析，从耳朵的螺旋和面部的棱角可以看出这是同一个人

1895 年在埃及时，柯南·道尔意识到了隆布罗索分类法的弱点。福尔摩斯的故事是新警察培训的一部分，而柯南·道尔并为此感到兴奋。当有个年轻的警察观察了他的脸，判断他有犯罪倾向时，他就更加高兴不起来了！

福尔摩斯要找到一种能证明污渍是血迹的试剂，向真正的法医学迈进。从 1850 年起就有了凝结血红蛋白的实验，一个技术过硬的人可以在显微镜下辨别出人血和动物血。但这种方法对于警察来说太昂贵，也不可靠。他们也没有使用光谱分析，虽然这种方法在 1859 年后确实可以鉴别血液（不能辨别人血和动物血）。1902 年，法国发明了一种用血清特性来检测血液的合理方法，并被法国警方使用。然而时至 1911 年，英国警方还是依靠很原始的方法来进行检测：比如把过氧化氢倒在污渍上——如果污渍是血液就会起泡；或者在污渍上加入松节油、苯丙胺或愈创木脂提取物，观察是否变蓝，若变蓝则是哺乳动物的血液。欧洲大陆的警察已经可以判断血渍究竟是哺乳动物还是人类的，1928 年就能够检测血液是否是被害者的了。而英国直到 1934 年才迎头赶上。

福尔摩斯著名的放大镜也反映了刑侦的潮流，而日后他更改进使用显微镜观察。1847 年的普拉兰公爵杀妻案[①]，破案过程中使用了典型的福尔摩斯式探案法。公爵称有人闯进来要杀害自己的妻子，他用手枪来保护她。但警察用放大镜观察这把带血的手枪时，在枪柄上发现一根栗色的毛发，和公爵夫人发色一样。在显微镜下看，确定这根毛发确实是人的头发，应该是用枪柄击打头皮导致头发脱落。因为证据确凿，普拉兰公爵在接受审判前就自杀了。

福尔摩斯在莱辛巴赫瀑布"丧命"两年后，汉斯·格罗斯[②]发表了《地方法官手册》，该书在 10 年后被翻译成英语，更名为《刑事侦查》。这本手册也像福尔摩斯一样对指纹有兴趣，还强调了用显微镜观鉴定纤维、毛发、灰尘和木片。手册在法医学中有着经久不衰的地位——虽然这些方法不能判断出毛发的来源，让毛发作为证据的价值不大。在 DNA 比对出现后，之前所有的体细胞检验方法都退居二线了。

那时候，多数见多识广的犯罪学学生都觉得福尔摩斯黔驴技穷，简直是个笑话。

---

① 普拉兰公爵（Cha-les de Choiseul-Praslin，1805—1847），被控因为婚外情谋杀了妻子弗朗索瓦丝（Francoise），在受审期间自杀。新闻媒体对这一丑闻进行了连篇累牍的报道和渲染，丑化了上流社会的形象，间接引发了 1848 年革命的爆发和 7 月君主制的倒台。

② 汉斯·格罗斯（Hans Gross，1847—1915），奥地利刑事法官、犯罪学家，创造了"犯罪侧写"的侦查方法。

警察也不满福尔摩斯的做法：他从一组证据中得出结论后，就不再继续调查了。警察不再假装自己无足轻重。在刑侦过程中，法医学比福尔摩斯的放大镜扮演着更加重要的角色。

但是，在20世纪八九十年代，一个颇为有名的侦探却回头使用了福尔摩斯的探案法。美国联邦调查局发展出一种"犯罪心理画像法"，收效惊人。实际上，心理画像远不如福尔摩斯高明的证据分析法重要。大卫·坎特尔教授[1]推进了英国犯罪鉴定分析（那时候的专有名词）的发展，他和警察合作时，准确鉴定出"铁路强奸犯"兼杀人犯是个工作与伦敦地面铁路系统和邮局相关的男人，嫌疑犯的兴趣爱好包括东方武术，住在伦敦北部的一个地方。但最终将约翰·达菲（John Duffy）绳之以法的主要依据并不是心理画像。坎特尔教授指出，作案场所通常是通向火车站的不为人知的小路，而且达菲使用武术课上学到的手法来捆绑被害人，用来捆绑的纸绳是邮局常用的纸绳。精确定位其住所的神奇之举则得益于研究地图和分析他初期作案的位置。福尔摩斯会很赞赏这些方法，那些犯罪史学家也会如此，他们也专注于研究历史上谜的地图和事实证据，比如白教堂杀人案和埃德蒙德·贝里·戈弗雷爵士[2]的死亡。

侦探道尔

阿瑟·柯南·道尔的儿子阿德里安（Adrian）坚称柯南·道尔是福尔摩斯的唯一原型。他的记录里写道，他的父亲写信给无助的受害者，帮助他们调查案件。查案时他会将自己锁在书房里，饭食都是用餐盘送到门外。阿德里安描述的柯南·道

---

① 大卫·坎特尔（David Canter，1944—   ），心理学教授，英国心理学会会员，曾获CWA非虚构类最佳金匕首奖（1994）、安东尼奖最佳真实犯罪写作奖（1995）。他的作品《调查心理学》（*Investigative Psychology*）详细描述了调查心理学、罪犯侧写和犯罪行为分析。在1985年的"铁路强奸案"中他协助警方破案。

② 埃德蒙德·贝里·戈弗雷爵士（Sir Edmund Berry Godfrey，1621—1678），英国地方法官。1678年10月12日早晨，他离家后不知所踪。他的尸体于五天后被发现脸朝下躺在一条沟渠中，脖子被勒断了，身体被自己的剑刺穿但没有流血。发现尸体的地方没有打斗的痕迹，财物都还在。他的神秘死亡引起了反天主教的骚动。

尔的所作所为和柯南·道尔写作故事时候的表现大为不同。他写作的时候喜欢有人陪伴，甚至边写边和人聊天。

帮助乔治·艾达吉（George Edalji）恢复声誉是柯南·道尔办理的最成功的一案。奥斯卡·史莱特（Oscar Slater）案则没那么令人满意了。年老的玛丽安·吉尔克里斯特（Marian Gilchrist）女士在格拉斯哥的公寓里被杀害，当时凶手正在屋里劫掠财物，砸开了一个装着纸张的木盒。他在公寓门外时，从吉尔克里斯特女士的女佣海伦·兰比（Helen Lambie）身边经过。海伦说不见的物品只有一枚新月形的胸针，警察逮捕了奥斯卡·史莱特，他在横渡大西洋之前将这枚胸针当掉了。史莱特自愿回英国，因为他能证明这枚胸针不是吉尔克里斯特女士的，而且并没有其他证据证明他有罪。只有海伦·兰比和其他两个目击者指认他是从杀人现场出来的人。

但海伦·兰比告诉吉尔克里斯特女士的亲戚她能够认出凶手。盒子被砸开说明凶手在寻找吉尔克里斯特女士的遗嘱，有人怀疑这位年迈的女士的家人是凶手，史莱特是被嫁祸的。柯南·道尔认为真正的凶手是尊贵的弗朗西斯·查特里斯（Francis Chatteris）博士，他是吉尔克里斯特女士的继外甥。有人觉得是另一个亲戚，奥斯汀·比勒尔（Austin Birrell）下的手。

还有人猜测凶手是一个当海员的亲戚，或是他们两人联手作案。如果理查德·沃廷顿·伊根五万字的案件研究得以发表，我们就能知道究竟是谁杀了玛丽安·吉尔克里斯特。

史莱特被释放后，拿到了政府给他的六千英镑赔偿金，柯南·道尔感到颇为不满。他花了大笔钱去宣传这个他讨厌的人遭遇到的不公，因此他希望得到一点报酬。史莱特在狱中给柯南·道尔写了多封语气谦卑的感谢信，如今却拒绝了柯南·道尔的要求。柯南·道尔觉得他出了力就理应得到钱。

柯南·道尔没能把邻居诺曼·索恩（Norman Thorne）从绞刑架上救下来。这个年轻的卫理公派教徒是个养鸡户，住在克劳巴罗（Crowborough）旁的一间小屋里。他爱上了一个当地女孩，因此想甩掉纠缠不休的伦敦未婚妻艾尔希·卡梅伦（Elsie Cameron）。艾尔希假装自己已有身孕，带着行李来到了克劳巴罗，之后再也没人见过她。诺曼说她根本就没到过自己这里，但艾尔希的尸体和箱子在他的鸡棚下被挖了出来，尸体被锯成了三段。后来，诺曼更改了口供。他说自己与艾尔希大吵一架后就出门了，回来便发现艾尔希被吊死在屋梁上……

病理学家伯纳德·史皮尔斯布里（Bernard Spilsbury）爵士笨拙地检查了艾尔希的残肢——虽然警方确认屋梁上没有任何挂绳子的痕迹。柯南·道尔推测索恩也许是有罪的，但他说的情况却也是有可能的。

还有"浴缸新娘案"。柯南·道尔像福尔摩斯一样喜欢收藏有关奇闻异事的剪报。乔治·约瑟夫·史密斯（George Joseph Smith）深受其害。柯南·道尔读到伦敦的劳埃德（Lloyd）夫人被丈夫发现溺死在浴缸里，丈夫万分悲恸。这让柯南·道尔回忆起了一桩发生在布莱克浦的史密斯夫人身上惊人相似的案件。他把剪报寄给了苏格兰场，史密斯小姐的公公在听闻劳埃德夫人的死亡后也寄去了剪报。史密斯先生犯有重婚罪，他给第一位妻子买了生命保险后也以同样的方式结束了她的生命，事情败露后，这个邪恶的杀人凶手终于得到了应有的惩罚。

据说柯南·道尔曾声称开膛手杰克假扮成一个身上沾染了血迹的接生婆来脱身。柯南·道尔也许这么说过，但我和其他我咨询过的开膛手杰克研究者都找不到这个说法的来源。柯南·道尔当然清楚地认识到"开膛手杰克"的信件在学者的手里保存完好，他认为警方应该公布信件的复刻版——他不知道其实警方已经这么做了。

1908 年，玛丽安·吉尔克里斯特在家中遭劫遇害

柯南·道尔没能帮助母亲的表弟阿瑟·维卡斯（Arthur Vicars）爵士。他担任爱尔兰的首席传令官时，存放在他办公室保险箱中的爱尔兰王室的王冠珠宝被盗走。维卡斯任命了一些嗜酒成性的属下，据传他与这些人混迹于一个臭名昭著的同性恋圈子。维卡斯和柯南·道尔都认定弗朗西斯·沙克尔顿（Francis Shackleton）是盗窃案的主谋，他是都柏林的传令官，哥哥是南极探险家。帮助和唆使他的是可能与他有染的理查德·戈杰斯（Richard Gorges）上校，甚至总督

的儿子哈多（Haddo）勋爵也参与了。然而计划执行得很周详，珠宝被发现失窃的时候，戈杰斯和哈多都不在爱尔兰。维卡斯成了替罪羊，因为他粗心大意地把应由他保管的钥匙弄丢了。

兰厄姆酒店在柯南·道尔和福尔摩斯的生命中都占据着重要的地位，柯南·道尔还帮他们破解了一个谜题。一个客人在晚上失踪了，只留下了自己的晚礼服。在早些时候他还穿着这套晚礼服，之后他本人和行李都不见踪影。柯南·道尔推断他去了爱

奥斯卡·史莱特被误当成是杀害吉尔克里斯特女士的凶手

丁堡或是格拉斯哥，过着深居简出的生活。为什么呢？他肯定是趁着酒店大堂里挤满了从剧院回来的人的时候悄悄溜走的。如果他只是去不远的小车站，下车的时候一定会被发现，所以他去了大车站。当晚的那个时间只有去往爱丁堡和格拉斯哥的车。他一定甚少与人交往，因为他没带上白色的领带和燕尾服。

事实与他所说的完全一致。太简单了，我亲爱的阿瑟爵士。

柯南·道尔也会有迟钝的时候。他在得知法国司机成了无政府主义的恐怖分子时，会觉得震惊。他也会异常浪漫，断定枪杀可怜的卢纳德（Luard）夫人的凶手是个来自东方的复仇者（其实很可能是偷了她戒指的流浪汉），是她的丈夫在印度服役时结下的仇家（卢纳德先生从未去过印度）！在他人生的最后十年里，他将案件交给灵媒，让他们求助于幽冥的帮助。这一定让著名的探案俱乐部"我们的协会"大失所望，因为他们这位有名望的创建者写了一篇关于唯灵论认识如何破解谜案的文章。

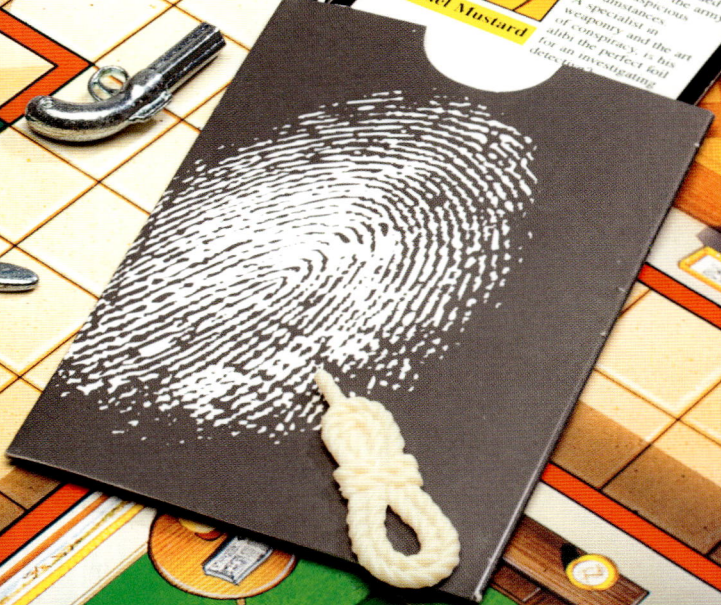

第五章

犯罪小说

在夏洛克·福尔摩斯被创造出来时还没"犯罪小说"一词,侦探故事和小说也甚少。埃德加·爱伦·坡的《神秘幻想故事集》被誉为"艺术",尤其是法国人认为他是一名伟大而浪漫的诗人,他们并不在乎爱伦·坡笔下空洞的押韵和恼人的重复。

没人能像爱伦·坡一样写出享誉海外的侦探小说,他将一些犯罪和侦探故事混在充斥着惊悚、心理障碍、鬼魅和可怕危险的故事里。

然而时至今日,侦探小说在图书馆里、书店的架子上和出版商的图书列表上都已经有了独立的分类。"犯罪"指的就是"犯罪小说"。在企鹅图书的黄金时期,犯罪小说使用的都是绿色皮面,一眼即可认出。20 世纪中期,上至博学之人,下至仅能论文断字的普通人,只要读小说的人都会看犯罪小说。在英国的电视剧里,它与情景喜剧有着同样重要的地位。在美国,它有专门的电视频道。在大多数人的生活中,严重犯罪造成的影响还比不上差劲的道路交通、住房条件或垃圾回收,但犯罪小说在我们小说阅读中占比却异常高。它的有力对手——爱情小说所写的内容是多数人都经历过的,也许还不止一次。但很多人一辈子也没见过一次杀人犯,如果有人认识不止一个杀人犯就是很反常的事了。私家侦探还鲜为人知,人们只知道他们会帮助律师处理离婚案。

左页:妙探寻凶,一种流行的桌面游戏,
其中包含了侦探小说里熟悉的主题元素

犯罪小说能拥有如此的地位完全归功于夏洛克·福尔摩斯故事的成功。他在《海滨杂志》展开《冒险史》的时候，还没有遇上旗鼓相当的竞争对手。不久后，其他作者开始模仿柯南·道尔，在他不产出福尔摩斯故事的时候，《海滨杂志》就刊载其他作者的故事。在柯南·道尔生命的最后十年，信奉唯灵论的他出版了《新探案》，他笔下的主人公已经蜚声海外，与赫尔克里·波洛[①]、弗兰西探长[②]以及彼得·温西爵士[③]一同在作品中历险破案。艾勒里·奎因[④]在柯南·道尔逝世前已经被创作出来了，而阿加莎·米勒在《海滨杂志》刊载《冒险史》前就已经呱呱坠地了，20年后她成为了克里斯蒂夫人。她在早期作品里把福尔摩斯称为楷模，赞柯南·道尔是当下的名人。

要知道，福尔摩斯的经典故事开创的许多写作手法被后来者沿用，也促使他们有意地让笔下的人物和福尔摩斯形成鲜明的对比。后来的作者也许在谋篇布局上比柯南·道尔更高明、更精确，对一些读者来说，人物也更有趣，心理描写更充分，故事更可信，笑料也更有意思。但柯南·道尔之后的作者要感谢他培养了侦探小说的读者群，是他创立了这个大获成功的小说流派，这样的成就少有人可企及。

福尔摩斯之前

鲍沃尔-李敦[⑤]的《保罗·克利福德》（*Paul Clifford*）描写了一个1830年的拦路

---

① 赫尔克里·波洛（Hercule Poirot），阿加莎·克里斯蒂（Agatha Christie，1890—1976）笔下的侦探。阿加莎·克里斯蒂厚名阿加莎·米勒（Agatha Miller），英国侦探小说家、剧作家，三大推理文学宗师之一，被誉为"侦探小说女王"，代表作品有《东方快车谋杀案》《尼罗河谋杀案》《无人生还》等。

② 弗兰西探长（Inspector French），爱尔兰作家弗里曼·威尔斯·克罗夫兹（Freeman Wills Crofts，1879—1957）笔下的人物。

③ 彼得·温西爵士（Sir Peter Wimsey），多萝西·L.塞耶斯小说里的侦探。

④ 艾勒里·奎因（Ellery Queen），由一对表兄弟弗雷德里克·丹奈（Frederic Dannay，1905—1971）和曼弗雷德·本宁顿·李（Manfred Bennington Lee，1905—1982）合用的笔名，也授权给其他作家创作系列作品。埃勒里·奎因也是小说中的主人公，角色本身是一位悬疑小说作家兼侦探，协助他的父亲——纽约警察局的警官理查德·奎因侦破各种悬案。1929年至1971年，此系列推出了30多部长篇小说和几部短篇小说集，大多数由丹奈和李执笔，成为最受欢迎的美国悬疑小说系列之一。代表作品有《罗马帽子之谜》《希腊棺材之谜》《X的悲剧》《法国粉末之谜》等。

⑤ 爱德华·鲍沃尔-李敦（Edward Bulwer-Lytton，1803—1873），英国小说家、诗人、剧作家、政治家。他最有影响的名言是"笔比剑更有力"（The pen is mightier than the sword）。代表作品还有历史小说《庞贝城的末日》。

威尔基·柯林斯。他的小说《月亮宝石》讲述了一个警探侦破案件的故事

强盗的浪漫生活，是第一部英语犯罪小说。两年后，他写了一个关于 18 世纪杀人犯尤金·阿兰姆（Eugene Aram）的故事，学者们对它十分感兴趣：故事里撰写语文学论文的博学校长在 1758 年被捕，因为多年前他曾是盗窃团伙的一员，手上沾满了血债。1834 年，哈里森·安斯沃斯[①]的处女作《卢克伍德》（Rookwood）一夜蹿红，小说有声有色地讲述了凶残嗜血的盗匪和杀人犯迪克·特平（Dick Turpin）的事迹。

---

① 哈里森·安斯沃斯（Harrison Ainsworth，1805—1882），英国历史小说家，发表了四十多部小说。

查尔斯·狄更斯的小说《雾都孤儿》中的场景，奥利弗·崔斯特请求给他更多食物

狄更斯也加入了创作的行列，1837 年开始写作《雾都孤儿》系列故事，但当敌对的评论家把犯罪小说作家叫作"纽盖特①小说家"时，狄更斯就感到害怕了。狄更斯竭尽全力地澄清自己并没有美化费京和比尔·塞克斯。他对待妓女南希的态度从一个阅历丰富的人对她职业和虚伪的揶揄，转变成了情感丰富的道德家口中的"妓女也有金子般的心"。1839 年，安斯沃斯在《杰克·谢泼德》中给了被乔纳森·怀尔德坑害的谢泼德英雄般的待遇。之后，英格兰的犯罪小说就枯竭了。

---

① 18 世纪到 19 世纪时位于伦敦的著名监狱。

犯罪小说却在下层社会蓬勃发展起来。在法国，《流浪的犹太人》的作者、感觉论作家尤金·休[1]承袭了同胞保罗·德·科克[2]的软色情风格。他的作品《巴黎疑云》及《伦敦疑云》描绘了荒淫刺激、光怪陆离的城市底层世界。在英格兰，G. W. M. 雷诺兹[3]和托马斯·佩克特·普雷斯特[4]的半文学小说——犯罪小说式的作品，如《吸血鬼瓦尼》（*Varney the Vampire*）和《理发师陶德》（*Sweeney Todd*）为"廉价惊悚小说"铺就了道路。

但事实上，狄更斯对犯罪小说非常着迷，并持续在小说中注入犯罪小说的成分。《巴纳比·拉奇》《马丁·瞿述伟》《荒凉山庄》《小杜丽》《我们共同的朋友》和《艾德温·德鲁德之谜》中有谋杀、盗窃和造假。《荒凉山庄》里，虽然谋杀只是次要情节，但他笔下的巴克特探长侦破了"图金霍思先生谋杀案"。

巴尔扎克是与狄更斯同时代最伟大的法国作家，他也在自己的作品《人间喜剧》中添加了犯罪元素，反复出现的角色伏脱冷是个犯罪大师。伏脱冷的原型部分参照了巴尔扎克的朋友尤金·维多克（Eugène Vidocq），他曾经是个偷猎者，后来又成了猎场看守人。他以犯罪起家，在 1811 年担任刑事调查局局长。1832 年因为被怀疑策划了自己侦破的案件而被迫离职，之后就成立了自己的侦探事务所。维多克的回忆录（写于 1829 年）虽然可信度低且为自己辩护，但给后来的侦探小说作者以启发。尤其是他熟知黑道和外来人口，并且自称是伪装大师，借此潜入了多个犯罪团伙聚集地。他享受除去伪装的戏剧性时刻，还大声宣布："我是维多克！"他可以把那些以为他是同伙的人绳之以法。福尔摩斯也喜欢使用假发、胡桃汁和假皱纹，但在揭露自己身份的时候要小心得多。

查尔斯·菲利克斯的《诺丁山之谜》[5]写作于1862年，故事颇有意思。这是第一部真正意义上的侦探小说，通过一个调查人员的信件来讲述故事。在这个可疑的案

---

① 尤金·休（Eugène Sue，1804—1857），法国小说家。

② 保罗·德·科克（Paul de Kock，1793—1871），法国小说家。

③ G. W. M. 雷诺兹（George William MacArthur Reynolds，1814—1879），英国通俗小说家、记者。他的长篇系列小说《伦敦疑云》（1844）效仿了尤金·休的《巴黎疑云》。

④ 托马斯·佩克特·普雷斯特（Thomas Peckett Prest，1810—1859），英国通俗小说家、记者、作曲家。《吸血鬼瓦尼》和《理发师陶德》均为他与别人合写的系列小说。

⑤ 《诺丁山之谜》（*The Notting Hill Mystery*）被认为是第一部英语侦探小说。作者笔名为查尔斯·费利克斯（Charles Felix），有评论者认为其真实身份是查尔斯·沃伦·亚当斯（Charles Warren Adams，1833—1903），是一位律师，以笔名写过其他小说。

迪克·特平在哈里森·安斯沃斯的《卢克伍德》里形象被美化

件里，一位女士在用心险恶的丈夫为她买了 5 份保险后殒命，作案手法是类似人体自燃这样的维多利亚时期伪科学。"催眠术"被认为是实实在在的"动物磁场"，犯罪分子用它来给姐妹中的一个人下毒，然后再通过催眠传毒给另一个人！但是故事里包含了一张地图、一张结婚证书和一封信件部分内容的复刻本——这是柯南·道尔和他的后来者都会用到的手法。寻找杀人凶手以及破解作案手法是整本书的核心。

如果柯南·道尔知道这一点，那么他可能也受到了影响。

在19世纪60年代结束之前，威尔基·柯林斯写了《月亮宝石》，利用丰富多彩的叙述人去调查一桩谋杀案和一桩抢劫案。精明的卡夫警长是借鉴了苏格兰场的威彻尔警官。和菲利克斯相似（狄更斯在《艾德温·德鲁德之谜》里也有类似写法），柯林斯写到了催眠、毒品和梦游，给谜案赋予了至关重要的"不可思议"。柯南·道尔是个医生，于是他明智地拒绝了这样铺设情节的诱惑，虽然我们也见过他在小说里写人物患有"脑热病"来给自己更多的施展空间。

1872年，"廉价煽情小说"在美国兴起。与之相似的是"廉价惊悚小说"，例如《血字的研究》。"犯罪小说"有了易于辨认的形式，就像已经在法国盛行的侦探小说一样。高产的安娜·凯瑟琳·格林[①]创作了一系列侦探小说，主角是城市侦探埃比尼泽·格莱斯（Ebenezer Gryce）。她的第一部作品《莱文沃思案》（1878年）包揽了三项殊荣：作品比福尔摩斯早十年出现；第一部女性作家写的侦探小说；斯坦利·鲍德温[②]最喜爱的侦探小说。不幸的是，朱利安·西蒙斯[③]批判这部小说"情绪化得可怕"，"极度无力"。

评论家们也对福尔摩斯之前的侦探小说评价不高。《双轮马车的秘密》[④]（1886年）的反响平平，但据作者说这部小说是同类作品中销量最好的，可是他的版权仅仅卖了50英镑。坦白说，我怀疑这个报酬就像柯南·道尔通过《血字的研究》赚到25英镑一样。此外，其他作者对《双轮马车的秘密》销量的评价更坐实了我的怀疑。小说作者是新西兰的出庭律师，故事发生在澳大利亚。在双轮马车里发现一具尸体是引出谜案的常见方式。

---

① 安娜·凯瑟琳·格林（Anna Katharine Green，1846—1935），美国诗人、小说家，美国最早的侦探小说作家之一，以写情节缜密、法律准确的小说而闻名，被誉为"侦探小说之母"。

② 斯坦利·鲍德温（Stanley Baldwin，1867—1947），英国保守党政治家，在两次世界大战之间曾三次担任英国首相，是唯一一位在三位国王（乔治五世、爱德华八世和乔治六世）手下任职的英国首相。

③ 朱利安·西蒙斯（Julian Symons，1912—1994），英国侦探小说家、评论家，曾任英国侦探俱乐部主席，获得多项国际性推理小说大奖。

④ 《双轮马车的秘密》，作者弗格斯·休姆（Fergus Hume，1859—1932），出生在英国，幼年移居新西兰，后定居澳大利亚。

杜宾和勒科克

把奥古斯特·杜宾 ① 骑士视作福尔摩斯的重要前辈并不是倒退。1894 年，一位美国女记者问柯南·道尔是否受到了埃德加·爱伦·坡的影响，他给了肯定的答案并大加赞赏。

"他对我影响巨大，"柯南·道尔回答说，"他的侦探小说是文学史上最佳。"

"您是说除了福尔摩斯的故事之外吧？"女记者狡黠地追问。

柯南·道尔被逼进了自吹自擂的窘境之中，他气恼地站起来，大声说道："我的作品也不例外！"

华生天真地说他以为推理天赋只存在于类似爱伦·坡故事的作品里，这时柯南·道尔笔下虚构的福尔摩斯则可以更加直言不讳。

> 你可能认为把我和杜宾相比对我是一种恭维。但是，依我看来，杜宾是个非常低劣的家伙。他总是安静地等上一刻钟，然后再打断他朋友的思路，这种把戏过于卖弄和肤浅了。他有分析问题的天赋，但一点也算不上爱伦·坡想象中的天才人物。

福尔摩斯所指的"演绎法"的粗浅例子是这样的：杜宾告诉他目瞪口呆的同伴，自己认同他的观点，一个近来才转行做演员的鞋匠被报纸抨击，配不上自吹自擂的英雄形象，实属咎由自取。他说自己在他失足扭到脚踝的时候就已经跟上同伴的思路了，然后他还观察了一下路面，看到一条小道上铺着仔细雕琢的石块，于是记起了"切石术"（Stereotomy）这个做作的词，指的就是这种石工技术。"切"的词根（-otomy）与"原子"（atomies）和伊壁鸠鲁 ② 的科学理论相关。杜宾和他的朋友聊到了最近天文学的发现，正如杜宾所料，他的朋友抬头仰望星空时看到了猎户座，让他想起了前一天杜宾告诉他，报纸攻击鞋匠表演时所引用的拉丁文意思正是猎户座。想到鞋匠的拙劣的演技，朋友笑了起来，他站起来的时候又忽然想到鞋匠看起来个

---

① 奥古斯特·杜宾（Auguste Dupin），爱伦·坡笔下的业余侦探，是一名落魄的法国贵族，首次出场是在爱伦坡的小说《莫格街谋杀案》中。

② 伊壁鸠鲁（Epicurus，前 341—前 270），古希腊哲学家，认为世界上万事万物的根源都是原子的运动和交流。

子矮小，十分可疑。太简单了，我亲爱的骑士！

柯南·道尔认为这种繁复的推理"肤浅"，他觉得贝尔教授的推理更简洁明了。当然，为了回应华生说到爱伦·坡，他在《硬纸盒子》里让福尔摩斯重复使用这种"卖弄和肤浅"的技法，但杜绝了杜宾过度掉书袋的作风。华生看了一眼戈登和北彻的画像，认为后者应该挂在墙上的空白处，感怀北彻在内战期间的英勇表现，随之回忆起了自己在战争中负伤，最后断定要解决争端，战争是个愚蠢的方式。这里的推理主要是基于面部表情，爱伦·坡说过这是惠斯特纸牌玩家用来计算对方手牌的利器，但福尔摩斯并没有提起这事。

爱伦·坡沉迷于炫耀学识，就像他也热衷于写作华丽的辞藻，让杜宾的推理曲折复杂。但毋庸置疑的是，三个杜宾的故事开了侦探故事的先河：智力超凡的侦探条分缕析地破解犯罪的每个步骤。第一个故事《莫格街谋杀案》也是第一个"密室杀人案"。

柯南·道尔借鉴了杜宾天才的形象，聪明地使其更接地气，涉及的事物都是普通人熟悉的。他也塑造了一个头脑单纯的故事讲述者，让他被伟大侦探的才智所震撼，而侦探与俗世格格不入。他创造了这样的两个人物，但又在爱伦·坡的故事上做了改进——杜宾于金钱上太疏忽，以致于丢失了所有的钱，又端着贵族的架子不能屈尊去工作。

另一个被华生——事实上是柯南·道尔——尊崇的文学作品中的侦探是埃米尔·加博里欧[1] 笔下的勒科克探长（Monsieur Lecoq）。

> 勒科克就是个可悲的笨蛋，他只能夸耀自己精力充沛。那本书让我觉得非常不舒服，他要解决的问题只是鉴定一个未知的囚徒。我只需要 24 个小时就能解决，而勒科克用了六个月。

加博里欧把一个警察写成英雄，这在法国是很新奇的，因为警察很受歧视。即使到了 20 世纪 40 年代，伟大的思想家西蒙娜·韦伊[2] 还说警察遭受到过分激烈的谴

---

① 埃米尔·加博里欧（Émile Gaboriau，1832—1873），法国作家、记者、侦探小说先驱。

② 西蒙娜·韦伊（Simone Weil，1909—1943），法国著名思想家、神秘主义者和社会活动家。二战期间拒绝吃比敌占区同胞的定量更多的食物，因过度劳累和营养不良，健康状况恶化而在英国逝世。

法国作家埃米尔·加博里欧，侦探故事的开荒者。他的
作品《黄色房间之谜》是这个小说流派的开山作之一

责，仿佛妓女一般！加博里欧第一部侦探小说里，一个业余侦探让愚蠢的上司走上了正确的轨道。据说勒科克曾经像维多克一样从事过犯罪活动。勒科克没过多久便金盆洗手，但依旧保持着对上司的鄙视。到了福尔摩斯就演变成了他对大多数警察的轻蔑。勒科克的招牌特色就是自信心高涨和吃含片的习惯。随着勒科克的故事大获成功，法国侦探小说发展出了基本的形态。

　　勒科克的故事节奏慢于杜宾，因为他根据犯罪现场的证据对罪犯做初始推理（像贝尔一样），会引他踏上错综复杂的追凶之路。柯南·道尔在福尔摩斯的故事里使用了这样的情节设置：《四签名》看起来更像是追凶故事，而不是推理故事。他还像加博里欧那样，把犯罪的动机归因于往事。

极少人会说柯南·道尔在《血字的研究》和《恐怖谷》里借鉴了勒科克故事的结构。故事分为两部分，第一部分叙述了侦探如何追捕凶手，第二部分则完全没有侦探的戏份，背景故事本身也是精彩纷呈的。

对手和反传统

当福尔摩斯在莱辛巴赫牺牲后，《海滨杂志》上出现了福尔摩斯的继任者，作者是柯南·道尔的妹夫 E. W. 霍尔农。《业余窃贼》里的 A. J. 拉弗尔斯（A. J. Raffles）是个绅士珠宝小偷，时髦的公立学校学生，还是那个时代最优雅的绅士。他身着燕尾服，打着白色领结，在即将被他盗窃的宅邸中成为座上宾。拉弗尔斯暴露了英国的贵族是多么无聊，他们对陈规和上层社会的行为准则感到不满，但也正是这些使他们得以凌驾于"没有法纪的下等人"之上。拉弗尔斯的"华生"是同窗巴尼（Bunny），他既对同伴的离经叛道表示震惊，又为其胆识彻底折服。虽然作者写巴尼的崇拜和拉弗尔斯对女王的爱戴都是为了让我们喜欢拉弗尔斯，但他对朋友不忠诚的作为却令人不齿。拉弗尔斯独自逃走，留下巴尼受长期牢狱之苦，虽然巴尼在获释后低声下气地重新回到了他的主人的身边。不同于福尔摩斯和华生那无关情爱的单身汉间的情感，巴尼对拉弗尔斯的爱带着隐隐的同性恋意味。柯南·道尔对这部作品表示反感，他告诫霍尔农不要把一个罪犯写成英雄。霍尔农最终大概还是向大舅子的道德说教低头了，让拉弗尔斯在布尔战争中英勇地献出了生命。也许柯南·道尔和霍尔农可能都没料到，读者在看过 P. G. 伍德豪斯[①] 的作品后，就觉得霍尔农的小说既过时又无趣，觉得爱德华七世时代的贵族行为准则是上流社会嘲讽的对象。年轻的沃德豪斯继柯南·道尔后也在《海滨杂志》发表了作品，他也喜欢打板球。

莫里斯·勒布朗[②] 笔下的绅士窃贼亚森·罗宾（Arsène Lupin）则塑造得更好，

---

① P. G. 伍德豪斯（Pelham Grenville Wodehouse，1881—1975），英国作家、幽默小说家、编剧。

② 莫里斯·勒布朗（Maurice Leblanc，1864—1941），法国侦探小说家。

《水晶瓶塞》的主角是亚森·罗宾，一个由盗贼变成侦探的绅士

而且显然是个反福尔摩斯式人物。与拉弗尔斯不同的是，他把自己伪装和盗窃的专长用于帮助落难的女士，惩罚那些罪有应得的人。他精于伪装，办案范围涉及国外，还会打入警察内部。有一次，他假扮成刑事调查局的长官，负责追捕自己的行动！然而，他最为人难忘的还是装扮成苏格兰场的侦探，表现远胜过"福洛克·夏尔摩斯"。翻译这个故事的英国译者不敢亵渎福尔摩斯，将文中被打败的英国人小心地处理成了"福尔洛克·希尔斯"。但德语译本则毫不避讳地把故事标题写作"亚森·罗宾对战夏洛克·福尔摩斯"。此举十分大胆，因为 1907 年时福尔摩斯风头正盛。

在罗宾出现的五年前，已到不惑之年的 R. 奥斯汀·弗里曼[1]与监狱医生 J. J. 皮特凯恩（J. J. Pitcairn）合著了首部作品。他们使用笔名"克利福德·阿什当"（Clifford Ashdown），创作了行事狡猾多端的角色罗姆尼·普林格尔（Romney Pringle）。

不过他并不是拉弗尔斯和罗宾那样的职业犯罪分子，他只是在麻烦降临的时候自保罢了。另外，他也与福尔摩斯不同，不使用毒品，起居井井有条，早睡早起。

五年后，弗里曼创作了写作生涯中最重要的角色：法医学家桑代克医生（Dr. Thorndyke）。弗里曼熟悉病理学，推崇维多利亚时期的病理学家阿尔弗雷德·斯韦恩·泰勒[2]医生，他笔下的桑代克详实地展示了科学探案的真实过程，深深吸引着读者。弗里曼还搭建了"倒叙"侦探故事结构，故事以犯罪分子作案开篇，留下了可做证据的蛛丝马迹。虽然读者知道了谁是凶手，但还是被桑代克追捕凶手的过程牢牢抓住眼球。这弥补了弗里曼平庸的文笔和人物塑造，30 多年来他几乎每年都能写一本书。

在桑代克之前，福尔摩斯的侦探对手们都像他一样不站在警察一边。阿瑟·莫里森[3]所写的角色是首个与警方保持同样立场的侦探。1894 年，马丁·休伊特（Martin Hewitt）就作为福尔摩斯的替补出现在《海滨杂志》上了，画插图的是西德尼·佩吉特。休伊特与侦探大师福尔摩斯截然不同，他只是个再普通不过的人，聪明才智不超越"普罗大众的才能"。于是，一系列成功的侦探故事诞生了。但莫里森真正的强项是描写伦敦的生活。他关心贫苦人民，不忍心把犯罪娱乐化。他影响最深远的成就是作品中对伦敦东区风物的描写。故事中最臭名昭著的平民窟肖尔迪奇（Shoreditch）被刻画得入木三分，时至今日，读者们仍认为那个区域就叫"杰戈"（Jago），但真名其实是"尼科尔"（Nichol）。

G. K. 切尔斯顿[4]笔下的布朗神父化平凡为神奇，"平庸的"侦探角色就此走上了巅峰。这个邋遢笨拙的矮胖神父戴着难看的铲形帽，拿着一把折得皱巴巴的雨伞，还

---

① R. 奥斯汀·弗里曼（Richard Austin Freeman，1862—1943），英国医生、侦探小说家，在小说中化用了他早年在殖民地当外科医生的经历。

② 阿尔弗雷德·斯韦恩·泰勒（Alfred Swaine Taylor，1806—1880），英国毒理学家和医学作家，被称为"英国法医学之父"，他也是早期的摄影实验者。

③ 阿瑟·莫里森（Arthur Morrison，1863—1945），英国作家、侦探小说家和记者，以其现实主义小说和关于伦敦东区工人阶级生活的故事闻名，代表作品为《杰戈之子》（A Child of the Jago）。

④ G. K. 切斯特顿（Gilbert Keith Chesterton，1874—1936），英国作家、诗人、哲学家、剧作家、记者、演说家、神学家、传记作家、文学和艺术评论家。他笔下的"布朗神父"系列首开以犯罪心理学方式推理案情之先河，与福尔摩斯注重物证推理的派别分庭抗礼。

喜欢把牛皮纸包裹塞个满怀，完全就是优雅而冷峻的福尔摩斯的对立面。他追击罪犯弗朗博（Flambeau）的精彩情节在早期的故事中结束了——也许是因为弗朗博洗心革面，把自己警觉的大脑和犯罪知识用在捍卫法律上了。切尔斯顿严守道德准绳，虽然喜欢矛盾和荒谬的人和物，也会像柯南·道尔一样害怕把犯罪分子写得过于可爱。

布朗神父最厉害的观察技巧平平无奇：一个穿着制服的公职人员去办公事是很好的隐藏手法，一个身着晚礼服的顾客与饭店侍者除了腿部以外并无两样。但切尔斯顿并不满足于让这个矮个子神父停留在模仿福尔摩斯的简单观察上，他更着意于"善与恶"，而非法律与正义。因此，布朗神父查案更依靠对于灵魂的洞悉，因为他有帮助别人告解的经历。诚然，他每侦破一桩案件就会再一次看到人性固有的弱点，内心就生出些许悲伤。对书迷来说，这样的设置给了布朗神父的故事一种其他侦探小说没有的力量。其他读者则会觉得这个贯穿了 5 本书的套路太重复，而后来布朗神父这个虔诚的基督教徒厌倦了凡尘俗世，故事里真正的破案元素就消失殆尽了。

侦探的黄金年代

为了让侦探小说的作者和读者公平地较量智商的高下，一个与众不同的牧师为数量激增的"猜猜谁是凶手"式小说订立了一套准则。罗纳德·诺克斯[①]神父写作的侦探小说基调轻快，案件也像查尔斯·菲利克斯的故事一样涉及保险公司，还借机调侃保险其实是一种赌博。在他把拉丁文圣经（圣杰罗姆拉丁文版圣经，当时面向天主教世俗教徒的唯一权威版本圣经）翻译成英文后，成了杰出的天主教学者，并晋升高级教士以及牛津大学的天主教专职教士。在 20 世纪 20 年代到 40 年代，这位

---

① 罗纳德·诺克斯（Ronald Knox，1888—1957），英国天主教牧师，神学家，编译了"诺克斯版"《圣经》。同时也是侦探小说家，评论家，被称为"福尔摩斯学之父"。诺克斯于 1928 年提出了著名的"推理十诫"：1. 罪犯必须是故事开始时出现过的人，但不一定自始至终在读者的视线里；2. 侦探不能用超自然或怪异的侦探方法；3. 犯罪现场不能有秘密的房间或通道；4. 作案时候，不能使用尚未发明的毒药，或需要进行深奥的科学解释的装置；5. 不得有中国人出现在故事里（按：当时西方对中国不够了解，认为中国人都会功夫之类超能力，有碍推理）；6. 侦探不得用偶然事件或不负责任的直觉来侦破案件；7. 侦探不得成为罪犯；8. 侦探不得根据小说中未向读者提示过的线索破案；9. 侦探的笨蛋朋友（比如华生）必须将其判断毫无保留地告诉读者；10. 小说中如果有双胞胎或双重身份者，必须提前告诉读者。

左页：G. K. 切斯特顿笔下的侦探
布朗神父是神职人员

虔诚的高级教士罗纳德·诺克斯是一位神父，也是一个侦探小说作者

"罗尼神父"每年都出席牛津联盟的赛艇周辩论——按惯例，这种辩论只是肤浅地抖机灵，无须严肃地辩驳。

诺克斯在 1928 年提出的侦探小说戒律，可能是从福尔摩斯的经典故事里提炼出来的：犯罪分子必须在故事的开始就出现，而且不能是侦探本人；侦探可以对自己的推理和一些事实秘而不宣，但侦探身边的华生（如果有这么个同伴的话）不能故意误导读者或是隐瞒信息（虽然他的推理可能完全错误！）；如果要描写罪犯的心理活动，也不能与他犯罪分子的身份背道而驰（虽然他有和犯罪无关的思绪也很正常）；超自然力是不允许出现的，包括鬼魂、魔法或是宗教奇迹；杀人犯的动机必须是关乎个人并且合理的——不能是出于政治、宗教目的，原因不可古怪奇特，凶手也不能是职业杀手；侦探不能从某件异常的事情中偶然得知真相，也不能凭借"不可名状的直觉"得出结论（布朗神父对于人类心灵的理解来源于仁慈和聆听告解的经验，并非侥幸的第六感）。

从这些奇特的（也很聪明的）"规定"可以看出，侦探小说——至少是部分侦探小说已经成为了一种智力游戏，就像那时候刚问世的填字游戏，以其独特的魅力吸引着有文化的中产阶级。平凡无奇的场景和人物、节奏轻快的追凶情节就能吸引一批固定的读者。热门的故事场景是乡村房子，凶手性格特征、动机和致命的技能都如出一辙。故事开头就有尸体出现在图书馆里肯定有看头。（私人住宅里有图书馆这个安排，显示出侦探小说作者渴望提升该小说类型的社会地位。）嫌疑人包括一个狰狞的管家或者侍从，但佣人通常都只能犯些小罪。Q. D. 里维斯[①]认为，杀人犯只能是"高素质的人"。有趣的是，侦探小说从不会挑战一条传统的道德底线：虽然牧师经常出现，有时候也会被怀疑，但我想不到哪位"黄金年代"的作者将牧师写成凶手。在"妙探寻凶"游戏里，角色有黄上校、红小姐和白太太，而把牧师绿先生缩写成了绿牧师（黄金年代的作者一定会认定这是语法错误），他可能会是凶手（黄金年代的作者会觉得不妥）。知识分子（聪明的侦探除外）、不同种族的人、虔诚的宗教信徒、有轻微犯罪倾向的人、风骚性感的人、艺术家，甚至是异邦人都算是怪人，都会因为"不同"而受到怀疑。他们在小说里都是可以有效混淆视听的嫌疑人，口吻充满了文化人的自信，但更多的是野心膨胀的郊区人粗俗的态度。《正义的威廉》

---

① Q. D. 里维斯（Queenie Dorothy Leavis，1906—1981），英国文学批评家和散文家。

系列故事正是这种基调。弗洛拉·波斯特①表面具备了城市人的高级修养，但她也将这种态度带到了寒冷舒适的农场。

A. A. 米尔恩②也开始涉足侦探小说，创作了《红屋之谜》。一些评论家认为这本小说是追凶谜案小说里最具娱乐性的，但一些人觉得米尔恩只写《小熊维尼》就行了。硬汉派惊悚小说作者雷蒙德·钱德勒③抨击米尔恩漫不经心，而且水平欠缺。菲利普·麦克唐纳④（他祖父是维多利亚时期奇幻寓言作家，著有《公主和妖精》）也因为写作侦探小说而声名鹊起，但在我看来他的作品根本不值一读。在美国，艺术批评家维拉德·亨廷顿·莱特⑤用笔名 S. S. 范·达因来写作侦探小说，他指出谜题是侦探小说的精髓，其余都是次要的。（用这种标准来衡量，第一个福尔摩斯短篇故事《波西米亚丑闻》和他人生中的最后一个故事《最后的致意》当中没有任何重要的内容！）

范·达因很擅长写谜题，情节和线索设计精细。他的作品遵循侦探小说的"规则"，故事出其不意。20 世纪二三十年代，他的读者甚众，大概是因为大家都喜欢他笔下势利的侦探斐洛·万斯（Philo Vance）。斐洛求学于牛津大学，热爱艺术，在佛罗伦萨有一处房子（但他都在美国办案）。他的谈吐中常有让人气愤的言语，戴

---

① 弗洛拉·波斯特（Flora Poste），英国女作家斯特拉·吉本斯（Stella Gibbons，1902—1989）的小说《寒冷舒适的农场》（*Cold Comfort Farm*）的女主角。

② A. A. 米尔恩（Alan Alexander Milne，1882—1956），英国作家，最著名的作品是小熊维尼（Winnie-the-Pooh）系列。

③ 雷蒙德·钱德勒（Raymond Chandler，1888—1959），美国侦探小说家、剧作家，"硬汉派"侦探小说的代表作家。他冷峻的写作风格影响了现代推理小说的发展面貌，作品被改编为好莱坞经典电影。代表作有《长眠不醒》《漫长的告别》等。

④ 菲利普·麦克唐纳（Philip MacDonald，1900—1980），英国惊悚小说家。他的祖父乔治·麦克唐纳（George MacDonald，1824—1905）也是作家。

⑤ 维拉德·亨廷顿·莱特（Willard Huntington Wright，1888—1939），美国艺术评论家、侦探小说家，笔名 S. S. 范·达因（S. S. Van Dine）。他提出了"范·达因二十准则"：1. 必须让读者拥有和侦探平等的机会解谜，所有线索都必须交代清楚；2. 不该刻意欺骗或以不正当的诡计愚弄读者；3. 不可在故事中添加爱情成分；4. 侦探或警方不可摇身变为凶手；5. 控告凶手，必须通过逻辑推理，不可假借意外；6. 推理小说必须有侦探；7. 推理小说中通常会出现尸体；8. 破案只能通过合乎自然的方法；9. 侦探只能有一名；10. 凶手必须是小说中有分量的角色；11. 仆人不可被选为凶手；12. 就算是连续杀人命案，凶手也只能有一名；13. 推理小说中，最好不要有犯罪团体；14. 杀人手法和破案手法必须合理且科学；15. 谜题真相必须明晰有条理；16. 不应该有过长的叙述性文字；17. 不可让职业性罪犯负担推理小说中的犯罪责任；18. 犯罪事件到最后绝不能变成意外或以自杀收场；19. 推理小说里的犯罪动机都是个人的；20. 其他一些应该避免的套路。

着单片眼镜，喜欢炫耀对于艺术和艺术界的见解，活脱脱就是个美国版的哈罗德·艾克顿[①]。艾克顿就是《故园风雨后》[②]里安东尼·布兰奇（Anthony Branch）的原型。今天的大多数人应该都会赞同奥格登·纳什[③]的评价："斐洛·万斯就是屁股欠踹。"

与之完全相反的弗里曼·威尔斯·克罗夫兹[④]作品中的探长弗兰奇（French）只是朴实无华地埋头探案。他并没有真正的刑侦技巧，但对旅行时间表了如指掌。克罗夫兹最拿手的案件是需要推翻嫌疑人不在场证明来破案的，而通常侦探只要让凶手坐上一列计划外的火车，把他引到乙地点，而他理应是不能离开甲地点的。沉闷的追查作案手段的故事变成了黄金年代最无聊的桥段。

然而，我们忽视了这个年代最耀眼的珍宝：犯罪小说四女王。

《小熊维尼》的作者 A. A. 米尔恩，作品颇丰，著有一部追凶犯罪小说

---

① 哈罗德·艾克顿（Harold Acton，1904—1994），英国作家、学者、美学家、汉学家。他曾在北京大学教授英国文学，同时学习汉语与中国传统文化，翻译了《牡丹亭之春香闹学》《醒世恒言》等古典戏剧、小说和诗歌，并介绍到西方。

② 《故园风雨后》（*Brideshead*，一译作《旧地重游》），英国作家伊芙林·沃（Evelyn Waugh，1903—1966）发表于1945年的小说。小说描写了一战和二战之间，伦敦近郊一个天主教家庭的生活和命运。

③ 奥格登·纳什（Ogden Nash，1902—1971），美国幽默诗人。

④ 弗里曼·威尔斯·克罗夫兹（Freeman Wills Crofts，1879—1957），爱尔兰推理小说家。

犯罪小说四女王

　　1916 年，距夏洛克·福尔摩斯献上他"最后的致意"还有一年的时间，26 岁的阿加莎·克里斯蒂女士辞去了战时药剂师助理的工作，创作了一部侦探小说。《斯泰尔斯庄园奇案》里的战争背景是真实存在的，黑斯廷斯（Hastings）上尉是像华生那样从西部前线退役归来的叙述人。嫌疑人包括一名农场女工，另一名嫌疑人则是德国间谍。克里斯蒂女士在药剂师身边工作的经验赋予了她笔下凶手狡猾的伎俩，比柯南·道尔在《四签名》里描写的毒箭更为科学。侦探则是一名来自比利时的避难者。

　　可是小说里却丝毫见不到战争的踪影。虽然在现实中，每个英国家庭都生活在担忧家人惨遭厄运的阴影中，但斯泰尔斯庄园却未受到此重压的侵扰。庄园里没有战争带来的物资贫乏：蛋粉和可可油[①]都没出现。我们安全地待在妙探寻凶的游戏里，知道宽敞的乡村屋子里每个人卧室的位置。这是一桩密室杀人案，破案方法合理可行。直接嫌疑人就是凶手，虽然他看起来完全不可能作案，而他的帮凶从未被怀疑过。阿加莎这个悬疑天才开始崭露头角。

　　侦探赫尔克里·波洛像福尔摩斯一样绝顶聪明，但他不肯屈尊向福尔摩斯那样趴在地上，用放大镜观察线索。他的特点很简单：目空一切，整洁得一丝不苟，身在城市但心在乡村，留着浓密的髭须，脑袋"形似鸡蛋"。黑斯廷斯是个性情开朗的好人，有点迟钝，喜欢欣赏女士（尤其是红头发的女士）。当时没有任何迹象表明，这部作品将打开阿加莎成为史上最热门作家的大门。当阿加莎成名后，波洛有理由比肩福尔摩斯，成为令所有人着迷的传奇人物。直到 1921 年，《斯泰尔斯庄园奇案》才找到出版商，出版后反响热烈。

　　1926 年，阿加莎打破了一条规定。她接受了路易斯·蒙巴顿勋爵[②]的建议，让故事中的"华生"对读者保留一些想法、对话和行动，但最后却发现他才是凶手。故事情节巧妙，引起了巨大的轰动。有的读者觉得自己被骗了，有的盛赞这是最伟大的侦探小说。后来，阿加莎·克里斯蒂就家喻户晓了。她的高明之处在于，会让

---

　　① 战争期间，蛋粉和可可粉在英国是定量配给物资。

　　② 路易斯·蒙巴顿（Louis mountbatten，1900—1979），英国政治家、外交家、海军中将、元帅、东南亚盟军总司令。

两位犯罪小说女王：阿加莎·克里斯蒂（左）和奈欧·马许，摄于 1960 年

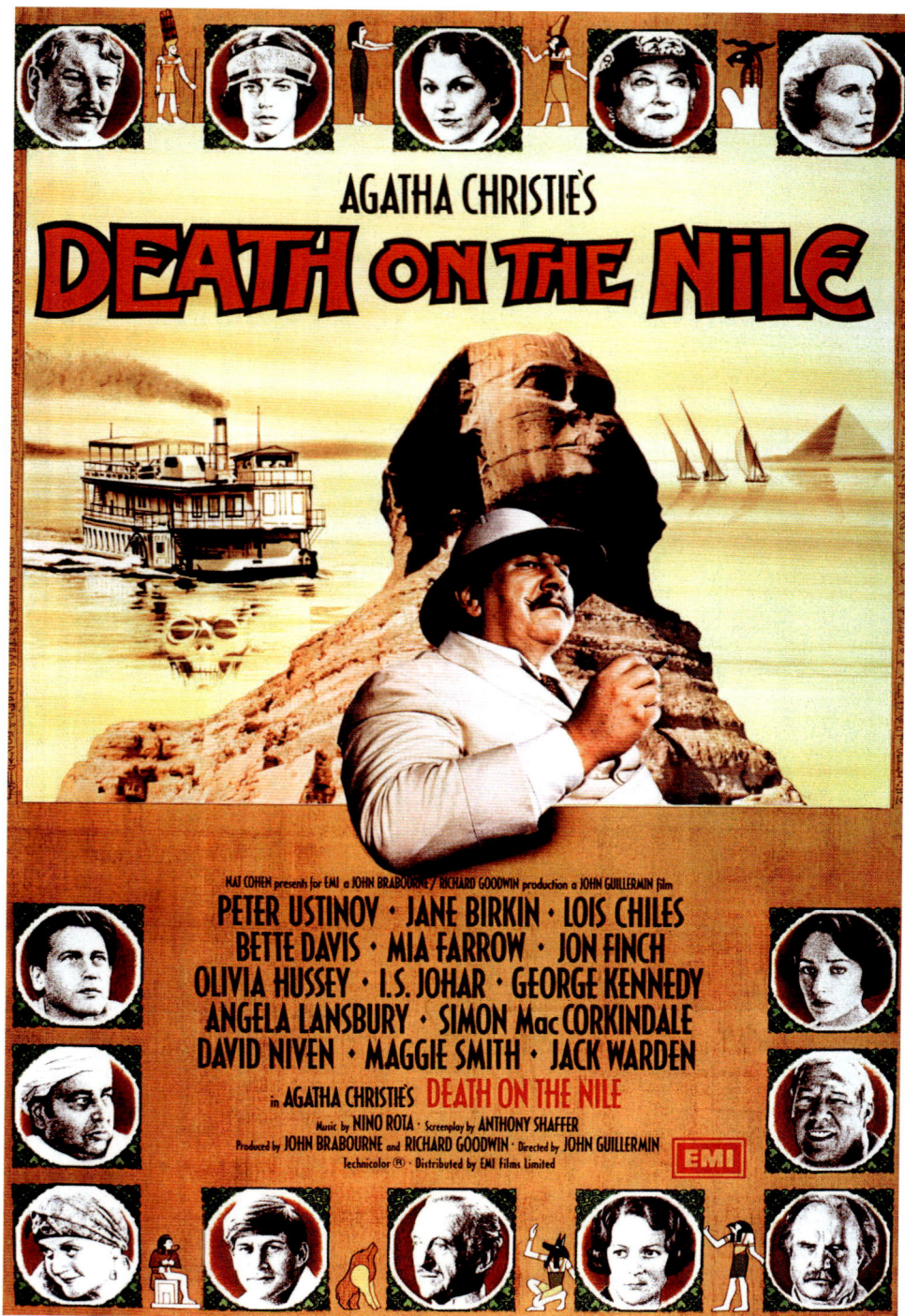

1978年，皮特·尤斯蒂诺夫在众星云集的电影《尼罗河惨案》中扮演赫尔克里·波洛

所有嫌疑人参与到谋杀中，然后包括凶手在内的角色都死了。阿加莎堪称最杰出的谜案大师。企鹅出版社一次性出版了她的十部小说，盛赞她为当之无愧的"犯罪小说女王"。

之后，企鹅出版社邀请多萝西·L.塞耶斯来共享这个王座。塞耶斯是一名牧师的女儿，不像阿加莎那样精通毒药，但设计出了许多奇特的杀人手段：向被害人血管里注射空气；一名男子死后身上没有明显受伤痕迹，死因是被囚禁于教堂塔楼中，不堪忍受彻夜敲响的钟声。

当破解谜题成为重点时，塞耶斯小姐就捉襟见肘了（比如《五条红鲱鱼》和《寻尸》）。她的强项是根据自己生活经历描绘出真实的场景：她曾任职广告撰稿人，求学于牛津大学女子学院。她在林肯郡乡村生活过，那里地势出奇地平坦，沟壑阡陌交错，教堂散布其间。

她的书迷非常喜欢她笔下的侦探彼得·温西（Peter Wimsey）勋爵：他是站在法律正义这边的贵族版拉弗尔斯。他有着一流的板球球技，学识也十分渊博。他是丹佛公爵的时髦弟弟，用满噙上流社会的俏皮话来展现他的睿智。在系列小说里，温西勋爵让哈里特·瓦恩免受谋杀指控，然后追求她，最后娶了她。后来，塞耶斯不再奢望读者重视犯罪小说里的背景而非犯罪情节，她在接下来的20年中都没再创作过这个题材的故事，转而写作有关耶稣生平的广播剧，翻译了《罗兰之歌》和但丁《神曲》的前两篇。

被企鹅出版社授以"犯罪小说女王"称号的另外两位作家也创作了贵族侦探，他们的浪漫史和婚姻贯穿了几部书。在玛杰里·阿林厄姆[①]的小说里，"艾伯特·坎皮恩"（Albert Campion）是某个姓氏不详的贵族"鲁道夫勋爵"的化名。他像彼得·温西勋爵一样苗条、健美而强壮。和温西勋爵不同的是，他戴双片眼镜，谈吐也没有纨绔子弟的气息，还随着自己的作者一起变老。在阿林厄姆战争前写作的小说中，故事背景除了乡村老屋外，还有她和丈夫熟悉的伦敦艺术圈。在阿加莎妙探寻凶式的小说里，只字未提英国是二战的大后方，但在坎皮恩的故事里，历史氛围被真实地还原了。《烟中虎》（Tiger in the Smoke）中，那场在雾气迷蒙的伦敦展开的追逐，比《四签名》中的情节更加刺激，故事中的道德意识也强于英国天主教徒

---

① 玛杰里·阿林厄姆（Margery Allingham，1904—1966），英国"黄金时代"侦探小说作家。

塞耶斯小姐的作品。柯南·道尔《弗朗西丝·卡法克斯女士的失踪》里写了用棺材运送活人的手段，而阿林厄姆在《给殡葬者添活干》（*More Work for the Undertaker*）中将其演绎得更加吊诡。总的来说，阿林厄姆在设置谜题上的功力比不上她对人物的塑造，但人物塑造也被阶级意识和种族主义倾向削弱。而这和阿加莎对犹太人的恶意相比则是小巫见大巫。

新西兰作家奈欧·马许 ① 习惯把警方的侦探打造成英雄，为了迎合中产读者的口味，赋予主角一个与警察职业毫无关联的"上流社会"家庭背景。这种写法其后被迈克尔·英尼斯和 P. D. 詹姆斯沿袭。奈欧在几本小说里让罗德里克·阿莱恩（Roderick Alleyn）追求阿加莎·特洛伊（Agatha Troy），后来他们结婚了。奈欧还写了一个惹人讨厌的记者，他是故事里的"华生"，但他在前几部小说里都没有充当叙事的角色，作用也不大。她的作品还像多数早期警探小说一样，险些沦为了反反复复的嫌疑人对话实录，让读者能够根据事实判断凶手。然而，奈欧是设计陷阱的高手，"显而易见"但是"绝无可能"的嫌疑人最终都被有力地证明是凶手。

殊　途

在公共图书馆的犯罪小说区书架上摆放着各种类型的小说，并不都是遵循福尔摩斯式的"侦探破解谜案"的简单模式。但即使情节如此简单，还是存在几种模型。侦探可能是私家侦探、警察或是一个总是遇上案子的业余破案爱好者。最后一种类型的侦探——比如阿加莎·克里斯蒂笔下的马普尔小姐（Miss Marpe）或埃德蒙·克里斯潘 ② 笔下的杰维斯·芬（Gervase Fen）——不是最受欢迎的，因为一个瘦小的老太太或是一个牛津大学的老师，走到哪里都会碰上谋杀案，这实在太不可思议了。

但是，"业余破案爱好者"这类的侦探非常适合柯南·道尔没有尝试过的一类

---

① 奈欧·马许（Ngaio Marsh，1895—1982），新西兰犯罪小说作家和戏剧导演。因其杰出文学成就，于 1966 年被封为大英帝国女爵士。

② 埃德蒙·克里斯潘（Edmund Crispin）是英国犯罪小说作家、作曲家罗伯特·布鲁斯·蒙哥马利（Robert Bruce Montgomery，1921—1978）的笔名。

犯罪小说。多萝西·L.塞耶斯曾说过，她想把风尚喜剧融进犯罪小说的框架中，把光彩照人的角色打造成英雄，但风险也随之而来，因为读者可能不喜欢角色特有的"做派"。伯蒂·伍斯特（Bertie Wooster）在牛津大学时获得两门学科第一名，还擅长打板球，塞耶斯小姐显然觉得这个人物设定很完美。萨拉·考德威尔①的两宗谋杀案很是巧妙，几个年轻的出庭律师凭借"小儿科"的聪明破解了谜题，能欣赏其中幽默的读者就享受这个故事，不喜欢的就味同嚼蜡。柯南·道尔简单而明快的喜剧则没有这种风险。

柯南·道尔没有写讽刺文章的天赋，所以他的小说和萨拉·考德威尔和埃蒙德·克里斯潘的截然不同。他们的小说情节复杂，引用到位，幽默而超脱，作者高高在上地掌控着整个故事。柯南·道尔相信健康的冒险有益处，他很自豪可以对活力充沛的年轻人施以影响。除了莫名其妙地引用歌德的话，柯南·道尔不会靠引经据典来吸引学究式的读者。这是他与"迈克尔·英尼斯"（真实身份是牛津大学基督教会学院学生J. I. M. 斯图尔特②）和"尼古拉斯·布莱克"（桂冠诗人西塞尔·戴·刘易斯③）的区别。

"硬汉派"的私家侦探小说诞生于20世纪30年代，代表人物是平克顿的前雇员达希尔·哈米特④和雷蒙德·钱德勒。故事遵循了柯南·道尔的人物设定，侦探是这个邪恶世界里的正义之士。钱德勒有一句名言："他走在这条肮脏的街上，但他自己并不肮脏。"夏洛克·福尔摩斯正是这样。硬汉派作家对愈发程式化和不真实的谜题嗤之以鼻，于是他们追随着柯南·道尔的脚步，专注于制造悬念和描写追凶：让故事的主人公屡陷陷阱，又逃出虎口。"谁在乎是谁杀害了罗杰·阿克罗伊德呢？"钱德勒问道。

---

① 萨拉·考德威尔（Sarah Caldwell）是英国侦探小说作家、律师萨拉·科伯恩（Sarah Cockburn，1939—2000）的笔名。

② J. I. M. 斯图尔特（John Innes Mackintosh Stewart，1906—1994），苏格兰小说家、学者。他以真实姓名出版的文学批评和当代小说，以迈克尔·英尼斯（Michael Innes）为笔名出版犯罪小说。

③ 西塞尔·戴·刘易斯（Cecil Day-Lewis，1904—1972），爱尔兰裔，1968年至1972年去世前为英国桂冠诗人。他以尼古拉斯·布莱克（Nicholas Blake）为笔名写悬疑小说。英国桂冠诗人是由英国君主任命的荣誉职位，职责是写诗以歌功颂德、悼念志哀，以及为各种重大庆典撰写贺词。

④ 达希尔·哈米特（Dashiell Hammett，1894—1961），美国侦探小说家、编剧，"硬汉派"侦探小说创始人。代表作《马耳他之鹰》（*The Maltese Falcon*）。

达希尔·哈米特是"硬汉派"侦探小说的先锋

为求真实，有些作者写的侦探就是警察。多年来，乔治·西默农①笔下的探长麦格雷占据标杆人物的位置。西默农文风简洁，以烟雨迷蒙的都市为背景，主角专业务实，他开创的这套风格可以用于其他欧洲大陆的警察，比如尼古拉斯·费立林②创作的范·德·瓦尔克，或是皮·华卢和玛姬·舍瓦尔③的贝克探长。艾德·麦克班恩④拓宽了破案的范围，在短时间内让纽约市一个辖区的侦查部门负责一个案件，看起来更真实。于是，电视上出现了许多模仿者：《山街蓝调》《警务风云》《纽约重案组》和《凶杀》。这些与之前的剧集大为不同，例如温和的《警察迪克逊》系列警匪剧和更加反映现实的《Z 号警车》。但所有的剧集核心都是通过破解线索和排除嫌疑人来侦破谋杀案。20 世纪 60 年代的鲁伯

---

① 乔治·西默农（Georges Simenon，1903—1989），比利时法语侦探小说家。西默农是一位多产作家，出版了近 500 部小说和许多短篇作品，他笔下最为人熟知的角色是侦探朱尔斯·麦格雷（Jules Maigret）。

② 尼古拉斯·费立林（Nicolas Freeling，1927—2003），英国犯罪小说家，以创作范·德·瓦尔克（Van der Valk）系列侦探小说而闻名。

③ 皮·华卢（Per Wahlöö，1926—1975），玛姬·舍瓦尔（Maj Sjöwall，1935— ），瑞典作家。两人合作完成一系列以斯德哥尔摩警探马丁·贝克（Martin Beck）为主角的小说，于 1965 年至 1975 年期间出版。

④ 艾德·麦克班恩（Ed McBain，1926—2005），本名萨尔瓦托雷·隆比诺（Salvatore Lombino），美国作家、编剧，他的"八十七分局"系列开创了"警察程序小说"（police procedural novel）流派。

在电影《夜长梦多》里，汉弗雷·博加特饰演菲利普·马洛——雷蒙德·钱德勒笔下经典硬汉派私家侦探，合作的演员是劳伦·巴考尔

特·戴维斯[1]扮演的麦格雷，80年代的约翰·肖[2]扮演的摩尔斯探长展现了福尔摩斯的基本探案方法仍然是最好的，只是人物成了职业警察。

间谍故事和惊悚小说是另一类截然不同的"犯罪小说"，也属于福尔摩斯故事的

---

[1] 鲁伯特·戴维斯（Rupert Davies，1916—1976），英国演员，20世纪60年代在改编自西默农小说的BBC电视剧《麦格雷》中饰演主角。

[2] 约翰·肖（John Thaw，1942—2002），英国演员，曾出演多部电视剧、舞台剧和电影，在改编自英国作家科林·德克斯特（Colin Dexter，1930—2017）小说的电视剧《莫尔斯探长》（Inspector Morse）中饰演主角。

约翰·肖饰演摩尔斯，他在警方的支持下查案

同类。悬疑、危险和追踪都是四部福尔摩斯小说的重头戏。外国特工窃取军备计划或条约草案在两个最精彩的故事里都出现了。《最后的致意》里并没有破案和阴谋，只有一系列德国人显露出邪恶企图的桥段；乔装的福尔摩斯破坏了他们的行动；福尔摩斯和华生带着他们轻而易举拘捕的间谍逃走了。反英国间谍的题材（在战争时

期此类题材很正常）足够扣人心弦和刺激。后来，莱恩·戴顿[1]和约翰·勒卡雷[2]这样的大师在这样的故事主干上添加了谜题，还像其他更为出彩的福尔摩斯故事那样揭穿罪行，因为约瑟夫·康拉德对于危险的间谍世界的看法，他们将自己的作品拔高了层次，心理描写丰富。

非写实的惊悚小说因为埃德加·华莱士[3]的作品获得了鼎盛的人气。他也经常抛出一个待解的谜题，但没有福尔摩斯故事和黄金年代作品那么精巧复杂。但他把写作风格、人物塑造和背景都简化到极致，以此突出叙事的节奏。他的书一时供不应求，而柯南·道尔和阿加莎·克里斯蒂的书还有库存。在低迷期，福尔摩斯系列的《三角墙山庄》里还可以读出 20 世纪 20 年代惊悚小说的影响。强硬的措辞和粗野的种族笑话是萨珀[4]的"斗牛犬"德拉蒙德和唐福德·叶芝[5]的贝里·普雷戴尔的主要逗乐方式。虽然柯南·道尔比这些排外的保守派思想更开放，《三角墙山庄》里甚至出现了排外作者无法容忍的外国冒险者，但他因为年老而受了那些作者的影响，有的读者认为这个故事很失败。也许新一代作者强调爱国的"运动员精神"，令他误以为他们所写的冒险是有益于健康的，且是时下年轻人流行的新形式。然而，到了埃里克·安布勒[6]和哈蒙德·英尼斯[7]手中，纯粹的惊悚小说让"犯罪小说"从黄金年代一贯浅薄的保守当中解放出来。热爱自由的柯南·道尔一定会赞赏安布勒把惊悚小说当作反法西斯的武器。而英尼斯的作品不关心政治，人物身上中左翼的立场非常

---

[1]　莱恩·戴顿（Len Deighton，1929—　），英国作家，与伊恩·弗莱明（Ian Fleming）和约翰·勒卡雷并称"三大间谍小说家"。

[2]　约翰·勒卡雷（John le Carré），英国间谍小说家戴维·康威尔（David Cornwell，1931—　）的笔名。二十世纪五六十年代，他在英国安全部门（军情五处）和秘密情报部门（军情六处）工作。1953 年他的第三部小说《柏林谍影》（The Spy Who Came in from the Cold）成为国际畅销书，其后他离开军情六处，成为一名全职作家。他的作品都被改编成电影和电视剧。

[3]　埃德加·华莱士（Edgar Wallace，1875—1932），英国小说家、戏剧家、记者。早年辍学，18 岁参军，1899 年退伍，回到英国后开始创作推理小说。他是世界上第一位畅销书作家，一生创作了 173 部小说、15 个剧本和无数其他类型作品。

[4]　萨珀（Sapper）是苏格兰作家 H. C. 麦克尼尔（Herman Cyril McNeile，1888—1937）的笔名。他笔下的"斗牛犬"德拉蒙德是一名一战老兵，退伍后成为冒险家。1937 年麦克尼尔去世后，系列小说由苏格兰作家杰拉德·费尔利（Gerard Fairlie，1899—1983）续写。

[5]　唐福德·叶芝（Dornford Yates）是英国作家塞西尔·威廉·默瑟（Cecil William Mercer，1885—1960）的笔名。贝里·普雷戴尔（Berry Pleydell）是其半自传系列小说《贝里之书》中的主角。

[6]　埃里克·安布勒（Eric Ambler，1909—1998），英国惊悚小说作家、编剧，以间谍小说闻名。

[7]　哈蒙德·英尼斯（Hammond Innes，1913—1998），英国小说家、儿童文学家。

接近夏洛克·福尔摩斯的基本立场。

柯南·道尔的贡献

犯罪小说真的远远偏离了柯南·道尔和福尔摩斯吗？从很多方面说确实如此，厌倦了单纯的谜题的读者如今被一些专业的内容吸引。惊悚小说已经公开涉足某些政治领域，柯南·道尔肯定会为之震惊，因为他认为几乎每个来到这个世界上的小男孩和小女孩都会带着一点自由党或是保守党的倾向，但都能与萧伯纳求同存异，把他的社会主义信仰与他素食主义习惯一样当成怪癖。

皮特·切尼[①]将探案和悬疑结合起来，创作的惊悚小说大放异彩。他在埃德加·华莱士作品的基础上做了全面提升，抬高了人物的阶层和才智，丰富了写作风格。他能轻松地由斯利姆·卡拉汉（Slim Callahan）慵懒的优雅切换到联邦调查局探员莱米·科逊（Lemmy Caution）雷厉风行的美国人做派。联邦调查局的内容在他的后来者们的"晦暗"小说里大行其道。切尼的小说比柯南·道尔的小说更多种族主义色彩和情色元素，但他的主角还是福尔摩斯那样的中上层阶级和统治阶级，只是沾染了黄金年代保守排外的不可一世。

在巴肯、萨珀和切尼之后出现的詹姆斯·邦德与福尔摩斯表面上大相径庭，实际上却是一脉相承。邦德不查案，但他追捕别人，也被别人追捕。他放荡不羁又香艳的冒险就是福尔摩斯的波西米亚精神在20世纪五六十年代的体现形式。片中出现大量的品牌和街道名称也是福尔摩斯作品风格的放大化。邦德踏足不同寻常的地方，呼应了三部福尔摩斯小说中在奇异之地探案的内容，以及在经过艺术加工的达特穆尔发生的奇案。幽灵党和斯莫西党之于邦德，相当于外国特工之于福尔摩斯：邦德和他的敌人更加暴力和冷酷，因为那代人经历了或是参与了两次世界大战，而柯南·道尔只见证了其中一次，而且带着本国的偏狭之见。

也许，伊安·弗莱明[②]真的坚信自己创造了一个传统的英雄，这正是英格兰这个

---

① 皮特·切尼（Peter Cheney，1896—1951），英国犯罪小说家。
② 伊安·弗莱明（Ian Fleming，1908—1964），英国作家、记者和海军情报官员，因创作詹姆斯·邦德（James Bond）系列间谍小说而闻名。

"我的名字叫邦德——詹姆斯·邦德。"邦德的故事和风格实际上受福尔摩斯影响颇深

缺乏英雄气概的福利国家所需要的。他与萨珀和唐福德·叶芝一样，秉持着柯南·道尔的原则：犯罪分子不应该被塑造成偶像，主角必须是体现不列颠精神的楷模。阿瑟·柯南·道尔的个人生活一清二白，所以他的后来者当然无法像他那样赋予福尔摩斯发自内心的正义感。只有像埃里克·安布勒这样的道德家侥幸地成功塑造了一个卑鄙的（而且臭烘烘的）反英雄人物阿瑟·阿卜杜勒·辛普森（Arthur Abdel Simpson）。

如果说福尔摩斯的故事借鉴了低俗恐怖故事和廉价惊悚小说的一些要素，那么庸俗小说反过来也从他身上吸取长处。柯南·道尔去世十几年后，一份市场报告惊奇地发现，当人们被要求说出住在贝克街的最著名的侦探，更多人回答的是塞克斯顿·布莱克①，而不是夏洛克·福尔摩斯！一群商业写手轮番写作塞克斯顿·布莱克的故事，持续到了 20 世纪中叶之后。从侦探的名字就可以看出，这些故事都是高超的模仿品。名字韵律和夏洛克·福尔摩斯一模一样，也有很多名人是姓布莱克的。此招巧妙，用心也略显不良。

但故事本身不是完全的抄袭作品，布莱克身边的伦敦助手廷克（Tinker）也不是照搬华生的。这对伙伴让自己的习惯和环境跟上时代脚步，顺畅而低调地适应着故事发表的年代。布莱克像其他低俗小说的人物一样，也做大量的细致推理，但他能向要求不高的读者很好地呈现从案发到犯罪分子伏法的完整过程。塞克斯顿·布莱克系列故事中的《钓鱼者失踪之谜》是我读的第一本侦探小说，当时我 9 岁或 10 岁。再早几年，我首次接触到"侦探"这一概念，就是像少年漫画报《冠军》里科尔温·戴恩（Colwyn Dane）那样手拿放大镜的角色，这个报纸里只有故事而没有连环画。

从某方面看来，最意外的是福尔摩斯对儿童小说的影响。当年，低俗恐怖故事和廉价惊悚小说是受到鄙视的，就像今天的网络色情片一样，受过良好教育的孩子是不应该看的。（他们看的都是阿瑟·米②写的有益书籍，或是美国的《波普》杂志③。）非魔幻类的儿童小说被圈定在由《小妇人》《秘密花园》和《寻宝人》划定的界线内。从巴兰坦④和亨蒂⑤到马里亚特船长，故事变得适合男孩子阅读。飞贼小说不是写给中产阶级孩子看的。

---

① 塞克斯顿·布莱克（Sexton Blake）是一个虚拟侦探角色，被称为"平民版福尔摩斯"。1893 年到 1978 年期间，《塞克斯顿·布莱克历险记》由大约 200 位不同的作者撰写的 4000 多个故事组成，并被改编成默片、有声电影、广播剧、漫画和电视连续剧等。

② 阿瑟·米（Arthur Mee，1875—1943），英国作家、记者和教育家，撰写了儿童版百科全书《哈姆斯沃思自学手册》（*The Harmsworth Self-Educator*）。

③ 《波普》（*BOP*）杂志创刊于 1983 年，是一本面向青少年儿童的美国娱乐月刊。

④ 巴兰坦（Ballantyne，1825—1894），英国儿童文学作家，代表作是少年冒险小说《珊瑚岛》（1858）。

⑤ 亨蒂（G. A. Henty，1832—1902），英国小说家和战地记者，他的历史冒险故事在 19 世纪末很流行。

柯南·道尔去世后 10 年之内，发生了翻天覆地的变化。伊妮德·布莱顿[①]写作用词简单，句子结构清晰，一出道即获得了教育家们的赞扬。她其后出版的小说《五个伙伴》（*Famous Five*）轻松愉快，故事都是在户外冒险，主人公遇到的小偷和走私犯比普通乡村侦探一辈子遇到的都要多。健康的 BBC 儿童时间"麦克叔叔"（*Uncle Mac's*）节目播放《少年侦探诺曼和亨利》（*Norman and Henry Bones，Boys Detectives*）。哈代家的男孩、伯西家的双胞胎、侦探少女南希·德鲁让大西洋彼岸的小读者们手不释卷。大家对此毫不意外。这无疑是柯南·道尔最大的成就，他给了犯罪小说受人尊敬的地位，所以加工后就能成为受过教育的孩子的主要读物，虽然纯粹主义者还在积极反对让孩子读安吉拉·布拉希尔[②]的纯真校园故事。

---

　　① 伊妮德·布莱顿（Enid Blyton，1897—1968），英国儿童文学家，被誉为"英国童书女王"，作品自 20 世纪 30 年代以来销量超过 6 亿本，被翻译成将近 90 种语言。

　　② 安吉拉·布拉希尔（Angela Brazil，1868—1947），英国女作家，最早的"现代女生故事"作者之一，出版了近 50 本女性小说，主要为了娱乐而非道德说教。

第六章

盛名不朽

请试想一下，你能否想到哪个小说人物的形象能被全世界这么多人轻而易举地辨认出来？匹克威克先生[1]？费金[2]？比尔·塞克斯[3]？南美人就认不出来他们，不是吗？也许也有英格兰人认不出。福斯塔夫[4]呢？也不好认吧。

那就不仅限于英语小说吧。堂吉诃德呢？可能人们能认出他来，但我肯定能认出他的人也必然能认出福尔摩斯，但能认出福尔摩斯的就未必认得出堂吉诃德了。世人总该熟悉经典的神吧？也许大家知道墨丘利[5]，他脚踝和头盔有翅膀，手里拿着被蛇缠绕的手杖。大概大家都记得他在国家粗苯汽油的标志上出现过，可是现在加油站已经看不到这个标志了，墨丘利先生被从广告板上撤走，而学校里也很少教经典神话，所以我怀疑在皮卡迪利广场的沙夫茨伯里纪念碑下聚集的孩子能否分清墨

---

① 匹克威克（Pickwick），英国作家狄更斯1836年出版的成名作《匹克威克外传》的主角，一位独身老绅士。

② 费金（Fagin），狄更斯小说《雾都孤儿》中的角色，一个老犹太人，伦敦街头盗窃团伙的领袖。

③ 比尔·塞克斯（Bill Sikes），《雾都孤儿》中的反派角色，费金团伙里的一个强盗、杀人犯。

④ 福斯塔夫（Falstaff），莎士比亚《亨利四世》中的角色，是一名年迈而放浪形骸的骑士，交友圈涉及三教九流，上至王子下至强盗小偷，展现出"五光十色的平民社会"，恩格斯称之为"福斯塔夫式背景"。

⑤ 墨丘利（Mercurius），罗马神话中主神朱庇特与女神迈亚（Maia）之子，担任诸神的使者和传译，又是司畜牧、商业、交通和体育的神，还是小偷们所崇拜的神。形象是头戴一顶插有双翅的帽子，脚穿飞行鞋，手握魔杖，行走如飞。在希腊神话中，被称为赫尔墨斯（Hermes）。

左页：1939年，英国演员巴希尔·拉斯伯恩（Bassil Rathbone）扮演夏洛克·福尔摩斯

丘利和爱神厄洛斯[①]。

这很不同寻常，但我认为能让全世界的人一眼就认出来的虚构形象只有早期的迪士尼卡通人物：米老鼠、唐老鸭、布鲁托和高飞。如果一只卡通老鼠要解开一个谜题，他需要做什么呢？他眉头紧锁，戴上猎鹿帽，穿上宽松的风衣，透过放大镜瞪大眼睛在地毯上寻找线索。

当我们意识到沃尔特·迪士尼真正的天赋在商业与宣传方面，柯南·道尔的巨大成就更一目了然了。把几个圆圈巧妙结合起来创造出米老鼠的人是动画师乌布·伊沃克斯（Ub Iwerks）。迪士尼从来就不能准确画出米老鼠的头部，但是他一手打造了这个财源滚滚的产业，让我们每天都能在广告和宣传里看到迪士尼卡通形象。而夏洛克·福尔摩斯的声名并没有依靠商业营销。

这也许就能解释为何这两个家喻户晓的名字是有区别的："米老鼠"用作形容词的时候是贬义的，常和英国老掉牙的"海瑟·罗宾逊"[②]相提并论。（"不要卖给我那个米老鼠似的装备。"）而夏洛克这个名词则可以表达一种挖苦的赞赏："这事太简单了，即使你不是夏洛克也该知道。"这种挖苦在纽约的粗言俗语里甚至变成了直白的嘲讽："闭嘴吧，夏洛克！"用来攻击那些把一件显而易见的事说成重大发现的人。柯南·道尔本人还听说了南美人用"福尔摩斯的伎俩"来形容绝妙但无用的观察，因为福尔摩斯会使用贝尔教授的推理方法炫技，但对案情却没有帮助。

"这太简单了，我亲爱的华生！"每个人都知道这句话。也许很多人都知道福尔摩斯没说过这句话，就像很多人也知道梅·韦斯特[③]的名言"什么时候来看看我吧"，但也知道她原话不是这样的。这样看来柯南·道尔真是祸不单行：人们听到一句台词就知道是福尔摩斯，凸显出柯南·道尔的成就之高；许多人知道这句话是改编的，而非原创，这更不可思议了。所有的一切都是实打实的影响力。

---

① 厄洛斯（Eros），希腊神话中爱神阿佛洛狄忒的儿子，形象是手持弓箭的是小男孩，即罗马神话中的丘比特。

② 海瑟·罗宾逊（Heath Robinson，1872—1944），英国漫画家和插画家，最著名的绘画作品是为实现简单的目标而设计的奇特复杂的机器。在英国，"Heath Robinson"一词在第一次世界大战期间成为流行词，意为"华而不实的"，形容不必要的复杂和不合情理的发明。

③ 梅·韦斯特（Mae West，1893—1980），美国著名的女演员、歌手和剧作家，以性感的银幕形象和大胆前卫的言论而著称。

威廉·吉列特

当然，在全球享有辨识度的是人物外形，而不是小说本身。正如我们所见，人物外形通过舞台和银幕传播开去，还得益于扮演夏洛克·福尔摩斯的首位演员对其做出的改进。柯南·道尔把福尔摩斯故事改编成戏剧时，美国人威廉·吉列特就看到了这个人物身上的戏剧潜质，还得知英国的化妆和情节剧大师赫伯特·比尔博姆·特里[①]可能无法出演这个角色。特里希望扮演福尔摩斯和莫里亚蒂两个角色，并给其中之一加上胡子来区分二人！ 1897 年，柯南·道尔想扑灭自己厌倦福尔摩斯这个角色的想法。

因为柯南·道尔每个月都要构思新的情节，这份苦差事迫使他让笔下的伟大侦探葬身瑞士。

柯南·道尔的作品代理人 A. P. 瓦特（Watt）把他写的剧本寄给了纽约的导演，对方很喜欢剧本。经柯南·道尔同意后，导演建议由吉列特扮演福尔摩斯。当时吉列特正在巡演自己的惊悚戏剧《情报局》，他身材高瘦，相貌俊朗，脸上透着睿智，与福尔摩斯相当契合。

美国人觉得应该在剧里加入浪漫情节。柯南·道尔拒绝了，他告诉导演："不能有情情爱爱！"但后来他和吉列特都弄丢了剧本的原剧本，吉列特凭借记忆重新写了剧本，柯南·道尔暂时妥协了。吉列特在纽约发电报给柯南·道尔询问："我可以让福尔摩斯结婚吗？"他得到了一个大方的答复："你可以让他结婚，也可以杀了他，你想怎么样都行。"然而，柯南·道尔很不满意吉列特改写的浪漫结局，虽然福尔摩斯在大幕落下的时候还是个单身汉。舞台剧让莫里亚蒂做反派，于是他既是"犯罪界的拿破仑"，也是福尔摩斯的头号对手。

有一次，吉列特扮演的福尔摩斯把自己的蜡像放在窗前，被莫里亚蒂的枪打中的其实是蜡像。后来，这个桥段被柯南·道尔用到了福尔摩斯复活后的短篇故事里。在后来的独幕剧《王冠钻石》（1921 年）和衍生故事《王冠宝石案》里，这样的情节也出现过。

吉列特舞台剧由《波西米亚丑闻》开始，故事中一个人的妹妹收到了来自显贵

---

① 赫伯特·比尔博姆·特里（Herbert Beerbohm Tree，1852—1917），英国演员兼剧场经理，于 1904 年创立了皇家戏剧艺术学院，1909 年因对戏剧的贡献而被授予爵位。

美国演员兼剧作家威廉·吉列特扮演夏洛克·福尔摩斯

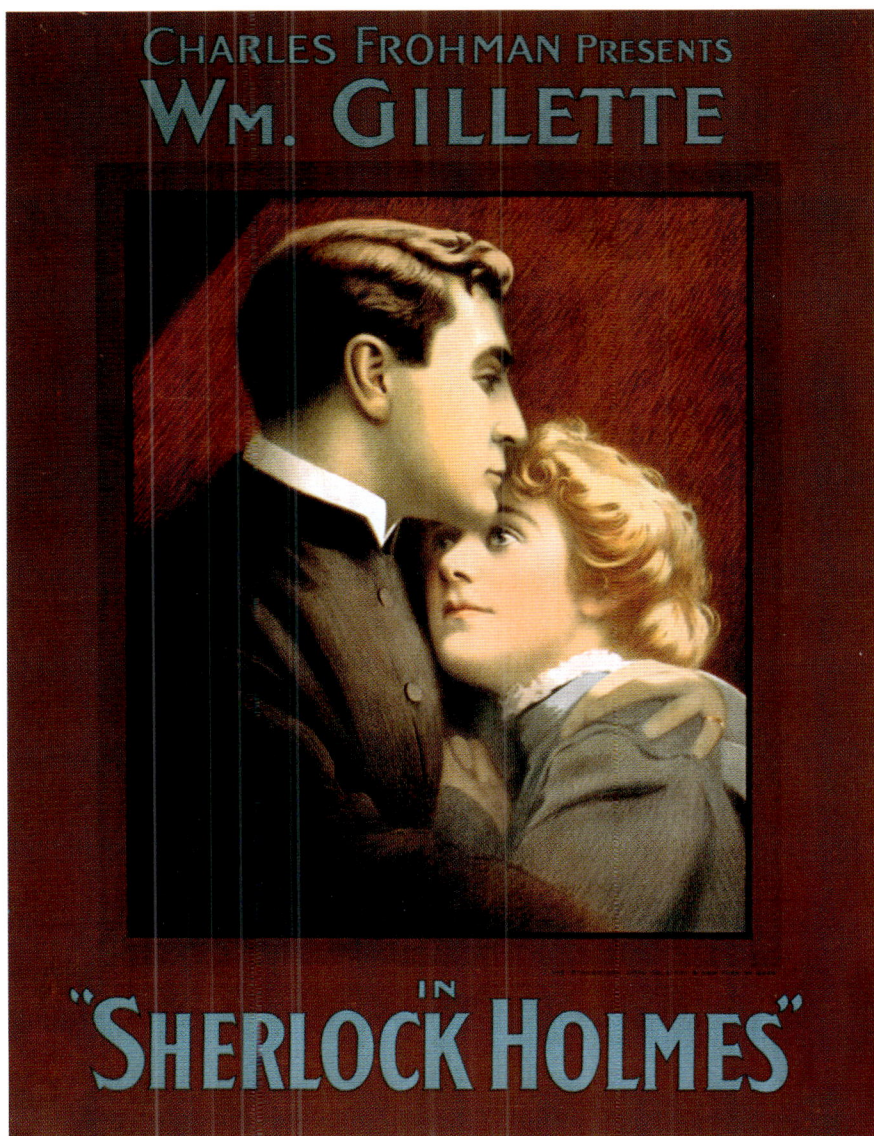

威廉·吉列特出演的福尔摩斯舞台剧的海报

的见不得光的信件，而她又落入了莫里亚蒂的魔掌，他计划用这些信件去毁掉那位显贵。无辜的艾丽斯·福克纳遭到绑架——这里有《铜山毛榉案》的影子。舞台剧还加进了 1877 年一桩臭名昭著的案件，柯南·道尔的母亲推荐他儿子在故事里写这样的案情，但他不愿按别人的要求来写新故事。在那个案子里，年轻的地产经纪人路易斯·斯汤顿娶了一个智力低下的女孩。女孩有一小笔个人收入，路易斯控制了她的财产，把她丢在一个农舍里，给了弟弟一点钱让其照顾她。而路易斯自己则与一个情妇鬼混在一起。可怜的哈里特·斯汤顿被迫与亲友断绝往来，无人关怀，最终凄惨地死去。斯汤顿家的人受到了指控，但免于绞刑，因为法医证据显示哈里特可能患有脑膜炎。柯南·道尔不知道此后路易斯忏悔往事并成为了虔诚的天主教徒，在达特穆尔服役多年后像圣人一样死去。

诚然，柯南·道尔和吉列特舞台剧里的"艾丽斯·福克纳"也不是意志薄弱的人。她也不像哈里特那样遇人不淑，没有被关在房间里，与世隔绝，她俘获了福尔摩斯的心，虽然他们最后并没有在一起。

吉列特与柯南·道尔一脉相承，他也对唯灵论感兴趣。他喜欢铁路模型，并像柯南·道尔一样在自己的房子外建了一个。晚上，他也同福尔摩斯那样，经常在城里散步，有时候在公园的长椅上睡着，天亮才醒来。此外，他也像阿瑟·巴尔弗一样深深爱着死去的妻子，而且余生没有再娶。他也去寻求灵媒帮助，希望确认自己挚爱的人依旧活着。

吉列特具备辛辣的幽默感，相貌出众，无惧公众讶异的眼光，于是他还未登台扮演福尔摩斯就已经注定会大获成功。在他第一次与刚下火车的柯南·道尔会面时，他就能够在西德尼·佩吉特所绘的所有插图里挑选自己需要的元素了。他自然而然地丢弃了平庸的优雅长礼服，那是福尔摩斯经常穿的衣服，而他选择的是更高调的旅行装束。柯南·道尔见到的是一个身材高大的男士，五官似鹰一般，头戴猎鹿帽，身着配套的风衣。这位男士抽出放大镜，仔细打量了一下来者，说到："你无疑是个作家。"

柯南·道尔被逗乐了，当场认出了自己笔下的角色。于是他决定舞台剧上福尔摩斯的服装就采用他外出的装束，虽然穿着旅行服装在城里活动不符合维多利亚时期和爱德华时期绅士的传统。而舞台剧里福尔摩斯室内的服装也为侦探开了先河，这之前并没有出现在佩吉特的插图里。众所周知，福尔摩斯那件华丽的紫色晨衣是在柯南·道尔的晨衣上做了夸张的处理。朴素而随性的大众作家待在家里的时候也会给自己来一点靓丽的色彩。后来的作家，比如诺埃尔·考沃德[①]这样的大众偶像

---

① 诺埃尔·考沃德（Noël Coward，1899—1973），英国著名剧作家、作曲家、导演、演员和歌手，《私人生活》《水性杨花》等电影的编剧。因自编自导自演的电影《效忠祖国》（*In Which We Serve*）获1943年奥斯卡荣誉奖。他的性取向在他生前并未公开。

在室内会穿着标志性的丝贡晨衣，不会穿西装短外套。考沃德并不希望被看作侦探，但他效仿福尔摩斯式的冷峻、高傲和精明过人。考沃德这样的同性恋可以用这种方法来有效吸引女性。

正如我们所见，福尔摩斯的曲柄烟斗非常适合吉列特的舞台剧。大家想象一下，如果吉列特叼着一支直柄烟斗，在说话的时候烟斗就会随着吐字上下摆动，如此一来说台词的时候就不能保持高贵的形象了。

后来的舞台剧

在美国巡演取得成功后，1901年9月9日，吉列特又把他的福尔摩斯舞台剧带到了伦敦的兰心剧院。柯南·道尔小时候正是在这个剧院观看了欧文的《哈姆雷特》，玛丽·摩斯坦小姐也是在这里的第三根柱子边等待福尔摩斯和华生。

舞台剧大受欢迎。爱德华七世和亚历珊德拉王后都爱看，巴尔弗首相也喜欢。国王还因为与吉列特聊剧里出现的王室元素，无意中延长了中场休息时间，激起了公众对王室的不满情绪。剧中有个人物是以爱德华七世的堂兄为原型来设计的，暗示了福尔摩斯"显贵的主顾"就是爱德华七世本人。

吉列特扮演的福尔摩斯广受好评，直到他在1932年去世。他精通小提琴演奏，弥补了观众有时候听不清他说话的不足。1905年在伦敦的演出里，一个叫查尔斯·卓别林的少年扮演了门童比利。吉列特还写了独幕喜剧《夏洛克·福尔摩斯的窘境》，艾琳·范布勒[1]在其中扮演了一个喋喋不休的委托人，从不让福尔摩斯插嘴。（这不是福尔摩斯首次以滑稽形象登台。吉列特的扮相出现后，立刻在滑稽剧《夏福气·琼斯：吉列特为何离开？》里被模仿了[2]。）

1909年，柯南·道尔沉迷于风险投资。他租下了莱利克（Lyric）剧院来演出他写的戏剧，剧中英国游客在埃及的托钵僧绑架。他掌握着话语权，坚持完全的写实

---

① 艾琳·范布勒（Irene Varbrugh，1872—1949），英国女演员，由于其舞台成就，于1941年被授予大英帝国勋章。

② 当威廉·吉列特的福尔摩斯剧上演后，特里剧院（Terry's Theatre）推出了戏仿福尔摩斯的名为《夏福气·琼斯》（*Sheerluck Jones*）的滑稽戏。

主义。在布景和服装上，他一掷千金，要求托钵僧去鞭打被绑架者。这不仅让演员伤痕累累，还引得一个年轻的近卫队警官跳上舞台，试图用枪射击那些虐待英国女士的无赖。

虽然有小部分观众喜欢这部戏剧，但夏天异常炎热，大家都不愿意待在一个闷热的剧院里。柯南·道尔只好快速结束这一部剧，然后开始下一部，他用新剧致敬自己钟爱的老式徒手拳击。他还是要求演员们真的击打对方，并用化妆来遮盖伤痕。但这回国王的过世使他遭遇挫折，整个伦敦的剧院都停止运转了。柯南·道尔利用这个机会来制造一次惊世骇俗的轰动：这位已故国王最喜欢的作家说服新国王去掉加冕宣誓里反天主教的内容——这些文字在威廉和玛丽时代[①]就已经存在了。

不过，这看起来是柯南·道尔收回投资成本和拯救戏剧季的唯一途径。他必须让福尔摩斯重返舞台。

他就必须写一出新舞台剧，于是他开始把《斑点带子》改编成舞台剧，他和许多书迷都认为这是系列故事里的佳作之一。H.A.圣茨伯里[②]曾经做过吉列特的替补，也在本地的巡演里扮演过福尔摩斯，所以福尔摩斯最终由他出演。林恩·哈尔丁[③]是戏剧圈里最具魔王反派气质的演员，他扮演了格里姆斯比·罗伊洛特。这个角色在剧中叫"莱洛特"（Rylott），柯南·道尔再一次犯了马虎的致命毛病。但正是"莱洛特"拯救了柯南·道尔。一位优秀的评论家建议柯南·道尔不要干涉哈尔丁彩排，不要逼迫他严格地按照原著来塑造罗伊洛特。柯南·道尔也许经历了前两次打击，采纳了这个建议。这个角色使福尔摩斯显得光芒暗淡，也是哈尔丁的一大成就。

柯南·道尔对于真实性非常执着，在前几场表演里甚至使用了真蛇。扮演"伊妮德"（莱洛特的继女改成了这个名字）的演员不幸被这条蛇吓得魂不附体，而蛇不肯乖乖地从为它准备好的绳子上爬下来，还有一个评论家说这条活蟒蛇显然是个不会动的道具。柯南·道尔立刻同意了把真蛇换成道具，观众很满意，认为这就是条真的"沼泽蝰蛇"。

---

① 1689年，英国"光荣革命"后，议会宣布国王詹姆斯二世逊位，由其长女和女婿共同加冕为英国国王，即玛丽二世与威廉三世。

② 圣茨伯里（H. A. Saintsbury，1869—1939），英国演员和剧作家，因出演福尔摩斯而闻名。他是查理·卓别林的早期导师。

③ 林恩·哈尔丁（Lyn Harding，1867—1952），威尔士演员，在舞台和电影中饰演反派角色，其中最著名的角色是《福尔摩斯探案集》中的莫里亚蒂。

左页：20世纪20年代，艾利·诺伍德
成功塑造了夏洛克·福尔摩斯

1923 年，J. E. H. 特里 ① 和阿瑟·罗斯（Arthur Rose）合作改编了剧本《空屋》《查尔斯·奥古斯塔斯·米尔沃顿》和《弗朗西丝·卡尔法克斯女士失踪案》，延续了吉列特的舞台剧魅力。他们将这系列剧称作《夏洛克·福尔摩斯归来记》，还邀请了艾利·诺伍德 ② 来扮演这位伟大的侦探，诺伍德因为无声电影里扮演过福尔摩斯而为人所知。舞台剧反响很好，柯南·道尔和诺伍德赢得了满堂彩，而柯南·道尔谦虚地将功劳归给特里和罗斯。1953 年，舞台剧在布罗姆利（Bromley）复排，也获得了好评。诺伍德继续诠释着那个年代"完美的"夏洛克·福尔摩斯，虽然后人会挑刺说当时的照片里的诺伍德身材走形，不像原著人物那样修长了，还在演福尔摩斯。但诺伍德是舞台上的化妆大师，他把乔装的福尔摩斯演得活灵活现。

柯南·道尔去世三年后，两位优秀的演员出演的福尔摩斯作品都很失败。奈杰尔·普莱费尔 ③ 与菲利克斯·埃尔默 ④ 出现在《贝克街的流浪者》中，故事大胆而荒唐地把福尔摩斯塑造成一个女儿已经成年的老年鳏夫！

1953 年，电视舞蹈老前辈玛格丽特·戴尔 ⑤ 为塞得勒·维尔斯剧院 ⑥ 创作的芭蕾舞剧《伟大的侦探》质量尚可。肯尼斯·麦克米兰 ⑦ 的《侦探》得到了肯定，但他把"教授"和侦探的角色合二为一这个做法就没那么成功了。莫里亚蒂把手下像提线木偶一样操纵，这个人物设定来源于芭蕾舞剧《葛蓓莉亚》（Coppelia），而不是柯南·道尔。所有人都讨厌斯坦利·霍尔登 ⑧ 饰演的华生，他看起来更像是马斯涅 ⑨ 的芭蕾舞剧《古怪玩具店》（Boutique Fantasque）里的小矮子斯诺布（Snob，意思是势利小人），而不是福尔摩斯那个固执的伙伴。

历经这些失败后，胜利终于来临。20 世纪四五十年代的本地剧院和剧目剧院

---

① J. E. H. 特里（J. E. Harold Terry，1885—1939），英国小说家、剧作家、演员和评论家。

② 艾利·诺伍德（Ei.lie Norwood，1861—1948），英国演员，先后在 47 部无声电影和 120 余场舞台剧中出演福尔摩斯，被称为默片时代银幕上最伟大的福尔摩斯扮演者。

③ 奈杰尔·普莱费尔（Nigel Playfair，1874—1934），英国演员，兰心剧院经理。

④ 菲利克斯·埃尔默（Felix Aylmer，1889—1979），英国演员，参演过舞台剧、电影和电视。

⑤ 玛格丽特·戴尔（Margaret Dale，1876—1972），美国女演员。她在百老汇表演了 50 多年舞台剧，参演了不少热门剧目，偶尔也参演电影。

⑥ 塞得勒·维尔斯剧院（Sadler's Wells Theatre），位于英国伦敦，世界著名的舞蹈演出场地之一。

⑦ 肯尼斯·麦克米兰（Kenneth McMillan，1932—1989），美国演员，由于形象粗犷，经常演反派。

⑧ 斯坦利·霍尔登（Stanley Holden，1928—2007），英裔美国芭蕾舞演员和编舞。

⑨ 马斯涅（Jules Massenet，1842—1912），法国浪漫主义时期的作曲家，创作了三十多部歌剧，以及清唱剧、芭蕾、管弦乐、舞台配乐、钢琴曲、歌曲等。

凭借惊悚喜剧和悬疑剧发展起来，他们不约而同地发现，重排福尔摩斯的戏剧都会收获积极反响。华丽的音乐剧《贝克街》在1965年隆重登陆百老汇，虽然弗里茨·韦弗①的福尔摩斯避免不了美国导演的俗套，爱上了因加·斯文森②扮演的艾琳·艾德勒。

大银幕上的福尔摩斯

率先把福尔摩斯故事拍成电影的也许是外国人。据说1906年英国拍了一部福尔摩斯的默片，但没有任何相关证据存留下来。1908年到1910年间，丹麦的诺迪斯克（Nordisk）电影公司制作了13部福尔摩斯电影。其他国家看到他们成功后也纷纷效仿，德国、美国和意大利那些重量不重质的制片人根本不在意版权和原创剧情。电影发行方拿到的《大谋杀谜案》剧情简介是：福尔摩斯出了一回神就把杀手认定为一只逃逸的猩猩。担心那些从没听说过《莫格街谋杀案》的人弄混，还加上了说明"不是根据柯南·道尔作品改编"。1912年，法国的艾克莱尔（Eclair）公司购买了版权，根据原著拍摄了9部电影。

1914年，英国人终于回过神来了。塞缪尔森（Samuelson）电影公司制作了《血字的研究》，落基山脉和死亡谷分别取景于切达峡谷和南港镇的海滩。没人知道扮演夏洛克·福尔摩斯的是谁，只知道他是塞缪尔森公司伯明翰办事处的一名会计。据说他演得很好，从存世的剧照能看出G. B.塞缪尔森钦点的这位完全业余的演员扮相非常像福尔摩斯。两年后，塞缪尔森公司又拍摄了《恐怖谷》。同年，埃森内（Essanay）电影公司录制了吉列特的表演。

重大的突破出现在战后。1921年，斯托尔（Stoll）电影公司出品了47部《福尔摩斯冒险史》的电影，由艾利·诺伍德③主演，他的外貌与贝尔教授非常相似。这些

---

① 弗里茨·韦弗（Fritz William Weaver，1926—2016），美国电视、舞台和电影演员，凭借迷你剧《大屠杀》中的角色获得艾美奖提名，曾参演《暮光之城》《冲出地平线》《X档案》等影视剧。
② 因加·斯文森（Inga Swenson，1932— ），美国百老汇女演员。
③ 艾利·诺伍德（Eille Norwood，1861—1948），英国演员，在他大部分的银幕生涯中扮演夏洛克·福尔摩斯。

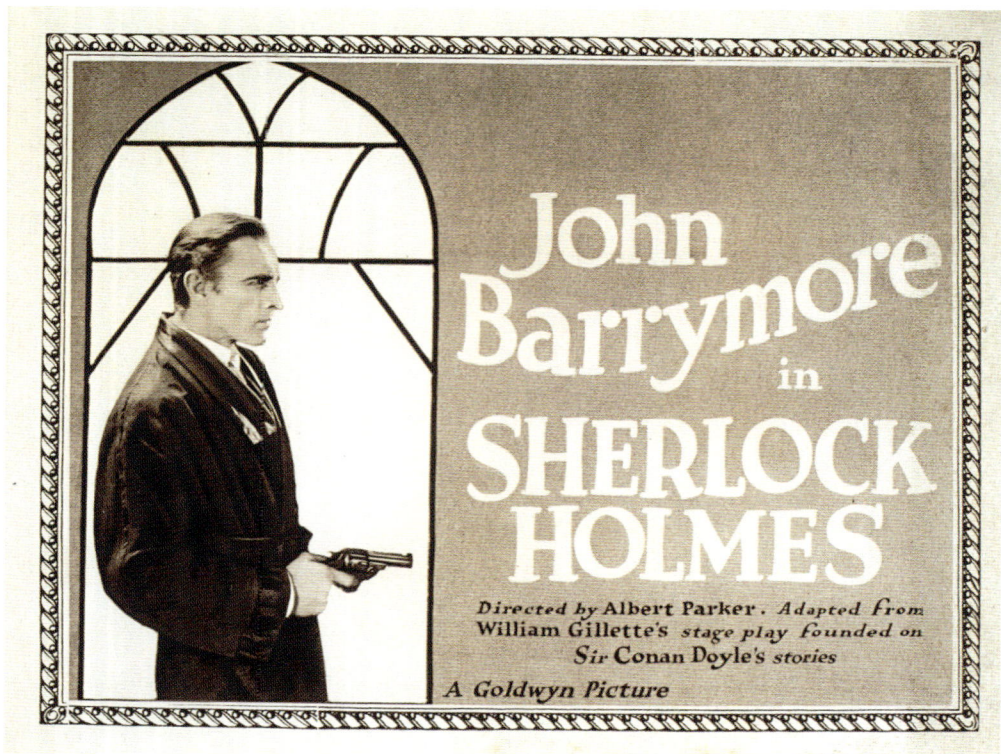

约翰·巴里摩尔，可能是扮演过福尔摩斯的演员中最出名的

电影制作精良，忠实原著，同时也在背景上做了一些小变动，与当时的《海滨杂志》插图保持一致。柯南·道尔盛赞诺伍德的表演。1922 年，好莱坞在福尔摩斯身上增添了浪漫气息，使其与约翰·巴里摩尔[①]的完美外形更加贴合，柯南·道尔感到很高兴。他笑道，诺伍德和巴里摩尔在他的作品里都各得其所。"诺伍德的建筑师"乔纳斯·奥德克尔为了摆脱追债人而造出了自己被谋杀的假象，还报复了拒绝过他求爱的女人之子。巴里摩尔是巴斯克维尔庄园里阴森森的管家。巴里摩尔的电影在英国上映，名叫《莫里亚蒂》，带有夏洛克·福尔摩斯的电影名已经有点老套了。

有声电影对福尔摩斯的发展有很大的推动。在演绎这位推理大师的过人智慧时，他的话语与外貌一样重要。但在好几年的时间里，制作人找不到完全合适的演员。

---

① 约翰·巴里摩尔（John Barrymore，1882—1942），美国演员，出身戏剧世家，活跃于舞台、银幕和广播剧。因为对哈姆雷特的塑造，他被誉为"活着的美国最伟大的悲剧演员"。

1959 年恐怖电影《巴斯克维尔的猎犬》的海报，彼得·库欣扮演福尔摩斯，克里斯托弗·李也参演了本片

克里夫·布鲁克斯①出演了两部电影《福尔摩斯归来记》和《夏洛克·福尔摩斯》，可是他的五官特征并不是很像鹰。《斑点带子》里的雷蒙德·马西②的形象偏差得不可救药，虽然舞台剧里格里姆斯比·莱洛特医生的扮演者林恩·哈尔丁认可他。在《巴斯克维尔的猎犬》中，罗伯特·伦德尔③表现糟糕。霍金纳德·欧文④没有什么辨识度，很适合扮演华生，来衬托布鲁克斯的福尔摩斯，后来他自己在一个版本的《血字的研究》出演了福尔摩斯。

---

① 克里夫·布鲁克斯（Clive Brooks，1887—1974），英国电影演员。20 世纪 20 年代初在英国成名，其后来到美国好莱坞，成为派拉蒙电影公司后期无声电影的主要明星之一。1928 年至 1929 年间，他成功地过渡到有声电影。30 年代中期，他回到英国继续电影生涯。

② 雷蒙德·马西（Raymond Massey，1896—1983），加拿大演员。

③ 罗伯特·伦德尔（Robert Rendel，1884—1944），英国演员，在《巴斯克维尔的猎犬》中饰演福尔摩斯。

④ 雷金纳德·欧文（Regrhalc Owen，1887—1972），英国演员。

1946年的电影《恐怖之夜》借用了柯南·道尔的《空屋》《四签名》和《弗朗西丝·卡尔法克斯女士失踪案》中的元素

1931年，银幕上终于出现了一位完美的福尔摩斯。阿瑟·旺特纳在接下来的十年里都独占这这个角色，柯南·道尔的女儿珍（小名叫"比利"）对他赞赏有加。旺特纳的演绎也像其他舞台和银幕上的福尔摩斯一样，牺牲了部分原著的内容。可惜的是他出演的电影并不像之后的版本那样经常在电视台重播，所以很难去评判他的表演。但观众认为他的版本是完美的，除非他们仍旧沉迷于艾利·诺伍德的福尔摩斯。可以肯定的是，剧照上的福尔摩斯是有史以来最像佩吉特插画里的形象的：身材、长相、发际线，他甚至也把领结塞在衬衣领子下。

然而旺德纳比起1939年的电影《巴斯克维尔的猎犬》里的巴希尔·拉斯伯恩又相形见绌了。

这是第一部把福尔摩斯故事拍成年代剧的电影，而且非常严格地遵照原著文本拍摄。拉斯伯恩轮廓鲜明的五官和冷淡的举止都像极了福尔摩斯。迄今为止，这是最好的福尔摩斯电影。一年后，另一部几乎一样注重原著和成功的福尔摩斯冒险史电影问世了。战争打断了电影制作的进程，但拉斯伯恩依旧打动着福尔摩斯迷们。可是背景很快就改变了，福尔摩斯开始着手破坏纳粹的阴谋，彰显爱国精神，或者与漫画人物似的邪恶美国反派斗争。

这些电影确立了一条重要的标准。奈吉尔·布鲁斯的华生医生反映了爵士年代的观点，在阿富汗战争中受伤的都是愚蠢的老家伙。布鲁斯演的福尔摩斯变本加厉地嘲讽华生的迟钝，于是后来的演员都可以把华生塑造成一个善良而滑稽的傻瓜：

柯南·道尔从来没有这么写过。

20 世纪 50 年代，彼得·库欣 ① 出演了很多哈默 ② 的恐怖电影，并在《巴斯克维尔的猎犬》里扮演了福尔摩斯。彼得和克里斯托弗·李 ③ 交替扮演骇人的德古拉或者吸血鬼杀手哈克，他能够轻松驾驭福尔摩斯这样沉着应对危机的人物。彼得长着一双澄澈的蓝眼睛，平静时流露出温情，不时表现出福尔摩斯的仁爱本质。尤为特别的是，彼得·库欣是十足的福尔摩斯迷，他熟悉原著，还收集福尔摩斯的周边产品。可能出于这个原因，他能够在 1984 年的电影《死亡面具》里准确还原柯南·道尔笔下的福尔摩斯，而不是把这个角色塑造得如同穿上侦探服装的米老鼠一般。他的着装通常是长礼服和呢帽，而非猎鹿帽和风衣。风衣是带兜帽的，而不是带披肩的。他出门的时候会穿上鞋罩，在家的时候则把短外套换成一件灰色的晨衣。他的烟斗柄是直的。他的华生（约翰·米尔斯 ④ 饰）也不是丑角。

2009 年，小罗伯特·唐尼 ⑤ 开启了誉享全球的福尔摩斯塑造之旅，他的华生由裘德·洛 ⑥ 扮演，瑞秋·麦克亚当斯 ⑦ 扮演艾琳·艾德勒——在《波西米亚丑闻》里被福尔摩斯称为"那个女人"的大胆女子。她像大英政府一样，需要福尔摩斯帮助她去挫败布莱克伍德公爵的险恶企图。布莱克伍德把科学和巫术结合在一起，计划先征服英国，接着统治世界。这部电影充满了 21 世纪的气息，有爆炸，有特效做出的

---

① 彼得·库欣（Peter Cushing，1913—1994），英国演员，移居好莱坞后开始了电影生涯，因在哈默恐怖电影中扮演的角色以及在《星球大战》系列中扮演的塔金而闻名。他的演艺生涯包括出演 100 多部电影，以及许多电视、舞台和广播角色。

② 哈默电影制作公司（Hammer Film Productions），英国电影制作公司，成立于 1934 年，于 50 年代中至 70 年代以拍摄哥特式恐怖电影而闻名，比如《弗兰肯斯坦男爵》《德古拉伯爵》和《木乃伊》系列。哈默首次用生动的色彩拍摄这些经典恐怖片角色。此外还制作了科幻、惊悚、黑色电影、喜剧和电视剧。

③ 克里斯托弗·李（Christopher Lee，1922—2015），英国演员、歌手和作家，其职业生涯跨越了近 70 年。他在一系列哈默恐怖电影中饰演德古拉伯爵而出名。他的经典电影角色包括《指环王》系列中的萨鲁曼、《星球大战前传》系列中的杜库伯爵。

④ 约翰·米尔斯（John Mills，1908—2005），英国演员，在长达 70 年的演艺生涯中，出演过 120 多部电影，曾获奥斯卡最佳男配角奖。

⑤ 小罗伯特·唐尼（Robert John Downey Jr.，1965—　），美国好莱坞演员、歌手、制片人，知名角色除福尔摩斯外，还有"漫威电影宇宙"（Marvel Cinematic Universe，缩写为 MCU）系列的超级英雄"钢铁侠"托尼·史塔克（Tony Stark）等。

⑥ 裘德·洛（Jude Law，1972—　），英国演员，代表作品有电影《天才雷普利》《人工智能》《冷山》《布达佩斯大饭店》等。

⑦ 瑞秋·麦克亚当斯（Rachel McAdams，1978—　），加拿大女演员，代表作品有电影《贱女孩》《恋恋笔记本》《午夜巴黎》《时空恋旅人》等。

SHERLOCK
HOLMES

221B

2012 年的电影中的劳米·拉佩斯、小罗伯特·唐尼和裘德·洛

英国标志性建筑（比如在这中的伦敦塔桥），也有《宝琳历险记》（*Perils of Pauline*）式的情节，比如艾琳被绑向巨大的圆锯。福尔摩斯冷静的头脑则得到充分的展现。

有意思的是，詹姆斯·福克斯①扮演"托马斯·罗瑟勒姆爵士"这一重要角色，这个名字也是牛津大学夏洛克所在学院的创建者之一，这个学院在本书的"教育及早年生活"部分中有提及。小罗伯特·唐尼的福尔摩斯曾有一次打着代表林肯学院深蓝和浅蓝色的领带，电影服装设计师是否参考了《夏洛克·福尔摩斯的世界》（本书的初版）呢？

---

① 詹姆斯·福克斯（James Fox, 1939— ），英国演员，代表作品有《查理和巧克力工厂》《麻雀变王妃》《倾国之恋》《天堂岛疑云》等。

左页：2009 年的电影《大侦探福尔摩斯》由盖·里奇执导，小罗伯特·唐尼扮演夏洛克，裘德·洛扮演华生医生影片的结尾暴露了艾琳·艾德勒的真实身份：她其实在为莫里亚蒂效力，虽然她在离婚后与福尔摩斯有过一段朦胧的感情。如果选角和剧本都可行，这部电影很有可能拍成一个系列。2012年，《大侦探福尔摩斯2：诡影游戏》上映。莫里亚蒂（杰瑞德·哈里斯[①]饰）策划了一连串谋杀案，意图发动世界大战，从中牟利。艾琳·艾德勒很快成了被刺杀的对象。华生夫妇和福尔摩斯也差点被绑架和谋杀，福尔摩斯用一系列勇敢的举动和爆炸阻止了阴谋，而史蒂芬·弗雷[②]扮演的迈克罗夫特·福尔摩斯贡献了一点智慧。在著名的莱辛巴赫瀑布经历了致命搏斗后，福尔摩斯偷偷出现，在华生在打字机上写的冒险故事的"结束"后面加上了一个问号。

这系列的第三部电影正在筹划中，但无法按原计划在2014年完成拍摄[③]，所以还无法断言唐尼和裘德·洛能否奇迹地达到拉斯伯恩[④]与布鲁斯[⑤]的高度。

然而另一种媒介长期占据主导地位：彼得·库欣逝世后，讣告提到他曾经在电影和电视剧里扮演福尔摩斯。

广播和电视

统计数据非常惊人，福尔摩斯曾出现在200到300部电影里，1000到2000部电台和电视节目里！单单是巴希尔·拉斯伯恩就在两百多部作品里出演过福尔摩斯。

1934年，福尔摩斯第一次登陆电台，由奥尔森·威尔斯[⑥]录制。他创建的水星剧场录制了许多想象力丰富的广播剧，后来他制作了出位的《世界大战》，令美国东海岸的人都以为火星人真的要入侵地球了。福尔摩斯的故事非常适合制作成广播剧，

---

① 杰瑞德·哈里斯（Jared Harris，1961— ），英国演员，代表作品有《危机边缘》《广告狂人》《返老还童》等。

② 史蒂芬·弗雷（Stephen Fry，1957— ），英国喜剧演员、作家、主持人。

③ 目前制片方宣称该片推迟至2021年底上映。

④ 巴希尔·拉斯伯恩（Basil Rathbone，1892—1967），南非出生的英国演员。他在一系列好莱坞电影中扮演夏洛克·福尔摩斯。

⑤ 尼格尔·布鲁斯（Nigel Bruce，1895—1953），墨西哥出生的英国演员。他与拉斯伯恩搭档，在福尔摩斯系列电影中饰演华生医生。

⑥ 奥尔森·威尔斯（Orson Welles，1915—1985），美国演员、导演、作家和制片人，代表作品有《公民凯恩》等。

在 20 世纪 80 年代的电视剧里，杰里米·布雷特饰演福尔摩斯，爱德华·哈德威克饰演华生

因为柯南·道尔总是利用对话来推动剧情发展，让剧情扣人心弦。"游戏开始了！"这句话就可以引出几大段的刺激描写。"我差不多掌握了线索！"则是经常出现的台词，预示着侦探即将破案。我们记起来《血字的研究》原本的名字是《纠缠的线索》（*The Tangled Skein*）。动听的英国嗓音，在紧张追踪时声音高亢，在深入思考时音调低沉，加上猎犬的喘息声、隐若现的脚步声和突如其来的手枪声：在二三十年的时

间里，收听电台是每个家庭日常的娱乐形式，这样的广播剧给大家送上了精彩的盛宴。"这太简单了，我亲爱的华生！"这句话也许正是来自广播剧的作者，为了适应广播剧这种形式而把故事改编得更为戏剧化。威尔斯在 1957 年重返广播剧，为莫里亚蒂教授献声。

1947 年，BBC 邀请卡尔顿·霍比斯[①]配音电台的第一部福尔摩斯广播剧，诺曼·雪莱[②]则配音华生。霍比斯这位伟大的广播剧演员一直为福尔摩斯献声到 1969 年，那时电视已经成为了主流。1958 年，制片人雷蒙德·莱克斯[③]尝试在播放立体声广播的同时在电视上放福尔摩斯影片的片段。有电视机的听众可以同时打开收音机，听到双轮马车从一个说话人向另一个人移动，枪声在房间的一边响起，而另一边则传来尖叫声。

而电视已经在过去的 50 年里向大多数人传递了福尔摩斯的形象。巴希尔·拉斯伯恩的电影是美国电视台下午时段的常客，观众能快速辨别 20 世纪福克斯公司原著的电影和环球影业粗糙的改编，后者远离柯南·道尔的风格，例如《福尔摩斯与蜘蛛女》和《红爪子》。但拉斯伯恩的表演前后保持一致，演技精湛，至今仍被人们奉为经典。他本人对自己被角色定型感到很遗憾，尤其是有人让他把名字签成"夏洛克·福尔摩斯"！

1958 年，BBC 制作了首部电视版福尔摩斯故事。1964 年，道格拉斯·威尔默[④]参与了一部 12 集电视剧的拍摄。他坚毅而犀利，但略显迟钝。电视剧很吸引人，但对很多人来说 20 世纪 60 年代最难忘的电视形象是奈吉尔·斯托克[⑤]的华生，他将布鲁斯设计的喜剧效果彻底发挥出来。斯托克的华生相当愚笨，总是对最简单的道理大惊小怪，对福尔摩斯的过人聪明佩服得五体投地。此外，他不离不弃地追随着伙

---

① 卡尔顿·霍比斯（Carleton Hobbs，1898—1978），英国演员，在约 80 部广播改编剧中配音夏洛克·福尔摩斯。

② 诺曼·雪莱（Norman Shelley，1903—1980），英国演员，以配音广播剧闻名。

③ 雷蒙德·莱克斯（Raymond Raikes，1910—1998），英国戏剧制作人、导演和播音员。他为英国广播公司（BBC）的"世界剧场"（World Theatre）和"国家空中剧场"（National Theatre of the Air）系列制作了经典戏剧作品，率先在广播剧中使用立体声。

④ 道格拉斯·威尔默（Douglas Wilmer，1920—2016），英国演员，参演过《河板之战》《埃及艳后》《罗马帝国的覆灭》《巴顿将军》等史诗电影。

⑤ 奈吉尔·斯托克（Nigel Stock，1919—1986），英国演员，曾参演舞台、银幕、广播、电影和电视剧。

伴，身上闪耀着柯南·道尔笔下这个人物的可爱之处。虽然这个角色很大程度上只是对原著人物的模仿，但也有自己的长处，以致很多没读过原著的观众会因为 20 年后的电影里的华生更为戏剧化而失望。1968 年，BBC 请彼得·库欣出演了 15 集福尔摩斯的电视剧，使他成为大众心目中最伟大的福尔摩斯之一。

格拉纳达[①]的连续剧里杰里米·布雷特[②]扮演了福尔摩斯，让观众对巴希尔·拉斯伯恩的情结逐渐减退。布雷特的外貌类似库欣，也如鹰一般，这比起道格拉斯·威尔默的圆脸是个大进步。他的举手投足也流露出智慧，和库欣与拉斯伯恩一样。他给角色增添了忧郁的气质，被观众们铭记。杰里米·布雷特对环境很敏感，当剧组前往

1979 年的电影《午夜追杀》的海报，演员阵容包括：克里斯托弗·普卢默、詹姆斯·梅森、唐纳德·萨瑟兰、吉纳维芙·巴乔尔特、苏珊·克拉克、大卫·赫明斯、约翰·吉尔古德、安东尼·奎尔和弗兰克芬雷

西彭威斯（West Penwith）荒野的加沃尔岩石（Carn Calver）取景时，他被奇绝的地貌震撼了：加沃尔巨岩矗立在荒野之上，叮咚区西部（Ding Dong West）和格林巴（Greenbarrow）矿坑遍布，还有九姐妹（Nine Maidens）的锯齿状石圈，绵延南北的海。布雷特决定有朝一日要在这里造一座房子，但可惜他并没能活到愿望实现之日。

---

① 格拉纳达（Granada）是英格兰西北部的一家地区性电视公司。它是英国最大的独立电视特许制作公司，占英国独立电视台总广播产量的 25%。

② 杰里米·布雷特（Jeremy Brett，1933—1995），英国演员，曾参演舞台剧、电视剧、电影、莎士比亚剧和音乐剧。1984 年至 1994 年，他在格拉纳达的四部电视剧中饰演夏洛克·福尔摩斯，共 41 集。

这部电视剧里对于场景运用绝佳，标志着电视剧拍摄的长足进步，起初拍摄是在装有布景板的室内完成，收音的话筒不时投下阴影。导演是专业人士，而不是那些只会嘲笑电视拍摄除了使用近镜头就没法突出人物的制片人。场景和服装设计严格按照时代特征和《海滨杂志》的插图。这部剧中的福尔摩斯戴着高礼帽或软呢帽，穿着优雅的长礼服，而不是大家熟悉的猎鹿帽和长风衣。华生也从喜剧角色变成了冒险中纯粹的伙伴。在拍摄中间可以更换演员，于是大卫·博克（David Burke）和爱德华·哈德威克（Edward Hardwicke）都饰演过华生一角。如果巴希尔·拉斯伯恩失去了奈吉尔·布鲁斯，那么影迷们都会异常难过，有一半的观众会流失掉。格拉纳达的连续剧是当之无愧的福尔摩斯冒险史，剧中的冒险和福尔摩斯本人都忠于原著，令人瞩目。

另一位同样受到好评的演员是克里斯托弗·普卢默[1]，他在 1977 年的电视电影《银色马》里扮演了福尔摩斯。由于在这部电影中的上佳表现，两年后他在《午夜追杀》里出演了福尔摩斯。但这部电影大大偏离了柯南·道尔的原著，正如环球影业让拉斯伯恩的《福尔摩斯和蜘蛛女》与《爬行者》。这部电影是最成功的福尔摩斯衍生影视作品。

本尼迪克特·康伯巴奇[2]出演的电视剧《神探夏洛克》于 2010 年问世，带来了完全不同的感觉。故事将福尔摩斯的冒险带到了当今的世界中，主角是年轻的福尔摩斯，某种程度上与同时期的剧集《摩斯探长前传》里的摩斯探长相似。康伯巴奇极好地表现了角色沉浸于自己超人的智慧当中，与世人格格不入的特征。他的冷酷有些类似阿斯伯格综合征[3]。这样的一个冷若冰霜的人急需一个有人情味的华生，而马丁·弗里曼[4]恰好契合这样一个角色，他刚在《霍比特人》电影中扮演了比尔博·巴金斯。（在《霍比特人》电影三部曲中，康伯巴奇为巨龙史矛革配音。）

---

① 克里斯托弗·普卢默（Christopher Plummer，1929—　），加拿大演员，获得过奥斯卡奖、艾美奖、托尼奖、金球奖等荣誉。

② 本尼迪克特·康伯巴奇（Benedict Cumberbatch，1976—　），英国演员，曾参演电影、电视剧、戏剧和广播。他自 2010 年以来，在《神探夏洛克》系列剧中扮演夏洛克·福尔摩斯，其他知名角色还有"漫威电影宇宙"（MCU）中的"奇异博士"（Doctor Strange）等。

③ 阿斯伯格综合征属于孤独症谱系障碍或广泛性发育障碍，患者具有社会交往障碍，体现局限的兴趣和重复、刻板的活动方式，但没有明显的语言和智力障碍。

④ 马丁·弗里曼（Martin Freeman，1971—　），英国演员，获得过艾美奖等荣誉，知名角色包括电影《霍比特人》三部曲中的比尔博·巴金斯，电视剧《神探夏洛克》系列中的华生。

右页：BBC 近期的电视剧《神探夏洛克》将人物放到了现代背景下。这部新的福尔摩斯电视剧广受好评，其中本尼迪克特·康伯巴奇扮演福尔摩斯，马丁·弗里曼扮演华生医生。他们在现代的伦敦破案，剧里采用了先进的电脑技术

在每集 90 分钟的电视剧里（不是常规的 60 分钟），有更多的空间呈现柯南·道尔原著里的心理活动。福尔摩斯那个时代的伦敦雾气氤氲，鹅卵石路上行驶着双轮马车，电视剧的制作人竭尽全力将现代的伦敦也打造成这样的经典。第二季的结尾处，康伯巴奇演绎了"莱辛巴赫瀑布"的桥段，从楼顶纵身一跃，其逼真程度深深震撼了观众。第三季的末尾则留下了悬念，夏洛克似乎被打败了，他以谋杀罪被捕并被惩处。这个结局多少令人不悦，因为此情节并没出现在柯南·道尔的原著里，而后续故事要一年后才揭晓。不过，制作人达到了他们的目的，成功打破了以维多利亚时期为故事背景的影视作品固有的保守和拖沓。

美国的哥伦比亚广播公司宣布计划制作一部以当代美国为背景的福尔摩斯电视剧，当即被人诟病他们模仿《神探夏洛克》。后来，《基本演绎法》其实与《神探夏洛克》大为不同，舆论好评一片，并被电视台续订。约翰尼·李·米勒[1]扮演的夏洛克住在纽约，是个患有严重毒瘾的英国人。他曾经是英国的警探，把自己的专业技能用于推理。他的华生医生是一名外科医生，由刘玉玲[2]饰演。艾德勒是夏洛克的前女友，但她的真实身份其实是莫里亚蒂[3]。哈德森太太保留了原著里的性别，但由房东太太变成了夏洛克和华生的房客，为他们打扫卫生。两部现代版的福尔摩斯电视剧都有望被长期续订。

衍生作品、模仿和借用

《老鼠神探巴希尔》[4]是迪士尼 1987 年的圣诞特辑。在那个乏味时期里，迪士尼风格的动画人物似乎已经失去了往日的魅力，但这部动画还是很有趣味性的。贝克街 221B 号为题材的动画在迷雾重重的伦敦展开，相当受欢迎。也无人反对把伟大的福尔摩斯变成灰姑娘身边的法国小老鼠那样吱吱叫的卡通人物。

---

[1] 约翰尼·李·米勒（Jonny Lee Miller，1972—   ），在美国发展的英国演员，除电影、电视剧外也曾参演百老汇戏剧。

[2] 刘玉玲（Lucy Liu，1968—   ），华裔美国女演员，代表作品有电影《霹雳娇娃》《杀死比尔》等。

[3] 剧中的艾琳·艾德勒／莫里亚蒂由英国演员娜塔莉·多默（Natalie Dormer，1982—   ）饰演。

[4] 《老鼠神探巴希尔》（*Basil, the Great Mouse Detective*，又译作《傻老鼠与大笨狗》或《妙妙探》），迪士尼第 26 部经典动画长片。

左页：《基本演绎法》里，约翰尼·李·米勒饰演夏洛克，刘玉玲饰演华生医生，剧集于 2012 年首播

借用柯南·道尔笔下角色的影视作品俨然自成一派。后来的作者会在书中或暗或明地写到福尔摩斯，这是其他小说人物没有的待遇。我不能装作我看过所有这类故事，其他福尔摩斯专家应该也不能保证他们读过所有后来者的小说。我记得在一个低劣的科幻故事里，有个外星人或是未来的科学家对强大的人类"夏克"颇感兴趣。在一个学者看来，这个名字明显来源于"夏洛克"或"莎士比亚"，直接表现了对于偶像的崇拜。我还记得有一本趣味小说里写福尔摩斯是个来自未来的时间旅行者，真实职业是他那个时代的优秀演员。

1987 年，哥伦比亚广播公司将科幻与福尔摩斯有趣地结合起来。玛格丽特·科林[①] 扮演华生的孙女，她是个美国人，继承了华生弃置在英国的房子。她在房子里发现了被冷冻保存起来的福尔摩斯，等待着科学进步到可以让他复活的那天。之后，迈克尔·彭宁顿[②] 戴着猎鹿帽，身着西装，陪着华生小姐来到美国。福尔摩斯克服了对飞行的恐惧和对 20 世纪发明的好奇，帮助华生小姐重振濒临倒闭的侦探事务所。

1974 年，尼古拉斯·迈耶[③] 创作了《百分之七溶液》，两年后被环球影业拍成了电影，再一次将福尔摩斯带入了科幻世界中。因为对可卡因上瘾，福尔摩斯的大脑产生了变化，"犯罪界的拿破仑"莫里亚蒂是福尔摩斯用药后出现的幻觉。故事里确实有莫里亚蒂这一人物，他有着不可告人的秘密。但他不是犯罪分子，而只是一名教练，曾经做过夏洛克和迈克罗夫特的私教。夏洛克的大脑每况愈下，迈克罗夫特和华生大惊失色，便把他送到了维也纳接受治疗，主治医生竟然是西格蒙德·弗洛伊德！在历史奇幻剧和改编剧里，弗洛伊德的天才形象这个设定莫名其妙地流行起来了。那时候，女权主义者诟病弗洛伊德搞性别歧视，传记作家披露他的错误以及他知识分子的怯懦，科学家认为精神分析法不过是和一个富有同情心的朋友聊天罢了。弗洛伊德在 20 世纪五六十年代登上了神坛，而现在所有的舆论都将他推了下来。

---

① 玛格丽特·科林（Margaret Colin，1958— ），美国女演员，在 1987 年的电视影片《福尔摩斯归来记》（*The Return of Sherlock Holmes*）中扮演简·华生（Jane Watson）。

② 迈克尔·彭宁顿（Michael Pennington，1943—），英国演员、导演与作家。

③ 尼古拉斯·迈耶（Nicholas Meyer，1945— ），美国著名作家、编剧、导演，曾多次执导《星际迷航》系列电影。他写过三部福尔摩斯续作，其中《百分之七溶液》（*The Seven-Per-Cent Solution*）获英国推理作家协会金匕首奖（1975），并入选美国推理作家协会（MWA）的百大书单（第 65 位），在历史推理榜上排名第三。他亲自改编的电影《百分之七溶液》剧本曾获奥斯卡最佳原创剧本奖提名（1976）。

罗伯特·德沃，尼科尔·威廉姆森和艾伦·阿金出演 1976 年的电影《百分之七溶液》，片中华生医生认定福尔摩斯的大脑因为严重的毒瘾而发生改变

艾伦·阿金[①]在这部轻松娱乐的电影中扮演了弗洛伊德，尼科尔·威廉森[②]则饰演了精神出问题的福尔摩斯。劳伦斯·奥利维尔[③]扮演了令人印象深刻的莫里亚蒂，他恳

---

① 艾伦·阿金（Alan Arkin，1934——　），美国演员、导演，2007 年凭《阳光小美女》中的祖父角色获奥斯卡最佳男配角奖。

② 尼科尔·威廉森（Nicol Williamson，1936—2011），英国演员、歌手，被称为"马龙·白兰度之后最伟大的演员""那个时代的哈姆雷特"。

③ 劳伦斯·奥利维尔（Laurence Olivier，1907—1989），英国戏剧演员、电影演员、导演和制片，奥斯卡奖得主，三次获得金球奖和英国电影和电视艺术学院奖，两次获得奥斯卡终身成就奖，五次获得艾美奖。

在 1988 年的电影《福尔摩斯外传》里，迈克尔·凯恩饰演福尔摩斯，本·金斯利饰演华生医生

切地诉说着自己的冤屈，因为福尔摩斯的幻觉而受到了制裁。1976 年，尼古拉斯·迈耶创作的福尔摩斯续作《西区恐怖》^①大获成功。

彼得·库欣的《死亡面具》也是一部衍生作品，年代与原著一致，但故事是新写的。故事合情合理地发生在 1913 年，故意忽略了柯南·道尔笔下的福尔摩斯在那年已经留着胡须，化名阿尔塔蒙特打入了芬尼亚会内部。彼时，库欣即将退休，他已经年纪太大了，所以他扮演的福尔摩斯看起来已经不太符合原著形象了。

克里斯托弗·普卢默^②在《午夜追杀》里出演了福尔摩斯，把这个小说角色置于一个完全虚构的故事当中，而这个故事被包装成了一个真实的事件，骗过了很多人。一位年长的绅士自称名叫约瑟夫·西克特，1973 年他在电视上谎话连篇。他说自己的奶奶秘密地非法嫁给了维多利亚女王的孙子，开膛手杰克所犯下的杀人案其实都

---

① 《西区恐怖》(*The West End Horror*) 是尼古拉斯·迈耶所著的福尔摩斯续作系列的第二本，《百分之七溶液》的续篇。

② 克里斯托弗·普卢默（Christopher Plummer，1929— ），加拿大演员，1965 年凭电影《音乐之声》而成名，2012 年，82 岁的普卢默凭借电影《初学者》获得金球奖、奥斯卡最佳男配角等荣誉。

是共济会会员所为，他们是受到内科医生威廉·格尔爵二的指使，意在除掉知道这个罪恶秘密的妓女。人们读了史蒂芬·奈特[1]的毫无根据的小说且信以为真，而不相信西克特在《周日时报》上的澄清。《午夜追杀》谨慎地更改了人物的名字，让克里斯托弗·普卢默和詹姆斯·梅森[2]扮演的角色去解开这个1888年的谜团。希望1980年版福尔摩斯电影是福尔摩斯最后一次穿着乡间旅行的服装出现在伦敦街头！

幽默诙谐的衍生作品也许比严肃的改编作品更常见。M. J. 特劳[3]写的雷斯垂德探长系列小说妙趣横生，把福尔摩斯写成雷斯垂德的对手。故事里的福尔摩斯是个飞贼，但总能依靠运气和判断力恰好找到正确的解决方案。遗憾的是第一个历险故事后，荒唐而有趣的福尔摩斯也不见踪影，在那次历险里雷斯垂德抓捕了开膛手杰克。特劳的福尔摩斯鲜活幽默，忙不迭地在伦敦各处做蠢事，但华生和道尔这两个马屁精还坚称他是举世无双的天才。

1988年的电影《福尔摩斯外传》非常搞笑，华生医生才是真正会破案的侦探，只是谨慎起见才将他出版的冒险故事里的功劳归于不存在的福尔摩斯。他不得不雇一个演员来背台词，根据他的意思行事，假装成那位伟大的侦探出现在记者面前。演员雷金纳德·金凯德是个沉迷酒色的人，但华生坚持任用他，因为媒体并不相信"医生侦探"是真的。虽然本·金斯利[4]的华生和迈克尔·凯恩[5]的福尔摩斯/金凯德表演出彩，这部电影并不好看（至少我这么觉得）。与《老鼠神探巴希尔》不同，《福尔摩斯外传》引起了忠实的福尔摩斯迷的不满。

① 史蒂芬·奈特（Stephen Knight，1951—1985），英国记者、作家，写作了《开膛手杰克：最后的解决方案》一书。

② 詹姆斯·梅森（James Mason，1909—1984），英国演员，在英国电影业取得成功后在好莱坞发展，曾获得了奥斯卡提名和金球奖最佳男主角奖等荣誉。代表作有《虎口余生》《包法利夫人》《西北偏北》《恺撒大帝》《洛丽塔》《一个明星的诞生》等。

③ M. J. 特劳（Meirion James Trow，1949—　），英国犯罪小说家，代表作品为以福尔摩斯系列中的配角雷斯垂德探长为主角的系列小说。

④ 本·金斯利（Ben Kingsley，1943—　），英国演员，有英国、印度和南非的血统，曾获得奥斯卡奖、格莱美奖、英国电影学院奖、金球奖、美国演员工会奖等。他在1982年的电影《甘地传》中饰演甘地，获奥斯卡最佳男主角奖。代表作还有《辛德勒的名单》《雨果》《钢铁侠3》《丛林之书》等。

⑤ 迈克尔·凯恩（Michael Caine，1933—　），英国演员、制片人和作家，曾获两次奥斯卡提名、英国电影学院奖和金球奖最佳表演奖等荣誉。代表作品《总有骄阳》《苹果酒屋的规则》等。他在克里斯托弗·诺兰的《黑暗骑士》三部曲中饰演蝙蝠侠的管家阿尔弗雷德，并参演了诺兰的《致命魔术》《盗梦空间》《星际穿越》等影片。

《四签名》的插图，福尔摩斯和华生正在查看阁楼上的脚印

福尔摩斯迷的游戏

福尔摩斯游戏是由罗纳德·诺克斯发明的，至少他认为是他发明的，还说自己已经对这样的游戏感到厌烦。游戏需要假装福尔摩斯和华生是真实存在过的人，原著是历史资料，可以用来重构他们的生平（就像本书第一章那样）。柯南·道尔在游戏中成了华生的版权代理人，是他把华生的作品发表在《海滨杂志》的。

因为柯南·道尔写的故事常有不精确之处，所以这个游戏乐趣无穷。当真实史料里有缺漏、空缺和矛盾的地方，历史学家就有义务去解释事情的始末，理清真相。文本中的错误可能是因为作者记忆有误（华生在 20 世纪 20 年代发表的作品是在回顾 30 多年前发生的事），也可能是他自己太潦草（华生写数字过于含混，造成许多日期错误）。又或许华生有意隐藏一些敏感的事实（在《显贵的主顾》和《查尔斯·奥古斯塔斯·米尔沃顿》里华生就公开这么做了，他在其他故事里就不能这么做吗？）大胆的福尔摩斯学者们可能会像福尔摩斯一样责怪华生迟钝，断定这位善良的医生就是"搞不明白"。

福尔摩斯迷也许喜欢做一点严肃的历史研究，其实他们做的研究相当多。他们致力于鉴定日期，翻遍了年鉴去求证哪一年的"15 号恰逢周四"，然后给每个冒险故事都确定日期。如果福尔摩斯和华生乘火车去达特穆尔，旧火车时刻表就可以用来查他们乘坐的是哪趟车，什么时候启程，什么时候到达。柯南·道尔会使用一些写作手法来使故事显得真实，有时候会用真实的地名，但有时候也为了省去别人去求证的麻烦，编造一些附近的假地名。福尔摩斯迷们会去翻找老地图，或走遍某个区域，去弄清楚"华生"所写的究竟是何处。

历史上真实的日期也可以随意地与故事里的日期混杂在一起。如果一个冒险故事在 1892 年发表，那事情发生的日期一定在此之前，即使文本线索显示之前的事件发生时间比这个日期还要晚。迈旺德战役精准地确定了福尔摩斯和华生见面的日期，但华生还需要时间来疗伤和康复，还需要时间从阿富汗归来，并在伦敦安定下来。这都是毋庸置疑的。

众所周知，文本中更加严重的错误则需要想象来修正了。在真正的历史学术研究里，这种情况也会出现。如果某件事被打上"猜测"的标签，那就可以忽略它。但若是两个资料来源互相矛盾且无法确定哪个源头更可信，则可以做"假设"了。

"推论"是可以接受的，但不是结论。把推论叠加起来是不能得出结论的，更不可能依据一系列的猜测下定论。

可是福尔摩斯迷不会被这些严苛的条条框框束缚，而是尽情地猜测。华生是结过一次婚，还是两次或者三次？推论和猜测可以证明上述所有的情况。为什么华生的真名是约翰，而玛丽·华生叫他詹姆斯呢？任何答案都是可以编造出来的。福尔摩斯迷们或许索性说错误都是因为华生的笔误或者出版社的纰漏，因为他们不能说："柯南·道尔很马虎，他所写的每个故事都是为了出版，根本不会去查阅之前的故事。"

福尔摩斯迷的游戏已经进行了80年了。这看起来不可思议，直到有人意识到，喜欢神秘故事和解谜的人拥有的那份好奇心也可以用到学术研究上去。如果他们喜欢梳理阿加莎·克里斯蒂小说里的"真相"，那他们能从破解历史上的真实谜题里获得更大快感。历史上的谜题在当下通常是无解的，学者们各自都认为自己找到了答案，然后争得面红耳赤。迪斯雷利[①]警告人们不要判断查理一世是在白厅的哪一边被斩首的。今天，想平静生活的人就不要猜测"开膛手杰克"的真实身份，不要蹚肯尼迪遇刺谜案的浑水，也不要细究猫王或玛丽莲·梦露的死因。以上这些会成为"谜案"很大程度上是因为情感因素，可以预见戴安娜王妃的死也会招来一群愚蠢的阴谋论者。

另一些"谜题"在普通人看来明显是荒唐的。"UFO学"顾名思义可知是研究不明飞行物体的，一般人不会感兴趣。从飞碟到"罗斯威尔事件"[②]，可笑的电影讲述"科学家"解剖明显是人造的"外星人"，还有人说自己真的遇到了小绿人登上飞船，"UFO学"显然和幻想无异。说猫王还活着的言论也是类似的虚妄。假如尼斯湖水怪在20世纪30年代还活着的话——当时有许多言之凿凿的目击者，那么它现在也应该死了。

福尔摩斯迷欢乐地沉醉在"解谜"中，而且不用承受任何惩罚。他们知道一切只是游戏，所以不能"造假"或是指责别人这么做。因为他们的"结论"并不能改写历史，也不能给他们赢得名声和金钱，所以他们不会像近来研究"开膛手杰克"的人那样互相人身攻击。因为他们研究的是虚拟人物，所以他们对逝去或是活着的人都无害，这与肯尼迪和猫王死亡之谜的狂热爱好者不同。

---

① 迪斯雷利（Benjamin Disraeli，1804—1881），英国维多利亚时期首相，也是这一时期重要的小说家之一，英国政治小说的开创者。代表作为"青年英格兰"三部曲。

② 罗斯威尔事件（Roswell UFO incident），指1947年在美国新墨西哥州罗斯威尔市发生的不明飞行物坠毁事件。美国军方宣布坠落物为实验性高空监控气球的残骸，但民间UFO爱好者及阴谋论者认为是外星飞船。

右页："我不是男人"，多萝西·L.塞耶斯用这句话回应那些说她的名字其实是化名的传言

DOROTHY L. SAYERS

政治家及贝克街小分队会员富兰克林·D. 罗斯福

有时候，没有幽默细胞的外人会批评他们把小说当作现实。他们既然知道自己在做什么，又有何不可呢？他们基本上都是快乐而温和的人，享受着无伤大雅的乐趣。

世界各地的福尔摩斯迷俱乐部

诺克斯大人在到了中年后就对福尔摩斯迷的游戏失去了兴趣了。但在他提出了游戏的规则后，他和多萝西·塞耶斯以及几个朋友创建了福尔摩斯协会。可见诺克斯在 1928 年是多么热衷于给消遣文学的游戏订立规矩。多萝西·塞耶斯对福尔摩斯所处世界的看法和对华生中间名的猜想，都能证明她是协会里的中坚力量。然而，这个协会在战争爆发后就解散了。

但地位最重要的福尔摩斯迷组织已经在美国诞生了。1934 年 1 月 6 日，藏书家克里斯托弗·摩尔利[①]成立了贝克街小分队，旨在"让夏洛克·福尔摩斯不再是个谜"。1 月 6 日是福尔摩斯迷为偶像选定的生日，因为在《恐怖谷》的开头有个微弱的线索，1 月 7 日福尔摩斯没吃一口早餐，所以可推断他在前一天晚上可能是吃了庆生晚餐。在莎士比亚戏剧中，他最常引用《第十二夜》，而第 12 夜就是 1 月 6 日，所以在那之后，每年离 1 月 6 日最近那个星期五，贝克街小分队都在纽约聚餐。

---

① 克里斯托弗·摩尔利（Christopher Morley，1890—1957），美国记者、小说家、散文家、诗人、编辑。出于对福尔摩斯故事的热情，他于 1934 年创立了"贝克街小分队"（The Baker Street Irregulars），并为标准版《福尔摩斯全集》撰写了序言。自 1946 年以来，"贝克街小分队"持续不定期出版《贝克街日报》（*Baker Street Journal*）。

自 1934 年起，大约 500 人被遴选为会员，其中包括很多名人。最有名的是富兰克林·德拉诺·罗斯福①，他的 5 封信里都提到了福尔摩斯。这些信都成了珍贵的收藏品，1949 年印制了 150 份限量复刻本，一半赠送给贝克街小分队当时的会员，一半以每份 15 美元的价格向公众发售。

其他有名的会员有：尼禄·沃尔夫的创造者雷克斯·司道特②；《阿奇与梅塔贝尔》的作者唐·马奎斯③；用"艾勒里·奎因"做笔名的表兄弟；创造出文学作品中最完美机器人的艾萨克·阿西莫夫④；作家和评论家安东尼·鲍彻⑤，美国最成功的犯罪小说书迷会就是以他的名字命名的，而犯罪小说的三大奖项之一就叫"安东尼奖"（其他两个分别叫"埃德加奖"和"阿加莎奖"，也许福尔摩斯迷们很快也要设立"阿瑟奖"了）。

会员威廉·S.巴林·古尔德⑥编写了福尔摩斯"圣经"。他的《注释版福尔摩斯探案全集》（1968 年）包含两册，整理了书里的暗示信息，并加上了互相参见的注释。这是本有用的工具书，给有幽默感的学者以帮助，给福尔摩斯爱好者以欢乐，为写作福尔摩斯学术专著的人打下基础。从 1940 年来，贝克街小分队一直在出版《福尔摩斯研究》，从 1946 年开始就出版季刊《贝克街期刊》。1962 年，巴林·古尔德还写了一本非常幽默的《福尔摩斯传记》，书里说福尔摩斯家有个大哥叫谢林福

---

① 富兰克林·德拉诺·罗斯福（Franklin Delano Roosevelt，1882—1945），美国政治家，第 32 任美国总统。

② 雷克斯·司道特（Rex Stoute，1886—1975），美国悬疑小说家。他笔下的尼禄·沃尔夫（Nero Wolf）是一个才华横溢但是性格古怪的"安乐椅侦探"，不愿做任何会妨碍他读书、照料兰花或享受美食的事情。

③ 唐·马奎斯（Don Marquis，1878—1937），作家、记者。1927 年出版的《阿奇与梅塔贝尔》（Archy and Mehitabel）一书收录了他在纽约《太阳报》专栏《日晷》（The Sun Dial）中登载的数百首幽默诗和短篇故事，讲了蟑螂阿奇和流浪猫梅塔贝尔的故事。

④ 艾萨克·阿西莫夫（Isaac Asimov，1920—1992），美国著名科普作家、科幻小说家、波士顿大学生物化学教授。他是美国科幻小说黄金时代的代表人物之一，曾获得代表科幻界最高荣誉的雨果奖和星云终身成就"大师奖"，代表作有《机器人系列》《基地系列》《银河帝国三部曲》等。

⑤ 安东尼·鲍彻（Anthony Boucher，1911—1968），原名威廉·安东尼·帕克·怀特（William Anthony Parker White），美国作家、评论家、编辑，著有多部经典悬疑小说、短篇小说、科幻小说和广播剧。除了以"安东尼·鲍彻"为笔名，他曾使用过"H. H. 福尔摩斯"（19 世纪末期一个美国连环杀手的化名），并以"赫尔曼·W. 马吉特"（凶手的另一个化名）为笔名写诗。

⑥ 威廉·S. 巴林·古尔德（William S. Baring-Gould，1913—1967），美国福尔摩斯学者，1962 年出版了小说《贝克街的夏洛克·福尔摩斯：世界上第一个咨询侦探的一生》（Sherlock Holmes of Baker Street: A Life of the World's First Consulting Detective）。

德，他继承了约克郡的家族房产。传记还认定阿塞尔内·琼斯就是"开膛手杰克"，是华生抓获了他，而不是福尔摩斯！

只有收到邀请才能成为贝克街小分队的会员，现在会员人数是 250 人。但自 1935 年以来，小分队就一直支持向所有人开放的"子协会"。这些协会的成员可根据自己的情况私下会面，可以出版自己的期刊，还从原著里借鉴一些合适的协会名称。"布法罗的秘密爱尔兰组织"是个特别有趣的例子，取自《最后的致意》。看网上的电子邮箱地址会发现更多稀奇古怪的子协会："纳什维尔的三斗烟案件""冯·赫德尔的气枪""华盛顿的红圈会"和"孤星号三桅船的水手"。

1987 年，贝克街小分队的约翰·贝尼特·肖（John Bennett Shaw）在福尔摩斯 100 周年纪念时接受了电视采访。他被称作最奇特的美国福尔摩斯子协会的领头人物：每年 11 月，一小群人在新墨西哥州一个名叫莫里亚蒂的小镇聚集，他们声称一个地方是莫里亚蒂的坟墓，并把一袋袋粪便倾倒在上面，嘴里还送上祝福："生日难过，你这个混蛋！"

肖先生之所以出名，主要是因为他收集了大量的福尔摩斯周边。事实上，他的收藏多到需要扩建房子来容纳藏品。最重要的藏品就是原著，尽量集齐所有版本。第一版小说当然像罗斯福的信一样不断升值，1887 年版的《比顿的圣诞年鉴》最近一次在市场上流通的时候估值 1 万到 1.5 万英镑，这份年鉴拍卖到了将近 2.5 万英镑。因为柯南·道尔的著作和关于他的书籍，图书馆增加了馆藏。不论是柯南·道尔在世还是百年之后，他笔下的人物都比他有名，关于夏洛克·福尔摩斯的著作远比关于柯南·道尔的要多。

艺术品、游戏和谜题是福尔摩斯周边的另一个主要内容。市面上有福尔摩斯的小雕像、图画、小酒杯和陶器。还有棋盘游戏、纸牌游戏，近年还出了盒装的侦探解谜游戏，包括线索卡片和故事及角色，可供人们在"谋杀谜案"派对上消遣。这种派对是从流行的"谋杀谜案周末"演化而来，由英国的旅游公司组织，目标市场是美国。首个活动就是在贝克街的夏洛克·福尔摩斯酒店举办了夏洛克·福尔摩斯谋杀谜案。

贝克街小分队一向对福尔摩斯时期的伦敦十分感兴趣，他们捐款给福尔摩斯相关的重要地点加上标志牌。他们还与法国和澳大利亚的福尔摩斯协会保持联系。令人惊讶的是日本的福尔摩斯迷也日渐增多，旅游公司发现战后日本人最经常去的朝圣地是贝克街，超过了伦敦塔的人气。日本的福尔摩斯俱乐部是现今全世界规模最

在莱辛巴赫瀑布，安东尼·豪刊特扮演莫里亚蒂，菲利普·波特扮演福尔摩斯

大的：他们的发言人表示恐会发展壮大，是因为日本人想了解作为"他们文化历史中的一部分"的福尔摩斯——这里恐怕是翻译错了！

伦敦的福尔摩斯迷

贝克街221B号是伦敦最著名的地址。这个地址是福尔摩斯自创的，事实上并不

伦敦贝克街车站外的福尔摩斯塑像剪影

存在。这座房子坐落在贝克街的前半部分，但那时那里没有这个门牌号。

1932 年，艾比国民建筑协会①搬进了贝克街 219-229 号的一座大建筑里。他们很快发现世界各地的人都往这个地址寄信，希望得到福尔摩斯先生的帮助：有人想找到失踪的亲人和失去联络的熟人；崇拜者寄来贺卡；甚至有时还有一头雾水的警官写信来寻求帮助。艾比国民建筑协会指定一名员工去收信和回信，经常装作他们最近听说福尔摩斯退休后去了苏塞克斯养蜜蜂。每周收到的邮件多达 20 到 40 封，因

---

① 艾比国民建筑协会（Abbey National Building Society），英国第一个非公司化的建筑协会，于 1989 年成立。其后扩张成为艾比国民银行（Abbey National plc）。

为老师鼓励学生给夏洛克·福尔摩斯写信。这些孩子最后会收到一个礼包，里面有一枚徽章、一张书签、几枚纪念邮票、一本小册子和一封信。

1991 年就出现了混乱，因为福尔摩斯博物馆在贝克街 227 号开业了，地址被批准改成 221B 号。他们请艾比国民建筑协会把收信的工作移交过来，但协会拒绝了。这桩纠纷竟然闹上了法庭，只是为了给一个不存在的人收信，而这个人如果还活着也应该接近 140 岁了。争论持续到 2005 年，协会搬到了新址，所以博物馆可以名正言顺地接收写给福尔摩斯的信件了。

1951 年，马里波恩区理事会（Marylebone Borough Council）计划为不列颠博览会举办一场夏洛克·福尔摩斯展览，巡展了两个地方。直至今日，马里波恩公共图书馆里还收藏着严肃的学术书籍。馆长为狂热的福尔摩斯迷提供专业的帮助，内容从华生的妻子到严谨的学术研究。由于图书馆空间有限，人们需要提前打电话与馆长预约，加入到等待使用资源的大军里去。

另一处在马里波恩的展览是精心还原的贝克街 221B 号的客厅，福尔摩斯那出了名杂乱的家里面摆放着烟斗、用匕首钉住的信件、化学器具架、波斯拖鞋。此外，还有一些有意思的东西，比如爬在墙上的"沼泽蝰蛇"——一根微微扭曲的拨火棍，格里姆斯比·罗伊洛特医生出于恐吓的目的将它掰成环状，只想看同样强壮的福尔摩斯能不能把他复原。这个房间在艾比国民建筑协会的大楼里，直至 1957 年才被搬迁到了诺森伯兰街（Northumberland Street）的福尔摩斯酒吧里。

这个酒吧是在诺森伯兰酒馆基础上翻修的，先前是诺森伯兰旅馆的一部分。亨利·巴斯克维尔爵士在伦敦时正是在此处下榻，斯泰普顿偷窃了他的靴子来让猎犬熟悉他的气味。酒吧的所有者怀特布里德（Whitbread）酿酒厂希望在贝克街于一家福尔摩斯酒吧，但拿不到许可证。所以利用与巴斯克维尔的联系暗示福尔摩斯和华生曾来过这个旅馆，之后他们去了旅馆对面的土耳其浴室（故事里没提他们具体去了哪个浴室）。那时有个酒吧女侍气恼地抱怨餐厅一角的房间被占用了，不然她可以设一个三明治吧台，一周可以挣 50 英镑。但这个房间赚的钱可以一直支付自己的租金，游客（尤其是美国人和日本人）络绎不绝地来这里品上一杯，只为能看一看这个有名的房间。20 世纪 60 年代早期，新酒吧就发展得红红火火了。酒吧常常人头涌动，特鲁罗（Truro）学校校友会伦敦分会原来每个月在这里举行正式聚会，而他们不得不转移阵地。

不列颠节还催生了英格兰首个福尔摩斯协会。1950年，一些马里波恩理事会成员反对建立福尔摩斯纪念馆，他们对这个"与肮脏犯罪有关的人物"嗤之以鼻。这个古板的图书馆理事会想"做一些事情改善公众健康"。

他们并没有考虑到福尔摩斯爱好者。于是《泰晤士报》上刊登了17封抗议信，"华生""迈克罗夫特"和"雷斯垂德"都在签名人之列。马里波恩理事会妥协了，他们接受了这些颇有影响力的福尔摩斯迷的建议，同意建立纪念馆。在行动获得成功后，福尔摩斯迷们成立了"伦敦福尔摩斯协会"（伦敦二字是为了与诺克斯和塞耶斯小姐之前创立的协会区分开）。剑桥大学副教授西德尼·罗伯茨（Sydney Roberts）爵士是第一任主席，他的继任者是外交部部长保罗·古尔·布思爵士（Sir Paul Gor-Booth，后来晋升为勋爵）。"与肮脏犯罪有关的人物"的爱好者们战胜了马里波恩理事会的成员。

伦敦的福尔摩斯协会出版了自己的福尔摩斯期刊，举办常规会议来看论文和听辩论。他们还组织到与福尔摩斯相关的地方游览。最著名的一次活动发生在1986年的莱辛巴赫瀑布，穿着福尔摩斯服装的保罗爵士（Sir Paul）和装扮成莫里亚蒂的中殿律师学院硕士查尔斯·斯科菲尔德律师（Charles Schofield）扭打在一起。一百多名记者拍下了这个瞬间，成了当晚BBC新闻的头条。后来协会四次造访莱辛巴赫瀑布，最近一次在1991年，当时的主席是律师安东尼·豪利特（Anthony Howlett，时任伦敦市长的债款收取官），他扮演了莫里亚蒂，而福尔摩斯则由商人菲利普·波特（Philip Porter）扮演。到场的还有一百名福尔摩斯迷，全都身着华丽的维多利亚时期服装。他们齐聚莱辛巴赫瀑布旁的迈林根镇，庆贺珍·柯南·道尔女士 [①] 的福尔摩斯博物馆开业。

严谨的学术研究

喜欢轻松文学的人所探讨的题目时常被学术界轻视时，对此他们常常感到不悦。在美国大学开设流行文化研究课程前，夏洛克·福尔摩斯根本不在大学课程大纲之内。

---

① 珍·柯南·道尔（Jean Conan Doyle，1912—1997），英国空军司令，阿瑟·柯南·道尔的次女，乳名"比利"（Billy）。

之后，"福尔摩斯典籍研究"和"阿瑟·柯南·道尔爵士生平及作品研究"开始设置博士学位。

在接纳非常观的研究上，英格兰比美国谨慎得多。乔纳森·凯普[1]出版过一部包含导读评论文章的福尔摩斯全集，而文章作者中仅有金斯利·艾米斯[2]曾经是学者——然而大家都知道剑桥大学不认可他。但是作者阵容非常强大：格雷厄姆·格林和他的兄弟休薡士[3]，约翰·福尔斯[4]，C.P.斯诺[5]，安格斯·威尔逊[6]，朱利安·西蒙斯[7]，莱恩·戴顿[8]和矣里克·安布勒[9]。莱恩·戴顿所写的关于《恐怖谷》的评论有理有据，观点深刻。

20世纪90年代初，这部文集被牛津大学出版社再版时，定名为《牛津福尔摩斯全集》，这是一种积极的肯定。为了编辑和介绍这部文集，牛津大学挑选了战后本校最优秀及最具影响力的评论家，爱丁堡的 W. W. 罗布森（W. W. Robson）教授。"罗比"（罗布森的昵称）涉猎小众散文，对其谙熟于心，已并不会把小众当成主流。他也一直称赞柯南·道尔的侦探小说写得精妙，把煽情的段落写得很简洁。可惜他只编纂完《巴斯克维尔的猎犬》和《新探案》就与世长辞了。

---

[1] 乔纳森·凯普（Jonathan Cape），由赫伯特·乔纳森·凯普（Herbert Jonathan Cape，1879—1960）于1921年在伦敦创办的出版社。

[2] 金斯利·艾米斯（Kingsley Amis，1922—1995），英国著名诗人、小说作家、学者。他对科幻小说进行研究，写了许多关于科幻文学的论文，也创作科幻小说。他的讲座与专著使科幻小说确立了文学地位，进而进入大学的讲坛，成为一门课程。

[3] 格雷厄姆·格林（Graham Greene，1904—1991），英国著名作家、文学评论家，多次被提名为诺贝尔文学奖的候选人，代表作《人性的因素》《一个被出卖的杀手》等。他的弟弟休·格林（Hugh Greene，1910—1987），英国记者、传媒管理者，1960年至1969年期间担任英国广播公司（BBC）理事长。

[4] 约翰·福尔斯（John Fowles，1926—2005），英国当代作家，代表作《收藏家》《法国中尉的女人》等。

[5] 查尔斯·珀西·斯诺（Charles Percy Snow，1905—1980），英国小说家，代表作《陌生人与亲兄弟》等。

[6] 安格斯·威尔逊（Angus Wilson，1913—1991），英国小说家和文学批评家，代表作《盎格鲁—撒克逊态度》等。

[7] 朱利安·西蒙斯（Julian Symons，1912—1994），英国侦探小说作家，代表作《杀死自己》《玩家与游戏》等。

[8] 莱恩·戴顿（Len Deighton，1929—   ），英国作家，被誉为同时代三大间谍小说家之一，代表作《机密档案》等。

[9] 埃里克·安布勒（Eric Ambler，1909—1998），英国间谍和犯罪小说家，代表作《黑暗的边界》《一个间谍的墓志铭》等。

莱恩·戴顿，他所写的《〈恐怖谷〉导读》是关于柯南·道尔的评论里最具见地的

　　这系列编纂工作后来由来自爱丁堡的历史系同事欧文·达德利·爱德华斯（Owen Dudley Edwards）教授补完。他的著作《探秘福尔摩斯》透彻地研究了1887年之前柯南·道尔的生活，头一次给了布莱恩·查尔斯·沃勒应有的分量，并去斯托尼赫斯特学院认真查证了柯南·道尔的真实性格和外貌。但是爱德华斯教授被一个小问题误导了，这个问题也困扰着所有撰写柯南·道尔生平的人。因为研究这样一位宅心仁厚的绅士，我们会发现自己文章的措辞里有难以避免的粗俗。我注意到自己也会这样，有时候我必须要删掉初稿里面对爱德华七世的轻辱词句。

柯南·道尔和他的第二任妻子珍以及孩子们

在写这些内容前，我都不知道自己如此鄙视这位国王！爱德华斯教授的刻薄程度超过了之前所有写柯南·道尔传记的作家，他认为这些人不配和杜宾或勒科克相提并论！

对阿瑟·柯南·道尔爵士来说，麻烦如影随形。阿德里安·柯南·道尔（Adrian Conan Doyle）小心翼翼地守护着父亲的名声。和奥斯卡·王尔德的儿子维威安·霍兰德（Vivian Holland）一样，阿德里安可以养活自己。柯南·道尔在遗嘱里规定把自己的书、书信集和个人物品平均分给阿德里安、妹妹珍和小弟丹尼斯（Denis）。阿德里安精明地拿走了书信集。

杰拉德·奥格尔维·莱恩雕刻的福尔摩斯塑像，位于苏格兰爱丁堡市的皮卡迪街道

他让朋友海思凯茨·皮尔森（Kesketh Pearson）把书信放进1943年出版的传记里。这本书终结了他们的友谊。皮尔森是英格兰第一位成功的通俗传记作家，公众对他评价不一。他把王尔德、迪斯雷利、萧伯纳等人的生平写得饶有趣味，让这些名人的基本史实变得通俗易懂。可是皮尔森很喜欢开玩笑，武断而且马虎，他会从作家们的小说里得出完全有失公允和不实的结论。很多读者认为，他虽然公开宣称自己崇拜那些传记里的人物，但只要与他们意见相左时，他就会贬低他们，自以为高他们一等。

阿德里安希望写一部将父亲神化的传记。他冲进印刷厂说自己的父亲并不糊涂，即使他知道自己的父亲有一次出门时一脚穿着棕色鞋子，一脚穿着黑色鞋子！他竭力阻止皮尔森的传记再版，并威胁要起诉对方。

1947年，他把书信集交给了约翰·迪克森·卡尔[①]。卡尔是个写"密室杀人案"的高手，阿德里安和他联手创作了一系列"新的"福尔摩斯冒险故事。卡尔的柯南·道尔传记在今天看来还是标准的传记，但崇拜之情太过，而且也像他那个年代的传记一样捏造对话，夸大事实。

查尔斯·海厄姆（Charles Higham）于1976年出版的传记有明显进步，可是按"原型"写的人物多有失实之处。他的传记不算"标准"，因为他没拿到柯南·道尔书信集。起初是阿德里安和丹尼斯的遗孀、格鲁吉亚公主穆迪瓦尼（Mdivani）先后涉嫌违规出售柯南·道尔的财物，书信也在诉讼过程中被扣留到1996年。皮尔森和卡

---

① 约翰·迪克森·卡尔（John Dickson Carr，1906—1977），美国推理小说家，和阿加莎·克里斯蒂、艾勒里·奎因并称"黄金时期三巨头"。他以密室题材见长，有"密室推理之王"的美誉。代表作有《三口棺材》《犹大之窗》《歪曲的枢纽》《燃烧的法庭》等。

尔的传记里有只言片语提及这些书信，传记作家们只得以此为参考。

1977 年，罗纳德·皮尔索尔（Ronald Pearsall）所著的传记意在揭开柯南·道尔的真面目，这激怒了福尔摩斯的狂热爱好者。爱德华斯教授表达了强烈的抗议和鄙夷之情。然而皮尔索尔确实修正了公众对柯南·道尔的某些过誉之处。毕竟，柯南·道尔崇拜德雷森少校，把他奉为与哥白尼一样伟大的人物，但他并未意识到德雷森的天文学说自相矛盾。他是个粗心大意的作者——马丁·戴金（Martin Dakin）还写了一部相当吸引人的粉丝作品，系统而不失趣味地把每个福尔摩斯故事里的疏漏和矛盾罗列出来。柯南·道尔是一个传统而保守的帝国主义拥护者，不该为他勇敢但不光彩的作为喝彩。他还是个天真的糊涂蛋，顽固地相信柯亭立的精灵是真实存在的。

写柯南·道尔的传记作家里最不走运的要属马丁·布思（Martin Booth）。他煞费苦心地回顾了前辈们的作品，水准理应足够高了，但结果在他的书出版前几个月，柯南·道尔的书信集被捐献给大英图书馆了。有了这些资料的帮助，乔恩·勒伦博格（Jon Lellenberg）、丹尼尔·斯塔肖尔（Daniel Stashower）和查尔斯·福里（Charles Foley）在 2007 年写就了《阿瑟·柯南·道尔：书信生平》（*Arthur Conan Doyle: A Life in Letters*）。这本传记以温暖而充满人情味的文字描述了柯南·道尔和母亲之间的关系，更清楚地展现了乔治·特纳维恩·巴德的能力和怪癖，突显了阿瑟·柯南·道尔的正直形象。

今日的贝克街

来伦敦游玩的福尔摩斯迷大概都会直接前往贝克街。一出地铁站，映入眼帘的便是一座威风凛凛的福尔摩斯雕像，这是出自约翰·道布尔迪①（John Doubleday）之手的第二尊福尔摩斯雕像。虽然 G. K. 切斯特顿②在 1925 年就提出过伦敦必须有福尔摩斯的雕像（在《字者》杂志上还有人嘲笑他这份执着），却苦于没有资金。在

---

① 约翰·道布尔迪（John Doubleday，1947—　），英国画家和雕刻家，以创作公共雕像而闻名。
② "布朗神父侦探"系列的作者，详见本书第五章。

贝克街 221B 号——侦探小说人物夏洛克·福尔摩斯在伦敦的地址

福尔摩斯故事出版 100 周年纪念之际，瑞士小镇迈林根（Meirigen）在珍·柯南·道尔女士的见证下举行了福尔摩斯雕像的落成揭幕仪式。这是道布尔迪制作的第一尊福尔摩斯雕像，之后他还原了福尔摩斯博物馆里著名的书房。

几个月后，也就是 1988 年 10 月，在以众多文学人物雕塑而闻名的日本小镇轻井泽，落成了福尔摩斯的雕塑。雕像由佐藤喜则（Satoh Yoshinori）揭幕，旨在致敬把福尔摩斯小说翻译成日文的翻译家。 1991 年，爱丁堡也跟着纪念福尔摩斯，人们把福尔摩斯的雕像放在柯南·道尔的出生地皮卡迪街道（Picardy Place）附近。在那时，提倡戒烟的活动卓有成效，侦探热衷的"三斗烟谜案"已经成了孩子们的反面教材。解决这个问题的方法很巧妙，就是在烟斗上刻上马格利特的超现实主义标题："这不是烟斗。"[①]

1999 年，伦敦终于有了高九英尺（约合 2.74 米）的雕塑，摆放地点正是大家所期待的贝克街地铁站旁边。

伦敦具有竞争力的徒步旅行公司都提供福尔摩斯主题徒步旅行路线。开膛手杰克和幽灵主题路线是分列一二名的热门，而福尔摩斯路线位列第三。

这条路线存在一个问题。徒步旅行者须从贝克街出发，但除此之外，附近没有更多与福尔摩斯相关的景点。然后去牛津街，福尔摩斯和华生在那里跟踪

位于莫斯科的夏洛克·福尔摩斯和华生医生的纪念雕塑。雕塑于 2007 年落成，这也是唯一一组两位角色一司摆放在公共场合的雕塑。摄影者是伊丽娜·阿方斯卡亚（Irina Afonskaya）

亨利·巴斯克维尔爵士，而斯泰普顿戴着假胡子紧随他们身后。接下来是华生发过电报的威格莫尔街邮局。之后就来到本廷克街，莫里亚蒂于此处企图阻拦福尔摩斯。然后来到维尔街，有人从屋顶上扔下砖块想取福尔摩斯性命。走过这些地点后，即使是最博学的约翰·马夫提（John Muffty）历史旅游公司的人员路过华莱士收藏馆，都退化得只能谈谈福尔摩斯的外祖父、法国画家韦尔内。

理查德·琼斯（Richard Jones）是城市徒步旅行的经营者，曾经是伦敦最成功的徒步旅行团体，他们曾经透露，由于缺乏真实的景点，福尔摩斯徒步路线很难展开。他觉得应该把旅行者从 221B 号带到福尔摩斯酒吧，沿途设置福尔摩斯故事的谜题，然后揭开谜底。1983 年我帮他带过三次旅行团，我给客户另一个选项，在看过 221B 号之后去参观当地的真实犯罪地点。令我欣慰的是，大家都接受了这个路线。

---

① 指比利时超现实主义画家雷内·马格利特（René Magritte，1898—1967）的一幅画作，画了一根烟斗状物体，下面写着法语：Ceci n'est pas une pipe. 意思是"这不是烟斗"。

除了参观当地艾比国民建筑协会的办公地点，还有一个选项是去贝克街239号。现在那里改成了贝克街221B号，设立了标识牌说明此处是福尔摩斯的住址，还建起了运营良好的福尔摩斯博物馆。博物馆起初比较寒酸，二楼的前厅布置成了福尔摩斯和华生的客厅。另一个房间有一个小箱子的展品，例如某位福尔摩斯先生的出生证，而且他的父母拾好给他起名夏洛克；一个美国小镇的警官给福尔摩斯写的信，他认为伦敦真的有一位夏洛克·福尔摩斯先生能帮助他破案。

然后，更多的展览室出现了，哈德森太太餐厅为游客供应美味的传统福尔摩斯食品。两个纪念品商店出售周边产品，博物馆的小册子详细描述了福尔摩斯的影响和地位。

考虑到游客里有严谨的学生，所以博物馆的展品都与原著紧密关联。他们也不遗憾博物馆没有足够的空间来容纳蜡像和全息投影，使用音效和气味，这些都是如今的许多展览中心会用到的。

沿着贝克街继续走就看到了卡尔森·瑞兹多（Carlson Rezidor）集团旗下的高端

位于日本轻井泽的福尔摩斯雕像，意在纪念译者延原谦，他将60个福尔摩斯故事翻译成日文

酒店夏洛克·福尔摩斯酒店。酒店的公共空间和126间客房里都陈设了福尔摩斯的纪念品和福尔摩斯周边产品。豪华套房叫巴斯克维尔房和莱辛巴赫房。莫里亚蒂餐厅绝不允许邪恶教授插手菜品和服务。华生医生酒吧为有需要的人提供汽水和烈酒。

资深的福尔摩斯迷也会常常为布置贝克街的场景作贡献。差不多90年前，G. K. 切斯特顿就抱怨贝克街的夏洛克雕像应该和肯辛顿花园的彼得·潘雕像一个档次。临近千禧之年的时候，伦敦的福尔摩斯协会请约翰·道布尔迪来制作雕像，他之前还制作了莱切斯特广场的查理·卓别林雕像。他们得到批准，可以将雕像放在伦敦地铁站旁边的连接道上。最终，他们得到落成雕像的许可，并筹集了一万英镑把道布尔迪的作品由设计草图上12英寸（约合30厘米）高的人像变成了带底座11英尺（约合3.35米）高的铜像。雕塑身着长长的带披肩风衣，头戴猎鹿帽，五官如鹰一般，拿着一只曲底烟斗。

贝克街小分队和福尔摩斯协会成员在夸奖偶像的高贵品质时总会谦虚一些，因为他们不希望自己的游戏让一些轻信的疯子以为福尔摩斯真的存在。他们坚信100年甚至更久以后，福尔摩斯依旧会在文学作品中熠熠生辉。在着手写这本书的时候，我问一个15岁的学生，她对于福尔摩斯有什么了解，能否描述一下他。她对福尔摩斯一无所知，也给不出一个字的描述。当我说起猎鹿帽、披肩大衣和放大镜时，她立刻认出这是个"侦探"的形象。所以，这个在广告和模仿作品出现的形象，也许说明了佩吉特的插画和吉莱特从中挑选的元素，会比夏洛克·福尔摩斯这个角色本身流传更久。对这位侦探的恒久记忆也许会令这个形象永垂不朽。

位于瑞士迈林根镇的福尔摩斯铜像

图书在版编目（CIP）数据

揭秘福尔摩斯：名侦探背后的虚构与真实世界 /
（英）马丁·菲多著；漆文欣译 . -- 北京：中国友谊出
版公司，2020.11

书名原文：SHERLOCK:the facts and fiction
behind the world's greatest detective

ISBN 978-7-5057-4908-5

Ⅰ . ①揭⋯ Ⅱ . ①马⋯ ②漆⋯ Ⅲ . ①侦探小说—小
说研究—英国 Ⅴ . ① I561.074

中国版本图书馆 CIP 数据核字 (2020) 第 090317 号

著作权合同登记号　图字：01-2020-3218

Sherlock: The Facts & Fiction Behind the World's Greatest Detective
by Martin Fido
Text Copyright © 2015 by Martin Fido
This edition arranged with Carlton Books, an imprint of Welbeck Publishing Group
Through Big Apple Agency, Inc., Labuan, Malaysia.
Simplified Chinese edition copyright © 2020 Ginkgo (Beijing) Book Co., Ltd.
All rights reserved.
本书中文简体版权归属于银杏树下（北京）图书有限责任公司。

书名	揭秘福尔摩斯：名侦探背后的虚构与真实世界
作者	[英] 马丁·菲多
译者	漆文欣
出版	中国友谊出版公司
发行	中国友谊出版公司
经销	新华书店
印刷	北京盛通印刷股份有限公司
规格	720×1000 毫米　特 16 开
	17.5 印张　288 千字
版次	2020 年 11 月第 1 版
印次	2020 年 11 月第 1 次印刷
书号	ISBN 978-7-5057-4908-5
定价	88.00 元
地址	北京市朝阳区西坝河南里 17 号楼
邮编	100028
电话	（010）64678009